主编 **张克中** 江苏省中小学教研室语文教研员 特级教师
段承校 江苏省中小学教研室语文教研员 文学博士

屠格涅夫经典

〔俄〕屠格涅夫 著
语文特级教师 杨友红 导读

图书在版编目（CIP）数据

屠格涅夫经典 /（俄罗斯）屠格涅夫著；杨烨，勇湘霞，苏昀晗译. — 南京：江苏凤凰文艺出版社，2018.3

（统编教材名家人文经典）

ISBN 978-7-5594-1600-1

Ⅰ. ①屠… Ⅱ. ①屠… ②杨… ③勇… ④苏… Ⅲ. ①散文集－俄罗斯－近代②短篇小说－小说集－俄罗斯－近代 Ⅳ. ① I512.14

中国版本图书馆 CIP 数据核字（2018）第 028317 号

书　　名	屠格涅夫经典
著　　者	（俄罗斯）屠格涅夫
译　　者	杨　烨　勇湘霞　苏昀晗
主　　编	张克中　段承校
导　　读	杨友红
责任编辑	李　黎　傅一岑
出版发行	江苏凤凰文艺出版社
出版社地址	南京市中央路 165 号，邮编：210009
出版社网址	http：//www.jswenyi.com
印　　刷	三河市华东印刷有限公司
开　　本	652 × 960 毫米　1/16
印　　张	15.25
字　　数	195 千字
版　　次	2018 年 5 月第 1 版　　2020 年 1 月第 2 次印刷
标准书号	ISBN 978-7-5594-1600-1
定　　价	25.00 元

目　录

第二辑　猎人笔记（节选）

第三辑　小说

蔚蓝色王国里的诗意和灵魂

记述19世纪中叶俄罗斯农村生活的随笔集《猎人笔记》是屠格涅夫的成名作，也是他的第一部现实主义力作。《猎人笔记》的第一篇特写《霍里和卡利内奇》最初发表于俄国《现代人》杂志1847年第一期，后面的绝大部分篇章也都是陆续发表于该杂志。直至1852年，作者将先后刊出的21篇特写汇编在一起，外加一篇未曾发表的新作《两地主》，以《猎人笔记》为书名，出版了单行本。至1880年，作者又加进了后来创作的三篇:《切尔托普哈诺夫的末路》(1872)、《车轱辘响》(1874)、《枯萎了的女人》(1874)，共计25篇。该作品反农奴制的倾向触怒了当局，当局以屠格涅夫发表追悼果戈里文章违反审查条例为由，将其拘捕、放逐。在拘留中他写了反农奴制的短篇小说《木木》。本书精选了屠格涅夫《猎人笔记》中较有代表性的《霍里和卡利内奇》《叶尔莫莱和磨坊主妇》《白净草原》《莓泉》《死亡》《乡村歌手》《树林和草原》等七篇文章，在了解《猎人笔记》反对农奴制，批判农奴主的专制、暴虐和虚伪的基本主题的基础上，更多的让我们看到俄罗斯农奴们在压迫之下生活的艰难、辛酸，他们过着非人的生活，《莓泉》中的斯乔普什卡作为家仆，连“口粮”都得不到，没人知道他的存在，甚至没人知晓他的过去，村子里没有任何有关他的故事。但他们仍然具有生活的信念、精神的明亮，他们善良、勤劳、诚恳、纯朴并具有无穷的创造力。在《霍里与卡里内奇》这个故事中，屠格涅夫塑造了两个农民形象，一个是霍里，另外一个是卡里内奇，他们同是农奴，但是性格迥异。霍里，“跟苏格拉底一模一样。”他不但关心周围的事情，还关心政治和世界，他虽然是一个农奴，但是表现出惊人的独立性，能驾驭自己的全部生活。而卡里内奇则是一个瘦瘦高高的农民，非常乐观、非常温和，总是在喉咙里哼着小调。卡里内奇拥有多种才能，他会读书会写字，会唱歌会弹琴，会治病会念止血咒语，特别是他精通一项技术，那就是养蜂技术，虽然是一个农奴，但是他没有半丝半毫的奴颜婢膝的奴才相，反而是活得非常有情调又非常的独立。

而人们心目中理想农民的化身格拉西姆则出现在屠格涅夫的短篇小说《木木》中，格拉西姆是“众多的家奴中，最出色的”，身高一米九六，像壮士一样健硕。他不仅把院里的男女仆人都“当作自己人看待”，而且全心地爱着和保护着柔顺、胆怯的女仆塔吉亚娜。塔吉亚娜被女主人遣送到遥远的乡下去以后，他又“全身心地爱着”从河边捡来的垂死的西班牙小狗。他毅然离开女主人时“有如一头勇猛果敢而又生机勃勃的雄狮”似的不屈不挠，他的身上蕴藏了在农民中的不可阻遏的反抗情绪。格拉西姆作为俄国农民阶级的代表，则充分显示了他的蓬勃生机和潜在伟力。

善良、纯朴而又有无限活力的农奴是俄罗斯民族的希望，这希望来自于充满无限生机和活力的俄罗斯田园的滋养，屠格涅夫把它称为“蔚蓝色的王国”，这“蔚蓝色的王国”就出现在屠格涅夫的散文诗《蔚蓝色的王国》里，蔚蓝色的王国是一个梦中的美丽所在。蔚蓝色王国是光明的，充满着青春与活力。在这一片茫无边际的蔚蓝色的大海上，泛着闪闪的金色波光；条纹旗帜下白色的帆迎风鼓起，像天鹅挺起的胸脯，在风中欢快地舞动。蔚蓝色王国就是一群半透明的仙岛。环岛的海滩长满野玫瑰，散发出迷离醉人的香气。一些岛屿下起了玫瑰和着野百合的花瓣之雨，另一些岛屿，鸟儿展开巨大的彩虹色翅膀直冲天际。跟着花儿，跟着鸟儿飞来的还有美妙悦耳的声音……蓝天、碧海、宝岛，还有水晶碧玉、花香鸟语，这就是梦幻王国，比天堂还美丽。这梦幻般的王国就是屠格涅夫笔下的《乡村》，也是《白净草原》《树林和草原》中俄罗斯草原、森林中的大自然的美丽景象。这景象不仅美丽，更是激发人们希望的力量所在，在屠格涅夫的眼中，“到了早春时节，一切欣欣向荣，生机勃勃，天气开始转暖，冰雪开始消融了，透过积雪融化的水滴，已经听得到泥土解冻的声音，看得到小草钻破土层的脑袋。”读到这些文字，我们仿佛感受到作者乃至俄罗斯民众要冲破桎梏的力量。这力量鼓舞着人们，“幸福的人也会被春天吸引，被春天诱惑，被春天征服，从而一路向前，去远方……”从中我们看到了人们对美好生活的向往。

当我们沉浸在屠格涅夫笔下的俄罗斯蔚蓝色王国里，我们还应该感受到屠格涅夫对祖国赤诚的爱恋，这爱恋融汇在他对一切人的尊重、平视，他对自我的深刻反省，他对勇敢者的敬畏，他对自然的崇敬，甚至他对神力的膜拜。这里面有他对俄罗斯人民命运的关注，也有他对自己远离祖国的痛苦和无奈的表达。这一切复杂的情感都表现在他的散文诗集里。屠格涅夫在生命的最后几年里，在远离祖国的病榻上写了 83 篇散文诗表达了他暮年的情怀。《散文诗》是他整个生命和艺术的总结，融汇了他一生创作的特点：爱国主义、民主精神、悲观情绪、真诚、善良；敏锐、抒情、哲理、简洁。它既是他人格的写照，又是他艺术的结晶；既是他思想和情感的履历表，又是他全部创作的大纲。本书精选其中的一些篇章，让我们从一些片段里去探视屠格涅夫灵魂的丰富和高贵。

伊凡·谢尔盖耶维奇·屠格涅夫即伊万·屠格涅夫，俄国 19 世纪批判现实主义作家、诗人和剧作家。他一生四十余年的笔耕生涯中，创作了被誉为“艺术编年史”的六部长篇小说：《罗亭》(1856)、《贵族之家》(1859)、《前夜》(1860)、《父与子》(1862)、《烟》(1867)、《处女地》(1877)，以及大量的中短篇小说、特写、戏剧、抒情诗、叙事诗、散文诗，并撰写了相当数量的文学评论、回忆录、文学书简等。他的创作极大地丰富了俄国文学的宝库，为俄国文学的发展作出了巨大贡献。他的作品也深受世界各国人民的喜爱，如今已成了人类的共同文化遗产。

我们读屠格涅夫的作品，要读出一个时代的缩影。屠格涅夫的时代是俄国民族解放运动的贵族时期，沙皇专制制度和农奴制是压在人民头上的重负，也是俄罗斯大国前行的巨大绊脚石。屠格涅夫本人出身于贵族之家，他对自己母亲残酷地对待农奴极为反感，屠格涅夫在他的作品中鲜明地揭示了时代的病患，分明察觉到地主、管家与农民的尖锐对立，巧妙地揭示贵族地主的野蛮和凶残，把自己真挚的同情倾注在一个个普通农民身上。

我们读屠格涅夫的作品，要读出一种人性。屠格涅夫总是对人的各种生存状态进行深刻观察，对人的精神道德状况进行深刻反省。他写出不同的人的出生、教育、婚恋，他们务农、行商，他们老去，甚至写姿态各异的死。种种境遇，悲欢离合，生离死别，都以看似平静却内含情感和评价的笔调写出。

屠格涅夫是一位语言大师，他创作中的语言总是显得那么的简洁、明快、清新、优美，读起来确实是一种美的享受。屠格涅夫极擅长描写自然风景，但他却很少使用拖沓、冗长的修饰语来写，他总是抓住景物的特点用极简洁的文字加以勾勒。日月星辰、天空白云、晨光暮霭、雨露风霜等自然现象以及自然界中的湖光山色、树林原野、香花野草、禽兽虫鱼，在他的神奇画笔下无不显得诗趣盎然，情味无穷。难怪托尔斯泰赞叹他的风景描写说："只要他描上三笔两笔，自然景物就会冒出芬芳。"

第一辑　散文诗33篇

乡　村

七月的最后一天，我越过俄罗斯一千俄里土地，陶醉于一个优美的乡村。

绵延的蓝色浸透了整片天空，一朵朵白云点缀在上面，一边飘浮一边散去。无风，温暖，空气像新挤的牛奶那般清新。

云雀唱着歌；鸽子哼着调；燕子悄无声息地滑翔俯冲；马儿们悠闲自在地咀嚼品味；狗儿安静地站着，摇着尾巴。

烟和干草的气息，混杂一点柏油味和人气，氤氲在鼻翼之间；大麻花正在怒放，浓郁厚重的香气扑面而来，猝不及防就征服了人类的嗅觉。

近处，又深又窄的山谷，两侧成排的柳树，枝繁叶茂，树干苍劲；谷中流淌着一条小溪，鹅卵石在清澈的溪水下面颤动，可爱俏皮；远处，苍天与大地相接的地方，有一条大河，碧波荡漾，清晰可见。

沿着山谷前行，一边，排列着整齐的牲口棚，大门紧闭的仓库，干净整洁；另一边，搭建着五六间松木小屋，清一色的木板屋顶，每个屋顶上都竖着一根高高的柱子，每个小屋门口都站着一匹铁铸的钢鬃小马，古朴典雅。破损的窗玻璃闪烁着彩虹的光彩；百叶窗画上了一瓶瓶水养鲜花；门旁端放着一条小长凳；小土堆上，猫咪在晒太阳，透明的耳朵警觉地竖起；高高的门槛后，是幽凉的门厅。

我在山谷的最边缘铺上马衣，舒服地躺下。周围是一堆堆新制的干草，青草的味道直逼鼻孔，沁人心脾。小屋前，聪明的农人一下一下地抛起干草，好让它们在炙热的阳光下散去水分，没有水分的干草被放进棚里，我想，睡在这些干草上肯定舒服极了。

一个卷毛的脑袋从草堆后面调皮地探出来，凤头母鸡在草堆里辛勤地寻找食物，嘴上长着白毛的小狗在杂草丛中打滚游戏。

亚麻色头发的年轻人穿着干净的工作服，腰带松松的，几乎掉到胯部，脚上的皮靴又厚又重，他们斜靠在一架卸下马具的马车上，相互说着玩笑话，时不时露出一口雪白的牙齿，发出爽朗的笑声。

一个圆脸的年轻女子从窗口向外张望，她笑着，不知是因为那群年轻人的玩笑话，还是因为干草堆里孩子的顽皮。

另一个年轻女子用她有力的胳膊把水桶从井里拉上来，一点一点……水桶摇摇晃晃的，随着女子的节奏溅出一颗颗明晃晃的水珠，打湿了她洁白的手臂。

在我面前，站着一个穿着条纹裙子和新鞋子的老妇人，硕大的念珠在她黝黑的脖子里绕了三圈，灰白的头上包着一块黄底红点的头巾，头巾遮到额头上，露出一双不再青春闪耀的眼睛。

但她沧桑的眼神里却露出了欢迎来宾的温柔，整张布满皱纹的脸笑意荡漾。我敢说，这位老妇人已经年逾七十，即便这样，她当年的风韵依稀可辨。

她右手张开，被晒黑的手指托着一碗刚从地窖取出的冷牛奶，尚未脱脂。碗沿上有干涸的奶渍，像一颗颗珍珠。她左手手掌里有一大片温热的厚面包，递给我，好像在说："吃吧，欢迎你，路过的客人。"

一只公鸡忽然开始啼鸣，自娱自乐地拍打翅膀，牛棚里的一头小牛悠悠地回应了它几声，一唱一和，和谐地演奏二重唱。

"啊！快看看燕麦，多棒啊！"我听见我的车夫说。是的，多棒的燕麦！哦，这折射出美好，宁静，丰饶的俄罗斯乡村！哦，这沉淀和平与富足的厚重的土地！

此时此刻,我忽然觉得:在君士坦丁堡圣莎非亚寺的圆顶上竖起的十字架,以及我们城里人所努力追求的一切,又有何意义呢?

【导读】

梦幻般的故乡总是静谧而美丽的存在

屠格涅夫笔下的故乡是静谧的,这静谧在碧蓝的天空中,在悠悠地飘浮着的白云中;这静谧也在云雀的歌唱、鸽子的小调、公鸡的啼鸣以及小牛的回应声里。作者巧妙地运用了动静结合的手法,艺术地再现了作者眼中也是他心中的故乡。这故乡是自然的、纯净的,没有一丝纤尘,只有清丽和明媚,然而,她却真实地存在于袅袅炊烟中,存在于农人的恬静生活中。在这种恬静的生活中,有炊烟和干草混合的气息弥漫在鼻翼间,有大麻花的怒放,还有棒极了的燕麦。这一切是多么和谐地交织出作者故乡的美丽、安详和富足。正因为如此,马儿才能悠闲自在地咀嚼品味;狗儿才能安静地站着,摇着尾巴;年轻的小伙才能斜靠在一架卸下马具的马车上,相互说着玩笑话,时不时露出一口雪白的牙齿,发出爽朗的笑声;年轻女子才能从窗口向外张望着男人或孩子在幸福地笑着,抑或那从水井里打水溅出的水花也成了珍珠。也正因为如此,沧桑的老妇人才能穿着新鞋子,才能拿出温热的面包、端出珍珠般的牛奶招呼过路的行人。在作者的笔下景和人不仅是和谐的,更是相生相融的,是俄国广袤而有点原始的田野养育了淳朴、自由而安康的人民,同样,淳朴而勤劳的人民也让俄罗斯的原野多了炊烟的温暖和亲切。

整篇文章作者采用了由远及近的手法来写,先写远处的自然景物,后写近处山谷里的情景,而近处的情景重点写农家生活场景图,到此,优美的自然和温馨的农人的生活形成了灵动而静美的画面。而作者在写作中又处处扣住“陶醉”二字来写，写出了“我”躺在干草上的舒服、惬意，写出了人与景、人与物的和谐、融洽，一切都是那么相安无事、相得益彰。

作者在文章中表达的感情是炽烈的，然而作者的笔触却是宁静的，整篇文章不事雕琢，只在那里静静地叙述他的所见所闻，这就是屠格涅夫的淡雅和宁静。

文章的结尾看似闲笔，实则在平静的反问中表达了对宗教虚伪的讽刺，表达了作者对真实而美好的乡村生活的向往。本文是作者对过去乡村美丽生活的回忆，因而表达了作者心中的理想生活的模样。

对　话

“不论少女峰还是黑鹰峰都不曾有过人类的足迹。”

阿尔卑斯山的最高峰，连绵不绝的悬崖峭壁。

山的更远处，是一片青绿。通透、辽阔的天空，严寒的天气，坚硬反光的雪，寒风裹挟着雪花掠过山峰。山峰，就从雪中突显出来。

少女峰和黑鹰峰，两个巨大的石块，像站立在地平线两侧遥遥相望的巨人。

少女峰对它的邻居说：“朋友，你站得比我高，看得比我远，有什么新鲜事跟我说吗？我们下面是什么呢？”

不知是过了几千年，还是一分钟的时间。黑鹰峰轰隆隆地回答：“厚云覆大地……请稍等！”

又是几千年过去了，但其实只是一分钟。

“那么，现在呢？”少女峰问道。

“现在我看见的，跟上次一样。碧水黑林，灰石成堆。中间有小虫爬来爬去，你可知道，这就是尚未拜访过我们的两足动物。”

“人？”

“对，是人。”

几千年过去了，或许仅仅是一分钟。

“那，现在呢？”少女峰问道。

“现在这些小虫子好像少些了，”黑鹰峰响雷般轰隆隆地回答，“看下去更加清晰了，河水干涸，林区缩小。”

又是几千年过去了，或者只是一分钟。

“现在你看见了什么？”少女峰问。

“我们四周似乎清静了，”黑鹰峰回答道，“但远处的山谷尚有一些移动着的小点。”

“现在呢？”少女峰问，在几千又几千年，或者仅仅只是一分钟，之后。

“现在好了，”黑鹰峰回答，“到处都清静了，无论我看哪里，都是白茫茫的一片。到处都是我们的雪，连绵不断的雪，连绵不断的冰，万物冻结。现在好了，到处都清静了。”

“很好，”少女峰说，“我们话也讲够了，老朋友，是时候了，睡一会儿吧。”

“的确，是时候了。”

两座巨山沉沉地睡了，辽阔通透的天在永恒沉寂的大地上睡去了。

一八七八年二月

【导读】

人类啊，你是渺小的！

少女峰和黑鹰峰是阿尔卑斯山上的两座著名山峰。少女峰海拔4158米，如亭亭玉立的少女挺立在茫茫白雪之中。黑鹰峰海拔4274米，是阿尔卑斯山的最高峰，山上有冰川，常年不化。千万年来，它们在凛冽的朔风中，在雪光的圣洁中，庄严、肃穆地矗立着，任何凡人俗物不曾触及过它们，就连风暴也无法搅扰它们的宁静，只有明媚的阳光和温柔的月光才能触摸它们冰凉而又坚硬的肌肤。永恒的静谧使它们俯视一切，人类在它们的眼中只是两足的动物，人类的一切活动在自然面前只是微弱的挣扎和无聊的呻吟。自然的威力和神圣就在它们的凝固不动中延续着、炫耀着，任凭人力蠕动，任凭河水干涸，山就是山，在它们的眼中，“到处都是我们的雪，连绵不断的雪，连绵不断的冰，万物冻结。现在好了，到处都清静了。”

作者在文章中运用了象征的手法，借两座山峰表达了“大自然才是真正的主宰”的观点，这是对自古以来甚至包括基督教所宣扬的“人是自然的主宰”观点的反叛。作者在19世纪就敏锐地意识到“大自然才是真正的主宰”，这是对那个时代的一种怀疑和反叛，是作者超越时代局限的眼光的写照和映现。

文章为了突出大山的静穆和威力，通篇使用了反复的手法，“又是几千年过去了，或者只是一分钟”接连反复了五次，充分彰显了自然的永恒，人类的渺小。同时，这句话的本身还使用了对比的手法，使自然永恒的意蕴更突出。

狗

我们俩在屋里，我和我的狗，屋外是猛烈的狂风，凄厉的嚎叫。

我的狗坐在我跟前，直勾勾看着我的脸。

我也直勾勾看着它的脸。

它似乎是想告诉我一些事情，但它是哑巴，不会说话。不过我懂它。

我懂，此时此刻在我和它的体内，有着同一种感受，我们并无区别，我们是一样的，一样颤动的火光在我们体内燃烧闪烁。

死亡侵袭，用它冰凉有力的翅膀拍打我们。

然后，一切结束！

谁又能分辨我们体内曾经闪耀着的，是什么样的火光？

于是，我们对视，不是简单的人与兽的对视。

眼睛是平等的眼睛，深深渗透到彼此的灵魂。

在每一双眼睛里，在人与兽的眼睛里，无差别的生命因为畏惧而彼此依偎，彼此温暖。

一八七八年二月

【导读】

人和狗平等地注视着

人和狗静静地坐着，彼此直勾勾地注视着。这一刻，任屋外狂风肆虐，只有心与心的交流，眼睛与眼睛的注视。这注视不是深情地爱抚，也不是彼此的赞许，而是心中燃烧过彼此相同的火焰后的生死相依，这里有支持，有依靠，有携手共进，甚至有共同的愤怒、胆怯和畏惧。然而因为深情地对视，灵魂在这一刻获得了安宁，有了着落，尽管屋外依然狂风吼叫。在彼此相同的追求和奋斗中，狗和人具有了平等的尊严和一样的生命价值。

这里的狗是低贱者的象征，它也许是农奴，是作者一直在关注和要拯救的对象。作者俨然脱下了贵族华丽的外衣，他愿和像狗一样被使唤的农奴一起来烧尽这社会的不平等。所以，作者愿意和狗平等地对话和斗争，这是作者的人道主义精神和民主精神的光辉在闪耀。

一只狗能和人平等，这世界即使还有狂风，也会使人觉得温暖。

乞　丐

我沿着街道走，被一个衣衫褴褛的老乞丐拦住了去路。

满含血丝和眼泪的双眼，乌紫的嘴唇，破烂的衣衫，化脓的伤口……哎，贫穷已经侵蚀了这个可怜的肉体。

他伸出红肿肮脏的手，呻吟着向我求助。

我摸遍了所有的口袋，没有钱包，没有手表，甚至连一块手帕都没有，什么都没有带。然而乞丐依然在虔诚地等待，伸出的手无力地颤抖。

狼狈尴尬的我，抱歉地握住了这只肮脏颤抖的手："兄弟，请不要发火，我真的一无所有，兄弟。"

乞丐用他布满血丝的眼睛看着我，乌紫的嘴唇露出微笑，然后用力握紧我冰凉的手指。

"那又怎样，兄弟。"他喃喃道，"你已经给我很多，谢谢你，这也是一份礼物啊，兄弟。"

其实我心底明白，我也收获了一份礼物。

一八七八年二月

【导读】

平等给予尊严，乞丐也成了兄弟

一声“兄弟”，让少爷和乞丐瞬间没有了心灵的距离，有的是彼此间的信任和尊重。这信任和尊重不知比所谓的大方施舍尊贵千万倍，它像暗夜里的阳光，给予在贫穷、困苦深渊里的人们以温暖和希望。“兄弟，请不要发火，我真的一无所有，兄弟。”这兄弟的称谓是从一位少爷的口中发出，它意味着高贵者主动低下了高贵的头颅，俯下身子主动贴近贫苦者，这姿态里闪耀着人道主义的光辉，是作者与旧我的决裂，与他所在的那个时代的难以调和。事实上，作者已经和那个时代、那个阶层划清了界限，而且是那么坚决。“我摸遍了所有的口袋，没有钱包，没有手表，甚至连一块手帕都没有，什么都没有带。”我已身无分文，有的只是虔诚。因为虔诚，我得到了“兄弟”的理解和信任，所以，我才能发自肺腑地说出，我得到了一份礼物。就让我们伸出双手，给那些需要我们的人送去温暖。

“你将会听见傻瓜的裁判……”——普希金

“你将会听见傻瓜的裁判……”你从来都是有话直说的，我们伟大的歌手，这一次也不例外。

“傻瓜的价值观和大众们的嘲笑”，谁又不知道这两件事情呢？

如果能承受这些，就尽量承受吧；如果谁有多余的力量反抗，那就去反抗这些愚昧吧。

但有些打击更加尖锐，直击心脏。一个人竭尽所能，兢兢业业，老老实实，满腔热血地工作，但是诚实的心却满带鄙夷地躲避他，真诚的脸孔因听到他的名字而燃烧着愤怒。“滚！你滚开！”年轻纯真的声音向他嘶吼，“我们不需要你，也不需要你付出的劳动。你弄脏了我们的住所。你不知道也不了解我们，你是敌人！”

那个人该怎么办呢？继续工作，不试图为自己正名，甚至不期待一个公正的裁判。

曾经，耕地的农人咒骂过一个旅行者，因为他带来了土豆。他们把这些珍贵的礼物从旅行者手里拍落，扔在泥土里，还肆意践踏。从此以后，新长出的土豆代替了面包，成为了穷人每日生活的主食。

现在他们吃着土豆，却早已忘记了送来土豆的人的名字。

那就这样吧！名字与耕地的农人们又有何关系，忘记了就忘记吧，但这名字的主人确实是填饱了他们的肚子。

就让我们送给他们真正优质的食物。

痛啊，那些从你所爱着的人的嘴里蹦出的责备……不过这一切，同样，可以忍受……

“你们可以打我，但是，请先听我说……”雅典的领袖对斯巴达人说。

“你们可以打我，但是，请吃饱，请健康！”那我们就可以这么说。

一八七八年二月

【导读】

先觉者的痛苦和执着

普希金，俄罗斯大地上的民族先驱者，他用俄罗斯民族特有的语言在宣扬民主、自由和平等，他为农奴鼓吹，他想唤醒沉睡的俄罗斯大地。但是，大地上笼罩的黑暗太深沉，以至于人们都沉沉地睡了，睡得像死狗一般，不允许别人搅扰他们的聊以用来自我麻醉的梦，以为不睁眼、不去看，这世界便很美满。当有一个人走过他们的身旁，告诉他们，这黑夜太深沉，睡得太深就会冻死过去时，他们睁开朦胧的睡眼骂他为傻子，甚至燃烧着愤怒：“滚！你滚开！”更让人感到可怜的是年轻纯真的声音向他嘶吼，“我们不需要你，也不需要你付出的劳动。你弄脏了我们的住所。你不知道也不了解我们，你是敌人！”这又是让人感到多么痛心的事，年轻人的集体麻木就是整个社会希望的死亡。对此，作者发出了内心的愤怒，甚至是一种呐喊：如果谁有多余的力量反抗，那就去反抗这些愚昧吧。

作为革命先觉者的普希金，他知道自己的痛苦，然而，他更知道自己的使命，他必须告诉他们要吃饱，要健康。只要他们能吃饱、能健康，他情愿忍受责备、痛苦甚至埋怨。因为，他是一个先觉者，他是一个人道者，他必须这样做，只有这样他才能完成自己道德的救赎，才能唤醒打破这黑暗地狱般社会的力量。

对先驱者崇拜的屠格涅夫深深感受到他的痛苦，并感同身受。在这种感受里升华出的是敬仰，可以看出他追随先驱者的决心和勇气。因为屠格涅夫的时代仍然需要唤醒沉睡的农奴，仍然有人要忍受这样的痛苦，屠格涅夫无疑是一个愿意承担的人。

为了让人更好地理解普希金，作者假借了一个虚幻而又真实的故事，让我们真切地感受到普希金的痛苦和伟大。这正是大作家的文章之所以让我们感到平易、亲切的奥秘所在。

处世法则

一个老奸巨猾的无赖跟我说:“如果你想要狠狠地激怒你的敌人，甚至伤害他，你就拿你最明显的缺点或者恶习去责备他。你要假装很生气，狠狠地责备他!”

“第一，这会让别人觉得你自己并没有那个恶习。”

“第二，你可以利用你自己良心的谴责，使这假装的愤怒成为真的愤怒。”

“比如说，你是一个叛徒，你就要责备你的敌人缺乏信念!”

“如果你自己就有奴隶的劣根性，那就骂他是个不折不扣的奴隶，文明的奴隶，欧洲的奴隶，社会主义的奴隶!”

“我们甚至可以骂他‘反奴性主义’的奴隶。”我提示道。

“没错，你可以这样骂他。”老奸巨猾的无赖满意地说。

一八七八年二月

【导读】

没错，你就是奴隶！

你分明是奴隶，但你还不承认，偏偏说别人是奴隶。这就是奴隶的狡猾，这更是奴隶灵魂的死亡。奴隶总是用这样的言辞强化着自己的奴性，更可恶的是他还极力掩饰，而且是那么歇斯底里，几乎发疯。甚至可以为自己标上“反奴性”的标签，简直达到了厚颜无耻的地步。鲁迅先生说过：“中国的历史可以分成两种情况，一种是坐稳了奴隶的时候，一种是欲做奴隶而不得的时候。”鲁迅先生又说：“做奴隶虽然不幸，但并不可怕，因为知道挣扎，毕竟还有挣脱的希望；若是从奴隶生活中寻出美来，赞叹、陶醉，就是万劫不复的奴才了！”鲁迅先生的论述同样适用于屠格涅夫生活的俄国时代，屠格涅夫对俄国农奴怀有深切的同情，他为农奴呼吁，为农奴发放解放证，为农奴免遭被卖掉的命运挺身而出，但他也深切地看到仍有一部分人习惯了做奴隶，甚至陶醉于做奴隶。

屠格涅夫对于这种无赖的“奴隶”用对话的形式完成了塑造，文章没有铺张的描写，只在平淡的对话中使人物形象惟妙惟肖。这一形象的塑造中包含了屠格涅夫深沉的忧愤，这是要唤醒一个沉睡的阶层，是对俄国命运的关注。

梦

我仿佛身处俄罗斯的野外，一个简陋的农舍里。

屋子很大，天花板低矮，有三扇窗子，墙壁刷得雪白，没有家具。房子前面是一片荒芜的平原，由近及远向下倾斜，延伸到远方，单一的灰蒙蒙的天空笼罩着大地，像极了床的帐顶。

我并不孤独，屋子里还有另外十个人，都是相当平凡的人，都穿着朴素的衣服。他们来来回回默默地走动，像是密谋一次重大的行动。他们尽量小心，不碰到其他人，却又不断焦虑地相互张望。

没有人知道他们为什么会在这里，也不知道跟他们在一起的是什么人，所有人脸上都写着局促和不安。他们一个接着一个走到窗口，热切地向外望，好像在期待着什么。

然后他们又继续开始来来回回地走动。我们中有一个小个子的男孩，他时不时地尖声哭泣着："爸爸，我怕！"我被这哭声扰得心烦，也开始害怕起来。可是，怕什么呢？我自己也不知道。只是我觉得，那个东西越来越近，越来越近了——那是巨大的灾难。

小个子男孩不停地哭泣。啊，快逃走吧！这里烦闷又沉重！快要窒息了！但是要逃出去是根本不可能的。

天空好似变成了一块裹尸布，没有风，没有声音，难道空气死了吗？

忽然，男孩跑到窗前，用悲惨的声音尖叫道：“快看！快看！地塌了！”

“什么？塌了？”是的，就在刚才，屋前还是一片平原，而现在，平原却立在令人恐惧的高空中。地平线已经下陷，沉了下去。我们所在的屋子，高悬在一个几乎凿空的黑色悬崖上。

我们都挤向窗子，恐惧让我们的心凝得紧紧的。“来了……”我身边一个声音低声说。

看呐，在远处的地平线上，有东西开始活动起来，一种小而圆的山丘不停地起起伏伏。

“是大海！”一瞬间，一个念头闪过我们所有人的大脑，“大海会直接吞噬所有的一切，只是它是怎么涨起来的？怎么涨到这悬崖的高度？”

然而，它还是在涨，不停地疯涨，远处已经看不到分散起伏的山丘了，只有一个连绵不断的，怪物似的巨浪吞没了整个地平线，映入眼帘。这巨浪，加深我们的恐惧。

巨浪呼啸着，呼啸着，向我们奔腾而来！随着一阵冰冷的飓风，它冲上了天际，翻卷在地狱般的黑暗里。万物都在战栗，在那，在那个飞舞的飓风和巨浪中，巨雷隆隆震响，和千万人绝望的哭嚎混成一片……

啊！这是怎样的哭嚎和哀鸣！这是大地恐惧的叫喊！

末日来了！万物的忌日！

男孩又哭泣起来，我想抓住我周围的人们，但是我们都已经被这漆黑，冰冷，怒号的巨浪击碎，溺死，埋葬，冲到不知名的地方。黑暗，只剩下无尽的黑暗。

黑暗，让我窒息，我猛地惊醒了过来。

一八七八年三月

【导读】

让巨浪来得更猛烈些吧

黑暗，无边的黑暗，所有的人都在恐惧，都要逃离。啊，快逃走吧！这里烦闷又沉重！快要窒息了！但是要逃出去是根本不可能的。天空好似变成了一块裹尸布，没有风，没有声音，连空气也死了，甚至要地陷了，这就是世界的末日。然而，在这惊恐不安的要逃离的灵魂中，还有一个警醒着的灵魂，他最先发现了这黑暗中的异动。在远处的地平线上，有东西开始活动起来，一种小而圆的山丘不停地起起伏伏。在山丘下面大海出现了，它一经出现，就是那么的猛烈，那么的不可阻挡，它呼啸着，席卷着，奔腾着，它要冲上天际，万物在它的面前都在战栗。接着，轰隆隆的雷声也出现了。这一切，让惊恐万状的人们绝望地嚎叫。这是革命的暴风雨，这是黑暗中摧枯拉朽的力量。然而，暗夜中的人们还无法接受它的突然到来，只好惊恐万状，甚至连作者都无法接受，也许它来得过于突然和猛烈。在革命前夜发生的这一切，排山倒海式的革命力量令人震撼，然而脱离群众的资产阶级革命到底能走多远，作者是有充分的隐忧的，好在作者突然惊醒了过来，他意识到革命风暴的到来。

整篇文章采用象征的手法，借用暗夜和大海巨浪的形象写出了革命前夜的力量斗争，这是一场殊死的搏斗，更要有唤醒民众的历史责任。每个人包括作者都要在这场革命中有清醒的认识，并积极接纳这场暴风雨。这是作者隐藏在文字背后的深情呼唤。

傻　子

曾经，这里住过一个傻子。

他安逸平和地生活了很长一段时间，但是渐渐地，有谣言传播开来，说他是个彻头彻尾的大白痴。

傻子感觉很尴尬，暗暗想办法来消灭这些讨厌的谣言。

忽然他灵光一现，一个完美的计划在他傻乎乎的脑子里诞生了。于是，他毫不犹豫地实践了他的想法。

傻子在街上遇见一个朋友，朋友称赞起一个有名的画家。

“得了吧！”傻子嚷了起来，“那个画家过气很久了，你难道不知道？没想到你竟然还不知道，真是落伍！”

那个朋友吃了一惊，然后立马赞成了傻子的观点。

“我昨天读的那本书真是太棒了！”另一个朋友跟他说。

“得了吧！”傻子嚷起来，“你怎么就不害臊呀。这本书一点营养也没有，人们很久以前就明白书里讲的道理了。你难道不知道？真是落伍！”

同样的，这个朋友先是吃了一惊，然后赞成了傻子的观点。

“我的朋友某某某真是个特别厉害的人啊！”第三个朋友跟他说，“是个真正的人才！”

“得了吧！”傻子嚷起来，“某某某？这个臭烘烘的家伙，他骗过所有亲戚的钱。人人都知道这事。你可真是落伍！”

同样，第三个朋友吃了一惊，接着迅速赞成了傻子的观点，并跟他的朋友绝交了。从此以后，无论是谁，只要他在傻子面前称赞任何事情，都会受到傻子如出一辙的反驳。

有时候，傻子会用责备的口气加上一句："你竟然还相信那些听起来貌似权威的套话？"

"太狠了！太毒了！"傻子的朋友们开始这样评价傻子，"他的脑袋多聪明啊！"

"还有，他的口才也很好！"其他人附和道，"是的，没错，他挺有才华的。"

后来，一家杂志的编辑找到傻子，并推荐他成为杂志专栏的专业评论员。

于是，傻子针砭时弊，用他一贯的态度和方式，批评所有事情，所有人。

现在的傻子，那个曾经藐视权威的傻子，已然成为了一个权威，年轻人都崇拜他，敬畏他。

这些可怜的年轻人，他们还能怎样呢？按常理，不应该出现盲目的个人崇拜，但是身处这种情况，如若不崇拜傻子，就会发觉自己变得相当落伍！

在一堆胆小鬼中，傻子们洋洋得意着。

一八七八年四月

【导读】

傻瓜为什么离权威那么近？

《傻瓜》是屠格涅夫针对当时俄罗斯文坛一些评论家只顾一味批判，不求建树的现象有感而写的。

傻瓜不仅愚蠢，而且低下，“傻子针砭时弊，用他一贯的态度和方式，批评所有事情，所有人。”其实，他不学无术、自私自利、欺世盗名，只不过抓住了人们的虚荣心而已，因为虚荣，人们往往顺从地表现出谦卑。于是，令人悲哀的一幕幕在上演，人们对傻瓜厌之弥深，恨之入骨，却五体投地，称他为“天才”。一个傻瓜震慑着一群傻瓜，呼风唤雨，指挥若定，这就是屠格涅夫眼中的思想界、评论界，一个落后民族的精神世界的象征，在这里有一些伪权威制约着统帅着人们的思想、意识、价值和观念，而这些伪权威却对社会的进步毫无作用可言，他们只不过贬损别人，抬高自己。

当屠格涅夫写下“傻瓜”这个题目的时候，他的内心是不屑一顾的，也是痛恨的，说到这里，文章隐藏着作家一片忧国忧民之心。屠格涅夫有鉴于俄国1861年改革后社会中私欲的泛滥，深感它给国家民族社会带来的危害，出于一片仁爱之心，怀着他一贯所抱的人类崇高道德境界的理想，愤愤然要对这种现象进行揭露和批判。

因此，他才会苦心孤诣，采用民间口头故事的形式，写出了这篇妙文。我们不能忽略隐藏在文中的作者的善意和爱，他说“可怜的年轻人”，一个“可怜”既是对后来者的同情理解，又是一种委婉的劝诫，而这些年轻人也是屠格涅夫的希望所在。

东方传奇

在巴格达，谁不知道杰斐，宇宙的太阳？

很久很久以前，当杰斐还是个少年的时候，一天，他在巴格达的郊区走着。

忽然耳边传来一阵凄厉的喊叫，有人在呼救，亟需帮助。

杰斐在同龄人中是数一数二的英明神武，并且难能可贵的是，他极富爱心，相信自己的力量。

他朝着声音传来的方向跑去，看见了一个身体羸弱的老人被两个强盗按在城墙上，正遭抢劫。

杰斐拔出剑，向歹徒刺去。杀死了一个，另一个逃跑了。

老人得救了。他跪在救命恩人的脚下，亲吻他的衣角，一边高声喊道："勇敢的年轻人啊，你的英勇将会得到奖赏。表面上看起来我是个可怜的乞丐，但那只是外表。我不是普通人。明早你到主街市来吧，我会在喷泉边上等你，到时候你就会知道我现在说的话字字属实了。"

杰斐想："从表面上看，这老人的确是个乞丐，这点毫无疑问，但是世间万物，无奇不有，何不前去一探究竟？"于是他回答："很好，前辈，我会来的。"

老人深深地看了他一眼，便离开了。

第二天天刚亮，杰斐便动身去街市。老人手肘支撑在碗状的喷泉边缘，已经在那儿等他了。

他默默地牵着杰斐的手，把他引到了一个四面都是高高的围墙的小花园。

在花园的正中间，有一片绿色的草地，草地上生长着一棵形态奇异的树。

看起来似乎是一种柏类植物，不过，树上的叶子是蓝色的。

三颗果实——苹果——挂在向上弯曲的细枝上。第一个中等大小，长条形，乳白色；第二个生得很大，圆滚滚的，红得发亮；第三个，又小又皱，淡黄色。

虽然没有风，这棵果树还是轻微地沙沙作响。它轻声细语，如泣如诉，像是一个玻璃制的钟。它似乎能感觉到杰斐的到来。

“年轻人！”老人开口说道，“从这三个苹果中选一个吧，但是要知道，如果你选择了白色的苹果，并且吃下它，你将会成为世间最聪明的人；如果你选择了红色的苹果并吃下它，你将会变得跟犹太人罗德希尔那般富有；如果你选择了黄色的苹果并且吃下它，你将会变得像一个老妇人一样。做出决定吧，不要迟疑。一个小时以后，这些苹果都会腐烂，这棵树也会陷入地底！”

杰斐低头沉思着：“我该怎么做呢？”他低声说道，好像是自己在跟自己争辩。“如果你变得太聪明，也许你不屑于继续生活；如果你变得比所有人都富有，那么人人都会嫉妒你；嗯，我最好选择第三个苹果，选择那个烂苹果。”

于是，他就这么做了，老人看了他的选择后，张开无牙的大嘴哈哈大笑起来，然后说：“哦，聪明的人啊！你选择了最好的一个苹果！你有什么需要选择白色的苹果呢？你本来就比所罗门还要聪明；你也不需要红色的苹果，没有它，你一样能变得非常富有，而且人们并不会嫉妒你的财富。”

“前辈，请告诉我！”杰斐打起了精神，目光炯炯地说道，“我们哈里法，受圣灵佑护的圣母在哪里？”

老人深深地鞠了一躬，头触碰到了地，借此方式给年轻人指明了道路。

在巴格达，谁不知道宇宙的太阳，伟大的，著名的杰斐呢？

一八七八年四月

【导读】

神的威力从哪儿来？

杰斐是伟大的神，是巴格达人心中的太阳。他离我们一点都不远，他就在我们周围，当老人遭到强盗的抢劫时，他勇敢地拔剑相助，杀死了一个，吓跑了一个。老人得救了。老人跪在救命恩人的脚下，亲吻他的衣角，一边高声喊道："勇敢的年轻人啊，你的英勇将会得到奖赏。"这是文章叙述的杰斐的第一个选择，这个选择足以表现出他救助弱者的英勇，这英勇使他表现出了作为神的责任担当。是神就要救助万民，就要勇敢地面对凶恶、残忍甚至牺牲。杰斐做到了，所以他就要即将得到老人的奖赏。当然，这位老人也绝非凡人，他实际上是考验神的一块磨刀石。这是他给杰斐出的第一道考题，对于杰斐的答案他感到特别满意。

接下来，老人又给杰斐出了一道极难选择的选择题，这道选择题前两项充满了诱惑，一般人很难抗拒，但杰斐经过深思熟虑选择了烂苹果，他甘愿变成一位老妇人。选择了老妇人也就选择了善良、怜悯。这是最高贵的一种品格，它的价值超过聪明、富有千万倍。悲悯是宗教的最高情怀，只有悲悯才能真正去爱所有人、爱这个世界。悲悯需要我们每个人眼睛向下，仁慈地注视着需要我们关怀的人，所以，文中的老人才"头触碰到了地，借此方式给年轻人指明了道路"。但愿我们每个人通过这篇具有神话色彩的散文诗获得人生的启迪和智慧。

两首四行诗

从前有一座城，城里的居民非常喜欢诗歌。如果一连几个星期没有好的新诗出现，他们就会把诗歌的匮乏当成是全城的厄运。

他们通常在这些时候穿上最坏的衣服，头发上撒些灰，成群结队地聚集到各个广场上，哭诉抱怨，责备诗神无情地抛弃了他们。

在这么一个不祥的日子里，年轻的诗人尤尼乌斯走进了某广场。广场上挤满了忧伤的百姓。

他疾步登上一个专门朗诵诗歌的平台，向群众示意要朗诵一首诗。

卫士们立刻挥动他们的权标："安静安静，注意了！"他们大声叫道。群众立刻安静下来，满怀期望地看着台上。

"朋友们！同胞们！"尤尼乌斯大声说道，他的声音略带颤抖。

朋友们！同胞们！诗歌爱好者们！
你们！美丽与优雅的诗歌追随者！
不要让一时的忧伤黯淡了你们的灵魂，
心中的渴望在接近，光明终将驱走黑暗！

尤尼乌斯停住了，回应他的，却是从广场四周响起的嘈杂的嘘声和放肆的笑声。

每一张脸上都写着愤怒，每一双眼睛都燃烧着怒火，每一只手臂都高高挥舞，每一个人都想狠狠给他一拳头。

“他是想拿那个来欺骗我们的！”愤怒的喊声四处响起，“滚下去，低能的蹩脚诗人！滚开！笨蛋！去吃烂苹果臭鸡蛋吧，肮脏的小丑！给我们拿石头来，砸他！”

尤尼乌斯连滚带爬地从平台上逃下来。然而，还没等他跨进家门，广场就传来一阵阵狂热的喝彩，热情的欢呼和高声的赞美。

尤尼乌斯满怀好奇地回到广场，尽量不引起别人的注意(惹恼一群狂热的野兽是非常危险的)。

那么，他看见了什么呢？

那人群之上的，被人们高高架在肩膀上的——脚踏一块平坦的金色盾牌，身穿一件紫色袍子，飘逸的秀发上戴一顶桂冠——那不就是他的竞争对手，年轻的诗人尤利乌斯吗！

人群高声嚷嚷着：“光荣！光荣！光荣！不朽的尤利乌斯！他在巨大的悲伤中抚慰我们的灵魂！他赠予我们的诗歌比蜜还要甜美，比钹的音调还有节律，比盛开的玫瑰还要芬芳，比蔚蓝的天空还要纯洁！我们高举他庆祝胜利，用柔软的香气呵护他聪明的大脑，扇动棕榈叶清凉他的眉宇，把阿拉伯草药的芬芳播撒在他的足下！光荣啊！”

尤尼乌斯走到一个疯狂喝彩的狂热分子跟前：“我的同胞，请教导我！尤利乌斯写出了怎样的诗篇让你们如此兴奋！我呀，真是可惜，在他念诗的时候我没能在场。念出他的诗歌吧，如果你还记得，恳求你！”

“像那样的诗，我是不可能忘记的！”那个人兴奋地说，“你把我当成什么人了？听着——享受它吧，跟我们一起享受它！”

“诗歌爱好者们。”那位犹如神一般存在的尤利乌斯的诗是这样开头的。

诗歌爱好者们！同胞们！朋友们！
美丽，优雅，韵律，你们追随！
你们的灵魂，忧伤不能黯淡！
渴望的时刻在接近！白天终将驱散夜晚！

“你认为这首诗写得怎么样?”

“天呐!”尤尼乌斯惊叫起来，“这不就是我的诗嘛！在我朗诵的时候尤利乌斯肯定在人群中，听见了我的诗，然后复述了出来，只是稍微改了改表达方式，而且也没有改得比原来更好。”

“啊，现在我认出你来了，你是尤尼乌斯!”那个被他拦下的狂热分子面带愤怒地反驳道，“你这个只会嫉妒别人的傻瓜。注意听好了，倒霉鬼，尤利乌斯的句子是多么卓尔不凡，‘白天终将驱散夜晚!’而你，你的句子简直是一堆垃圾，‘光明终将驱走黑暗!’什么光明？什么黑暗?”

“难道这两句话不是一样的吗?”尤尼乌斯辩解说。

“闭嘴!”那人打断了他，“你再说一个字我就要叫人了，他们会把你撕成碎片的!”

尤尼乌斯知趣地不做声了。一个满头灰发的老人听见他们的对话后，向这个不幸的诗人走来，用手拍着他的肩膀说:“尤尼乌斯，你有你的思想，但没有在一个恰当的时机表达出来；而他，自己没有思想，却是在一个正确的时候把别人的想法说了出来。这让他成为了对的那个人，而你只能以你的好心肠来安慰自己了。”

可怜的尤尼乌斯被挤到一边，只凭这副“好心肠”发挥出它最大的威力，自我安慰(老实说，并不是特别有效)。而在远处，在欢呼声、掌声和喜悦叫喊声中，在凌驾万物的金色阳光里，尤利乌斯身着华丽的紫袍，头戴桂冠，四周缭绕着浓郁的芳香烟雾。他雄伟的英姿，缓缓移动的骄傲挺拔的步子，就像俄国沙皇胜利凯旋，回到皇宫一样。棕榈的长枝在他面前一起一落，轻微地颤动以示对尤利乌斯的绝对服从，借此来表达每一个欣喜若狂的城民心中无尽的崇敬！

一八七八年四月

【导读】

把话说在最该说的时候

“两首四行诗”其实就是一首四行诗，作者在这篇文章中巧妙地运用了反复的手法，又同时运用了对比的手法，借助两个诗人的形象巧妙地表达了说话要看恰当的时机的观点。其实，作者在这里还使用了象征的手法，有更深层次的内涵。唤醒民众首先要贴近群众，要用民众能接受的方式去号召他们、引导他们。实际上作者是在以委婉的方式批评那些脱离群众的革命者，他们有热情、有愿望，希望民众能觉醒起来，能奋斗起来。但是，他们没有让群众理解他们，甚至被群众称作傻瓜、倒霉鬼，他们在群众的心目中没有任何地位，没有任何分量。

本文和屠格涅夫一贯的清新、平易、简洁的语言风格不太一样，语言浓烈、慷慨，充满了激情，这样的语言特色能够突出表现人们的情绪，使群众的激情得以张扬。同时，文章还使用了排比的修辞手法，使句式整齐，气势强烈。“每一张脸上都写着愤怒，每一双眼睛都燃烧着怒火，每一只手臂都高高挥舞，每一个人都想狠狠给他一拳头。”这种排比的手法，极具夸张色彩，写尽了群众对于尤尼乌斯的不理解，甚至把不理解变成了一种仇视，尤尼乌斯俨然成了他们的敌人。

麻　雀

我打猎回来，沿着公园中的林荫道走着，我的猎狗跑在我前头。

忽然，它放慢了脚步，开始偷偷摸摸地隐藏自己，好像在玩狩猎的游戏。

我放眼向前望去，看见了一只小麻雀：小巧的脑袋上长了一个嫩黄色的喙，头埋得低低的。它肯定是从鸟巢里跌落到地上的（因为此时此刻，大风呼呼地吹，道边的桦树猛烈地摇晃着）。小麻雀跌坐在地上，无助地拍打着那双稚嫩的翅膀。

我的猎狗匍匐起身子，慢慢地接近小麻雀。忽然，一个黑影从附近一棵树上俯冲下来——一只黑胸脯的老麻雀，像一块石头一样落在猎狗的鼻子前。它惊恐得全身的羽毛都竖起来，绝望而凄厉地尖叫着，连续两次向张着大嘴的猎狗冲过去。

它是来保护幼鸟的，用自己的身体挡住危险，但是它小小的身体因为恐惧而不断战栗，它的叫声变得嘶哑而古怪。一次又一次，它因为太害怕而昏厥过去，但每一次，它都支撑着重新站起来！身体里有股力量支撑着它，它顽强地站在小麻雀的前面，毫不退缩。

在它眼里，狗是多么庞大的一个怪物啊！但是，它不能安然躲在高高的树枝上，一股比恐惧更加强大的力量迫使它冲了下来。

我的猎狗站住了，不停往后缩。显然，它也感受到了这股力量，被震撼了。

我赶忙唤回那慌张的猎狗，满怀尊敬地走开了。

是的，不要笑，我尊敬那只小而勇敢的鸟，它是英雄，因为有爱。

爱……

我想这就是比死，或者比对死亡的恐惧更加强大的力量。只有因为它，因为爱，生命作为一个整体，才能维持，才能发展。

一八七八年四月

【导读】

一种比死亡的恐惧更强大的力量

爱有着非常强大的力量，许多不可思议的事都是因爱而发生。无论是谁，都甘愿为爱付出生命。人与人都是因爱而联系在一起的。没有爱，我们将无法生存。

一只老麻雀，弱小的躯体，在自己的孩子遭到猎狗的威胁时，竟然能够“像一块石头一样落在猎狗的鼻子前”，毫不迟疑，非常果敢地、迅猛地出现在猎狗面前，它的勇气和胆量是多么巨大，这一切全是因为爱，爱产生一种超越死亡的力量。尽管老麻雀“惊恐得全身的羽毛都竖起来”，尽管老麻雀“一次又一次，它因为太害怕而昏厥过去”，但每一次，它都支撑着重新站起来！身体里有股力量支撑着它，它顽强地站在小麻雀的前面，毫不退缩。这是一种爱的力量，正因为有了这份爱，老麻雀才超越生死，勇敢地去保护小麻雀。许多时候，爱有着非常强大的力量，许多不可思议的事都是因爱而发生。无论是谁，都甘愿为爱付出生命。作者对于爱的理解，又远远超越了老麻雀对于小麻雀的爱，这是整个生命世界的共同生存法则。世间因为有了爱，人类社会才能生生不息。

文章着重通过对不同的角色的神态、动作的具体描写，来真实地表达自己的思想感情。不仅刻画出小麻雀的弱小，猎狗的凶暴，“我”的同情怜爱的形象，而且塑造出老麻雀在危急关头，挺身而出，为救幼儿奋不顾身的果敢形象。

运用简洁的语言在叙述之中穿插抒情、议论也是本文的一个特点。作者在详细地描写了老麻雀的英雄行为后，议论道：是的，不要笑，我尊敬那只小而勇敢的鸟，它是英雄，因为有爱。这就深刻地揭示了本文的主题。作者并没有就此结束，而是进一步地抒情、议论，从而升华文章的主旨：只有因为它，因为爱，生命作为一个整体，才能维持，才能发展。

劳动的人和细皮嫩肉的人

对 话

劳动的人：你混到我们中间来干什么？你想要什么？你不是我们一伙儿的，走开！

细皮嫩肉的人：我是你们一伙儿的，兄弟们！

劳动的人：我们一伙儿的？真的？真新鲜！看看我这双手，看见了吗？他们多脏，闻起来还有污泥和沥青的气味。而你的手呢，看看，多么白嫩，闻起来有什么气味吗？

细皮嫩肉的人（伸出他的手）：你闻闻。

劳动的人（嗅了嗅他的手）：这是什么奇怪的味儿，闻起来有点像铁味儿。

细皮嫩肉的人：对，正是铁的气味。我这双手戴了整整六年的铁手铐。

劳动的人：怎么回事？

细皮嫩肉的人：怎么回事？因为我为你们的幸福生活付出努力。我想要解放你们这些受压迫又愚昧无知的人们，我反抗压迫你们的人，反抗当权者，结果被他们关了起来。

劳动的人：把你关了起来？真的？那你还敢造反？

两年后

劳动的人(向另外一个工人):我说,彼得,你记不记得,前年这时候有个细皮嫩肉的家伙跟你讲过话?

另一个工人:记得,他怎么样了?

劳动的人:我听说今天他要被绞刑,告示已经贴出来了。

另一个工人:后来他还是继续反抗当权者?

劳动的人:是的,他一直在反抗。

另一个工人:啊! 老兄,这样的话,我们能不能弄一小段绞刑用的绳子回家呀,听说这玩意儿可以让整个家族行大运哩!

劳动的人:好主意,老兄,我们一会儿去试试看。

一八七八年四月

【导读】

两个阶层的距离有多远?

一双劳动者的手,一双细皮嫩肉的手,两双手比在了一起。一双手是为了拯救另一双手,竟然戴了整整六年的铁手铐,换来的竟然是充满怀疑的诘问:“把你关了起来? 真的? 那你还敢造反?”是的,他不光敢造反,他还义无反顾地走上了绞刑架。尽管如此,他竟没有获得劳动者的丝毫理解,哪怕是给予一点怜悯和同情。这些都没有,读到这里我们感到一种莫名的悲哀。作为一个革命者,始终不能被群众所理解,这是一种历史的悲剧,这也充分说明了两个阶层的隔膜。

这篇文章主要采用对话的形式来推动情节的发展,语言平实,如话家常。在人物的自然对话中两个阶层的隔膜凸显了出来,文章从隔膜开始到隔膜结束。情节虽简单,但却极大地触动读者的灵魂,产生极强的艺术表达效果。

纪念尤·彼·符斯卡娅

在烂泥地上，在腐败的干草堆上，在用摇摇欲坠的马棚仓促改造成的流动医疗站内，在被摧毁的保加利亚小村子里，两个多星期了，她躺着，等待严重的伤寒最终夺走她的生命。

她已经不省人事，没有任何医生照看过她。之前，伤残士兵们，那些她尚能站立时照顾的伤残士兵们，轮流从细菌滋生的垃圾堆里站起来，将盛在破裂的罐子里的水凑近她龟裂的嘴唇，淋上几滴。

她曾经年轻美貌，为上流社会所熟知，连最显要的权贵也曾对她表示过兴趣。女士们羡慕她，男士们追求她，其中有两三个默默而真挚地爱过她。人生曾对她露出笑脸，但是这笑容比泪水还要苦涩。

一颗柔软善良的心，却有着如此强大的力量，如此强烈的对奉献的渴望——帮助那些需要帮助的人。她不知道除此之外还有什么可以使她快乐，她不知道，也从未体验过。其他的快乐从她身边经过，但是她早已决心不去理睬它们。她周身燃烧着无法熄灭的信仰之火。她全身心投入到服务群众的事业中去。

她内心掩埋着怎样的宝藏，在她最隐秘的灵魂深处，从来无人知晓，而现在，更加没人了解了。

不过，现在，有了解的必要吗？她已经献身了，她的事业结束了。

但是，一想到甚至没人对她的遗体道一声感谢时，一种凄凉感便油然而生;虽然她生前,每次被感谢时,都会感到尴尬羞涩,难为情。

愿她可爱的身影不会怪罪我这朵迟来的小花,愿这朵小花可以斗胆陪葬在她的墓旁。

一八七八年九月

【导读】

冷漠令人感到窒息

尤·彼·符斯卡娅是屠格涅夫的好朋友,她志愿去前线当护士,1878年,她在当护士的第二年病逝了。屠格涅夫为此写了这篇散文诗,文章最后写道:“但是,一想到甚至没人对她的遗体道一声感谢时,一种凄凉感便油然而生;虽然她生前,每次被感谢时,都会感到尴尬羞涩,难为情。”这是一种奉献者的悲哀,甚至悲哀到残忍。她为革命奉献了一切,她不知道除此之外还有什么可以使她快乐,她不知道,也从未体验过。但当她死了,没有人对她的遗体道一声感谢。所幸的是还有一个清醒者,还有一个有良知的人,这个人就是作者。

文章里,屠格涅夫用他诗意的语言,向世界控诉,这是无奈的。生活在我们周围的人,都有一个共同的特征,就是缺乏感激之情。因为没有了感激,所以感激让人觉得另有所求;因为没有了感激,所以感激让人觉得生活的窒息。

文章巧妙地运用了对比的手法来完成对尤·彼·符斯卡娅的塑造,对比越鲜明,越能突出尤·彼·符斯卡娅对革命的忠诚和执着,也越能突出尤·彼·符斯卡娅的凄凉和悲惨,也越能突出大家的冷漠和残忍。这是一个民族意识的死亡,如果这个民族连英雄都要忘却,注定这个民族也就没有了精神的大厦。

一次拜访

我坐在打开的窗边。清晨，五月第一天刚破晓的清晨。

霞光尚未出现，为了迎接它的到来，黑暗温暖的夜已经给天空注入了灰白和清凉。

没有迷雾，没有风，万物黯淡寂静，但隐隐约约可以察觉，苏醒的时刻越来越近。稀薄的空气里能感受到露水清洌的湿气。

忽然，呼呼呼，嗡嗡嗡，开着的窗户飞进来一只大鸟。

我一惊，仔细望着它。原来它不是鸟，而是一个长着一双小翅膀的女人，穿着一条紧身的长裙，这长裙飘飘然一直垂到她的脚边。

她浑身上下呈现出一种珠母般的灰色，只有翅膀内侧盛开着玫瑰一样的殷红，小而圆的头上一圈野百合花环束住她的一绺卷发，两根孔雀羽毛在她饱满的前额优雅地晃动，仿佛蝴蝶触须。

她在天花板周围来回飞了两次，小小的脸上满带笑意，那清澈乌黑的眼睛仿佛也在笑着——她愉悦的飞行使得它们像钻石一般闪耀。

她手中拿着来自草原的花朵长长的花柄——俄罗斯人称呼它为“沙皇的权杖”——的确像一根权杖。

她在我的上空快速地来来回回，用手里的花儿轻触我的头顶。

我扑向她，但是来不及了，她已经扑扇着翅膀飞出了窗户，一瞬间就消失不见了……

在花园里，在一簇紫丁香花丛里，一只斑鸠用黎明的第一声啼叫向她告别。在她离去的方向，奶白色的天空泛起了一片柔弱的红晕。

幻想女神，我认识你！你是注定要去拜访那些年轻的诗人，而你路过寒舍，实属偶然。

啊！诗歌！青春！少女的美艳！你短暂地照耀了我一瞬间，在早春刚破晓的清晨。

一八七八年五月

【导读】

幻想女神在早春清晨美艳地飞过

年轻的诗人屠格涅夫内心渴望光明，在早春要破晓的早晨他注视着窗外，光明马上就要到来，他的内心是多么的喜悦。更令他喜出望外地是他看见了一只美丽的鸟儿，这鸟儿不是别人，正是幻想女神，她是青春的象征，是诗歌的化身，她通体美丽。你看她，“穿着一条紧身的长裙，这长裙飘飘然一直垂到她的脚边。”“她浑身上下呈现出一种珠母般的灰色，只有翅膀内侧盛开着玫瑰一样的殷红，小而圆的头上一圈野百合花环束住她的一绺卷发，两根孔雀羽毛在她饱满的前额优雅地晃动，仿佛蝴蝶触须。”这女神的装束就是花仙子，她有珍珠一样的光彩，她有野百合的花香，她有美丽的前额，她刚从草原飘飞而来。在诗人的心中，她有着圣洁而神圣的地位，她手中的花梗儿仿佛就是“沙皇的权杖”，这权杖的威力不是来自淫威，而是诗人内心的崇拜。诗人渴望美丽、渴望青春、渴望诗歌，这是诗人在渴望光明和活力，他想冲破黑暗，他想迎接光明。尽管这是诗人的幻想，但诗人从来就没有停止渴望。

作者在整首诗中运用了他惯用的象征手法。正是借助这一象征手法，才使抽象的青春、诗歌和美丽化为了一个具体可感的美少女。美少女的到来不仅打动了作者，更打动了每一位读者，勾起每一位读者对于光明的渴望。我们有理由相信这首诗一定鼓舞了俄罗斯那个特定时代的青年，在他们心中燃起了对于光明的渴望。

一幅浅浮雕

一个高瘦嶙峋的老妇人，冷酷无情的面孔，木讷呆滞的眼神，迈着大步走着。她干瘦如棍的手臂，用力推搡着她前面的另一个女孩。

老妇人，身材高大，虎背熊腰，威武有力，肌肉像希腊神话中的英雄赫拉克斯一样结实，牛一般粗壮的脖子上长着一个小脑袋，但是她双目失明——她推搡着前面一个小而瘦的女孩。

这个女孩眼睛明亮，她不断反抗着，回过头去，挥动她纤细美丽的双手。她表情生动丰富，露出了不耐烦和大无畏的神色，她不愿意服从，不想前进，不想听命于身后这个女人对她的驱使，但是，她依然被迫向前走着。

Necessitas-Vis-Libertas!

必须——自由——生活!

这三个词，谁能解释的请解释一下吧。

一八七八年五月

【导读】

自由来自无力而坚决的反抗

两个老妇人，她们确实老了，一个瘦骨嶙峋、干瘦如柴，一个虽然身材高大、虎背熊腰、威武有力，但是双目失明。但是，她们仍然不甘心，她们仍然有控制着这个世界的欲望，她们各自要牢牢地控制着一位小女孩。“推搡着”一词写出了她们的残暴和凶狠，她们越是凶狠，小女孩越是不甘心被控制。“这个女孩眼睛明亮，她不断反抗着，回过头去，挥动她纤细美丽的双手。她表情生动丰富，露出了不耐烦和大无畏的神色，她不愿意服从，不想前进，不想听命于身后这个女人对她的驱使。”

连一个女孩都那么勇敢，不甘心命运的摆布，那么沉睡的俄罗斯呢？显然，小女孩是有象征意义的，她代表了俄罗斯人的觉醒，尽管这觉醒的力量还很微弱，但她的心里发出了“必须——自由——生活！”的坚决呐喊，这呐喊没有一丝胆怯、顾虑，尽管她无法挣脱老妇人的手掌，她依然在呐喊。这就是觉醒者的自觉和自励。

这女孩其实也是作者自己，他渴望俄罗斯人醒过来，所以他勇敢地去反抗，而且不计后果。他渴望俄罗斯人能够醒过来，所以他的心里发出了愤怒的呐喊，并且他希望别人能够理解这一点，这是在争取人们对于革命的理解和同情。

施　舍

在一座大城市附近，一个病恹恹的老人沿着宽阔平坦的公路走着。

他踉踉跄跄地走着，衰老无力的双腿，拖着两脚艰难移动，步履蹒跚，摇摇晃晃，走两步就不得不停下来，好像那腿不属于他似的。破烂的衣衫像布袋一样挂在身上，没戴帽子的脑袋无力地垂在胸口——他疲乏透了。

他坐在路旁的一块大石头上，弯腰向前，手肘支撑在膝盖上，脸埋进手里，从他关节嶙峋的手指缝里，几滴眼泪渗了出来，掉落在干燥的灰土里。

他记起了一些往事……

记起了他曾经是如此强壮富有，记起他是怎样挥霍他年轻的本钱，把财富浪费在无关紧要的朋友，或是敌人身上。而现在，他连一小块面包都吃不上，世界遗弃了他，那些朋友甚至比敌人更快地遗弃了他。难道他真的沦落到要沿街乞讨的地步？他心中充满了苦涩和羞耻。泪水止不住地一滴一滴掉落，砸进灰色的尘土里。

忽然，听到有人叫唤他的名字。他抬起疲惫不堪的头，一个陌生人站在他的面前。

陌生人脸色镇静，但并不严厉；眼神平和，但并不明亮；带有一种洞察一切的智慧，但并无恶意。

“你已经散尽了你的财富，”他用无比平静的声音说道，“但很显然，你并不后悔你所做过的善事，是吗？”

“我一点也不后悔，”老人说着，叹了一口气，“但是现在我快要死了。”

“如果以前，没有乞丐向你伸手乞讨，”陌生人继续说道，“那么你将无处施展你的善心，你可能无法完成你行善的举动。”

老人什么都没有说，琢磨着。

“所以现在，放下你的自尊吧，可怜的人，”陌生人又开始说道，“去吧，伸出你的手，给其他好人一个机会，让他们用实际行动表达他们的善心。”

老人听了一怔，抬起头，但是陌生人已经消失了，而远处一个男人正沿着宽阔的马路走进视线。

老人向他走去，伸出手。这个男人理所当然地转开头，什么也没有给老人。

但一会儿，又有一个人经过，给了老人几个零钱。

于是老人用这些零钱买了面包，他觉得乞讨来的这一小块面包非常香甜。他没有感到羞耻，相反，平静和快乐充斥着他的整个身体。

一八七八年五月

【导读】

乞讨与施舍一样高贵

曾经慷慨地施舍，他那时感到了施舍者的尊贵。而如今当他施舍了青春、善良之后，他真正地衰老了，他变得腿脚无力，衣衫褴褛，无人关心，因此，他感到一种莫名的悲哀，掉下了哀伤的眼泪。他是痛苦的，只好独自流泪，无法摆脱。但一位智者启发了他，他勇敢地走出了乞讨的第一步，他第二次终于成功了，他感到了一种被施舍的幸福，平静和快乐充斥着他的整个身体。这是曾经作为施舍者应该得到的回馈，这是人们对于奉献者应有的理解和尊重。

文中的乞讨者显然也是具有象征意义的，这位乞讨者曾经为别人慷慨地献出了一切，这是一位彻底的革命者，他为了乞丐献出了青春、财富，如今他老了，没人主动去关心他，他的内心是凄凉和悲哀的。为了生存，他在智者的启发下，能够主动去乞讨，当他乞讨成功时他感到了被施舍者的平静与快乐。这是一位革命者献出一切之后应该具有的基本的生存的权利。这一形象启示人们该怎样去对待革命者，对于那些为人们的幸福而献出一切的人我们该怎样给予他们应有的生存的尊严。

昆　虫

我梦见我们二十几个人，在一个窗户大开的宽敞房间里，坐着。

我们中有妇女，孩子，老人，我们吵吵闹闹，不知所云地讨论着一些非常著名的话题。

忽然，传来一阵尖锐的呼啸声，一只巨型昆虫飞进了房间，足足有两英尺长。它在房间里盘旋着，最后歇在了墙壁上。

这只虫子长得像苍蝇或者是黄蜂，身体是土黄色的，那宽阔坚硬的翅膀也是土黄色的；它的触手布满羽毛，向外伸展；它的脑袋肥硕带有棱角，就跟蜻蜓的脑袋一样；脑袋和爪子都是鲜艳的亮红色，像是在鲜血中浸泡过一样。

这只奇怪的虫子不断地上上下下，左右摇晃着它的脑袋，挥动着它的触角。忽然它猛地飞起来，绕着房间呼呼呼地盘旋飞舞，接着又停住，定在一处，令人憎恶地扭动着身体。

这只虫子在我们心中激起了厌恶，害怕，甚至恐惧的感觉。没有人见过类似的生物，我们都大叫起来："把这只恶心的怪物赶出去！"大家都在远处挥动手帕驱赶它，但是没人敢靠近它，当虫子再一次飞舞的时候，所有的人都本能地躲开了。

我们中有一个人，一个脸色苍白的年轻人，他惊讶地盯着其他人，耸耸肩膀，惊奇地咧开嘴，显然他不能理解这里出了什么事，为什么大家都如此躁动不安。他根本没有看见什么昆虫，也没有听见昆虫翅膀颤抖时发出的令人憎恶的呼呼声。

忽然，那只昆虫似乎盯上了这个年轻人，扑了过去，落在他脑袋上，就在两只眼睛正上方，蜇了他的额头。年轻人绝望地惨叫了一声，倒在地上，死了。

这只恐怖的虫子立刻飞出了房间。这时我们才大概猜出这位不速之客是什么东西。

一八七八年五月

【导读】

虫子到底是谁？

一只不知名的虫子为什么如此可怕？因为它只在年轻人的额头蜇了一下，这个年轻人就绝望地惨叫了一声，倒在地上，死了。它为何去蜇年轻人呢？因为当别人都十分惊恐地看着躲避它的时候，只有这个年轻人没有看见什么昆虫，也没有听见昆虫翅膀颤抖时发出的令人憎恶的呼呼声。也就是说，这个年轻人也许冒犯了它的威严，似乎没有把他放在眼里，这是它不能容忍的，也许它太喜欢别人见到它就惊恐、发抖，这样它的心理就得到了威严的满足感。不仅仅是要显示它的威严，而是不能有一丁点冒犯，哪怕是没有看它一眼都不行，你必须死，没有选择。这只虫子不仅可恶，更是可怕，甚至丧心病狂。

这样的一只虫子仅仅是虫子吗？请看它的颜色，是黄色的，身体是土黄色的，那宽阔坚硬的翅膀也是土黄色的。脑袋和爪子都是鲜艳的亮红色，像是在鲜血中浸泡过一样。这样的虫子只能让人想到沙皇，它披着黄袍外衣，狂舞乱飞，横行无忌，发出令人讨厌的呼呼呼的声音，接着又停住，定在一处，令人憎恶地扭动着身体。脑袋和爪子鲜艳的亮红色，那是饱蘸着人民鲜血的颜色，其中就包括那个青年人的鲜血。

文章的结尾说：这只恐怖的虫子立刻飞出了房间。这时我们才大概猜出这位不速之客是什么。其实人们读完这篇文章就知道了它是谁。作者满腔的憎恶之情就集中在这句话里，只是结尾这样表达更具有发人深省的力量。

白菜汤

一个老农妇，是个寡妇，只有唯一一个儿子——二十岁，是村里最强壮的工人，但是他死了。

村庄的女主人听说了老农妇的悲惨遭遇后，在葬礼那天拜访了她。

女主人在家里找到了她。

只见这位刚刚失去儿子的老妇人站在桌前，小屋的正中心，不慌不忙、神色镇定地一下一下举起右手胳膊(左手胳膊无力地垂在身边)，从变黑的锅子里舀起清淡的白菜汤，一勺一勺地喝着。她的脸凹陷黝黑，眼珠肿胀布满血丝，但是她站得庄严笔直，好像在教堂里一样。

“天呐!”女主人想，“在这种时刻，她竟然还喝得下汤，这个人怎么这么冷漠，她不知道人间冷暖吗?”

此时此刻，女主人想起几年前，当她失去了出生才九个月的小女儿时，因为太过于悲痛，她拒绝去彼得堡附近的别墅避暑，在城里度过了整整一个夏天!

而这个老农妇竟然若无其事地喝着白菜汤。

女主人终于沉不住气了:“塔缇娜，”她说道，“不是吧，我太惊讶了！难道你真的一点都不关心你的儿子吗？你怎么会有胃口吃得下东西，你怎么能喝得下白菜汤！”

“我的儿子瓦夏已经死了。”老农妇用平静的声音说道，悲痛的泪水此刻正从她深陷的脸颊滚落，“我当然伤心。他死了，我也就跟着他一起去了，他把我的心脏从身体里扯了出来。”她泣不成声，但忽然又变回了平静的语气，“可是，这汤不能白白浪费，里面还有盐呢。”

女主人耸耸肩膀，然后就无可奈何地走了。是啊，盐对她来说不值几个钱。

一八七八年五月

【导读】

白菜汤里的盐有何价值？

初读作品，感觉故事很是平淡，无非是两位妇人的对话，一位老农妇在自己唯一的儿子死去后，好像若无其事地在喝着白菜汤，而另一位老妇人却不能理解这种行为。她之所以不能理解，是因为她也死过女儿。同样失去自己的孩子，为什么表现却会如此不同呢？请你注意另一位老妇人的身份，因为她是村庄的主人，这说明她是一位地主。这是她们认识问题不同的根本原因，她们处于两个不同的阶层，因为不同的社会地位和生活处境，所以对同样的事情就有不同的认识和理解。农家寡妇真的不关心她的儿子吗？她为什么在痛失儿子后仍不停地喝着白菜汤？我们从文章中对她的肖像、神态和语言描写鲜明地感受到她对自己儿子的爱，“她的脸凹陷黝黑，眼珠肿胀布满血丝，但是她站得庄严笔直，好像在教堂里一样。”“悲痛的泪水此刻正从她深陷的脸颊滚落。”“我当然伤心。他死了，我也就跟着他一起去了，他把我的心脏从身体里扯了出来。”这些都足以证明，独子的死使她痛不欲生，可是她何以“一勺一勺地喝着”白菜汤呢？她有一句话作了解答：

“可是，这汤不能白白浪费，里面还有盐呢。”因为有盐，这白菜汤就有价值，就可以使生命延续。可见她对生活充满了珍爱之情，这珍爱之情正是来自于生活的苦难。这也使我们看到了俄国农奴制度下的农民的苦难。文章就是采用这种对比的方法来写出了两个妇人、两个阶层，也揭示了两种价值观、生活观。

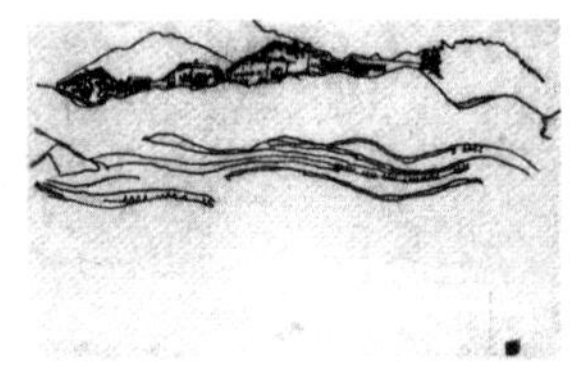

蔚蓝色的王国

啊，蔚蓝色的王国！光明与斑斓，青春与欢愉的王国！我在梦里，见到了你。我们一小群人在一起，驾驶一艘华丽又精致的小船，条纹旗帜下白色的帆迎风鼓起，像天鹅挺起的胸脯，在风中欢快地舞动。

我不熟识我的这些同伴，但在心底我能感觉到他们都很年轻，非常快乐，过着无忧无虑的生活，就像我一样。

我没有关注他们，我关注围绕在我周围的那一片无边无际的蓝色大海，海面上泛着闪闪的金色波光。在我之上，同样的无边无际的蓝色海洋，一轮红日在欢快地航行。

我们中时不时地爆发出阵阵爽朗欢乐的笑声，就像天神发出的笑声一般。

忽然，从一个人或者另一个人口中，传出圣灵美妙的话语和歌声，充满节奏，充满力量，似乎天空都在合着旋律回应他们，大海拍打着浪涛加入合奏。过了一会儿，海面又恢复了宁静。

我们的小船在柔波中轻快地航行，速度很快。它不受风的驱使，我们每个人轻微的心跳指引着它。它像活物一样，听从于我们内心的指引。

我们来到一群充满魔力的岛屿，半透明的岩石，紫水晶，祖母绿等等珍奇的宝石熠熠生辉。环岛的海滩长满野玫瑰，散发出迷离醉人的香气。一些岛屿下起了玫瑰和着野百合的花瓣之雨，另一些岛屿，鸟儿展开巨大的彩虹色翅膀直冲天际。

这些鸟在我们头顶盘旋飞行。在我们小船航行激起的点点泡沫里，百合与玫瑰的花瓣混入搅拌，直至消失不见。伴随着花和鸟一同到来的，还有声音——如蜜般甜腻的，仿佛还夹杂着女声的声音。我们周遭的一切，天空，大海，头顶鼓起的帆，船尾激起的浪花——都在诉说着爱，快乐的爱，幸福的爱！

而她，我们所深爱的，就在那儿，就在我们身边却又看不见。再过一会儿，看，她的双眼将会照耀你，她的笑容将会融化你，她会牵起你的手，带你走向无穷的极乐之地。

啊！蔚蓝色的王国！我在梦里，见到了你。

一八七八年六月

【导读】

想象让我们看到了蔚蓝色的王国

“蔚蓝色的王国”，一读这样的短语就激起我们无尽的遐思：眼前是一望无际的蔚蓝，还有那蔚蓝天空的覆盖，这样的境界该多么神秘啊？在这样的天空或海洋里会有什么样的人呢？作者想通过这些表达怎样的情感呢？在你沉思默想之后再来看看屠格涅夫的《蔚蓝色的王国》吧！

蔚蓝色的王国是一个梦中的美丽所在。蔚蓝色的王国首先是醉人的蓝，其次，她是光明的，充满着青春与活力的。在这一片茫无边际的蔚蓝色的大海上，泛着闪闪的金色波光；条纹旗帜下白色的帆迎风鼓起，像天鹅挺起的胸脯，在风中欢快地舞动。蔚蓝色的王国就是一群半透明的仙岛。岛上紫水晶、祖母绿等等珍奇的宝石熠熠生辉。环岛的海滩长满野玫瑰,散发出迷离醉人的香气。一些岛屿下起了玫瑰和着野百合的花瓣之雨,另一些岛屿,鸟儿展开巨大的彩虹色翅膀直冲天际。跟着花儿,跟着鸟儿飞来的还有美妙悦耳的声音……蓝天,碧海,宝岛;还有水晶碧玉,花香鸟语。这就是梦幻王国,比天堂还美丽。

不只是这些,更美的是有一群充满着青春活力的年轻人。他们的内心世界更美丽,而这种美丽则是通过他们的行为动作,他们的欢声笑语传达出来。他们乘"一艘华丽又精致的小船",高扬起美丽的风帆,随着温柔的波浪,轻轻地起伏。没有风推动它,是他们欢腾跃动的心引导它前进。他们是纯净的,与蓝色的天,蓝色的海为伴,与水晶碧玉为伴。船随着人的心意前进,人们的心灵在大海上已经完全融合在一起。他们是幸福的,心随船走,船随心动,欢声笑语;他们是快乐的,天空与之酬唱,大海为之颤栗。境界如此的自由、安闲、无拘无束。难怪"我"对大海那样向往和热爱!

屠格涅夫的"蔚蓝色的王国"则是一个年轻快乐、自由幸福、美丽温馨的天堂。作者把自己对生活的理解,对理想生活的向往,以及对现实生活的厌倦情绪,全都寄寓在这"蔚蓝色的王国"里,清新的自然,青春的朋友,温柔的太阳与波浪,令人心醉的花香鸟语……这些优美的意象,组合成一个和谐、美丽的意境,令人陶醉,令人流连忘返。

文本的开篇明确地告诉了读者,"啊,蔚蓝色的王国!光明与斑斓,青春与欢愉的王国!我在梦里,见到了你。"而结尾处又再一次提醒读者,"啊!蔚蓝色的王国!我在梦里,见到了你。"前后照应,真实地告诉人们一个"蔚蓝色的王国"的完整梦想。反复强调,是梦境,而非现实。这个梦越美好,就越强烈地表现了对于梦中那种生活的热切追求,对自由、爱情诚挚的向往。弗罗伊德曾说过:"梦是愿望的达成。"生命总是有梦的,梦越美好,就越强烈地表现了作者对于梦中那种生活的热切追求。因为现实生活中缺少这些,作者才会有如此强烈的渴求。屠格涅夫认为"生活中没有理想的人,是可怜的人"。于是他习惯在散文诗中用想象来虚拟情景抒写他的美妙理想，他“珍惜生命，他把希望寄托在生命，寄托在自己，寄托在未来上面”(《明天》)。他把自己对生活的理解，对理想生活的向往，对青春的赞美，爱情的歌颂全都借助清新的自然，青春的朋友，温柔的太阳与波浪，令人心醉的花香鸟语，佳人牵手等优美的意象来表达。想象给他的理想插上了金色的翅膀，从而使他的散文诗显现出一种虚幻而又明丽的美！

更深刻地理解，这个美丽的梦境，艺术地传达了他对现实生活的强烈的不满情绪。这也是本文的第二个特点，以美景、乐景来写悲哀与愤懑。但作者自始至终都是将美景、乐景放在前台，使得全文色调明快，气氛和谐。而伤感与愤懑一直隐藏在背后，只是在开头与结尾处点化暗示。

两个富豪

富豪罗特希尔特将他不可计量的财富中的几千块捐赠给了儿童教育、医疗保障和养老机构。所有人都在赞美他，包括我。我们被深深地感动了。

而同时，我不由自主地想起一个穷苦的农民家庭，他们在家徒四壁的农宅里收留他们的侄女，这个小姑娘失去了父母。

“如果留下卡特卡，”农妇说，“我们家最后几个零钱就会花完，到那时候连蘸面包的盐都买不起了。”

“那就不要盐了。”她的丈夫，一名农夫，回答道。

比起这两个农人，罗特希尔特还差得很远呢！

一八七八年七月

【导读】

真正的富豪是谁呢？

富豪罗特希尔特，财富不可估量，在世人的眼中是一名不可怀疑的富豪。一位农夫，甚至连蘸面包的盐都买不起，可谓穷得身无分文，但在作者的眼中却是连富豪罗特希尔特都无法相比的富豪，为什么？这是因为作者和世人的价值判断标准不同，这位农夫在自己家里连蘸面包的盐都买不起的情况下，收留了失去父母的小姑娘卡特卡，这种善行彰显的是一颗善心，这种善心因为能给困境中的人以温暖，所以价值连城，这是再多的金钱也无法比拟的。我们要关注的是，文中的富豪并不是一个为富不仁者，他也同样有爱心、有善行，他拿出几千块钱捐赠给了儿童教育、医疗保障和养老机构。从他的捐赠对象来看，他关爱的是孩子和老人，这充分说明他的眼中有慈爱，他同样关注社会上的弱势群体。作者并没有否定他的善心和善行，只不过，这种善心和善行和他拥有的财富值来比不相对称。相反的，农夫收留了一位小女孩，也许拿出的只是一日三餐最粗糙的饭食，值不了几个钱，可是，这不值钱的一日三餐却是农夫家里的全部所有，甚至是一家人的受冻挨饿。这是一种倾其所有的慷慨和无私，是一种扶危济困的果敢和勇气。这种勇气往往需要承受多方面的压力，对于这位农夫来说，他需要承担一家人连盐都吃不上的生存压力，这是一种比山还大的压力，然而，他毫不犹豫地选择了承担。这就是勇气的价值，是任何财富无法比拟的。

文章构思简单，情节并不复杂，但就是一个对比手法的运用，启发读者进行价值的选择判断，我们很容易在自己心灵的天平上为农夫加码。

记　者

一对朋友坐在桌旁饮茶。

街上响起一阵嘈杂的声音，混杂着绝望的哀嚎，暴怒的斥责和邪恶的狂笑。

“他们在打人。”一个朋友说着，伸头向窗外望去。

“强盗？还是杀人犯？”另一个朋友问，“我觉得无论是什么，我们决不能让这类非法的行为发生。走，我们去帮他一把。”

“他们打的似乎不是杀人犯。”

“不是杀人犯？那是个贼？那也一样，我们去把他从人堆里拉出来吧。”

“也不是个贼啊。”

“不是个贼？那一定是个在逃的售票员，铁路工人，军需官，俄罗斯文化庇护人，律师，保守的编辑，社会改革家？无论如何，我们快去帮帮他吧。”

“都不是，他们在打一个报社的记者。”

“记者？哦，那好吧，先喝完这杯茶再说吧。”

一八七八年七月

【导读】

记者是个什么角色?

你看,文章的结尾是多么的有意思。整篇的文章的意味全在文章结尾的一句话里。“记者?哦,那好吧,先喝完这杯茶再说吧。”它的意味是什么呢?这时如果你再回读一下文章前面的内容,你就会发现这位朋友对记者的态度和他对杀人犯、贼的态度是完全不一样的。哪怕你是个杀人犯,这位朋友都要快去帮帮他,如果你是个记者,这位朋友却只顾喝茶。这意思就是,如果你是记者,我们根本不去理睬。这就是文章结尾的意味。

记者为什么让人如此心生厌恶?我们从文中不得而知,但我们可以从文中看出记者在人们的心中甚至不如一个杀人犯。这需要我们回到时代的背景下去理解。19世纪沙皇统治的俄国,地主贵族控制绝大部分的土地,农民依然像农奴一样失去土地、失去自由,过着饥寒交迫的日子。社会矛盾日益突出,沙皇统治者和革命者、民粹主义者的斗争不可调和,平民阶层和贵族阶层的地位悬殊。人民渴望获得自由,对贵族统治者恨之入骨。作为社会生活的观察者、记录者和反映者的记者理应反映这一客观现实,但他们只会迎合统治者的需要,粉饰太平,为沙皇唱赞歌。记者实际上成了沙皇的御用文人,他们丧失了文人最起码的人格尊严和职业的道德。作者借用人们的对话表达了自己对他们厌恶至极的情感。在作者的眼中,记者不如一位杀人犯,甚至他们就是杀人犯,因为他们没有正义、勇敢和同情,他们只是沙皇的帮凶。

神　女

我站在半环状连绵不断的美丽群山前。一片青葱翠绿的森林，从山顶到山脚严实地盖住了这片山脉。

山之上，那片清澈的蔚蓝是蓝天，蓝天上，阳光刺眼地闪耀着；山之下，那半藏于青草间的，是潺潺流动的小溪。

我想起古老的寓言，在基督诞世后的第一个世纪，一艘希腊的舰艇航行在爱琴海上。

时值正午，风平浪静。忽然，舵手头顶的桅杆上面，有个庄严的声音清晰地响起来："当你们的船经过岛屿的时候，请高声喊出'大潘已死！'"

舵手又惊又怕，当船经过那座岛屿的时候，他服从了那个声音，大喊："大潘已死！"

立刻，环岛屿海滩上各处（虽然这个岛屿无人居住）回应了他，发出了大声的哭嚎，拖长调子的喊叫，忧郁悲哀的啜泣，"死了！死了！大潘死了！"我想着这个故事，一个奇异的想法冒了出来　　要是我现在来喊这一嗓子会怎么样？

但我举目所望都是令人欢欣鼓舞的美丽景色，我无法联想到死亡，于是我用尽全部力气大喊："大潘复活啦！大潘复活啦！"立刻——啊，这真是奇迹中的奇迹——面前半环状的青山立刻发出了各式各样的响声来回应我。洪亮欢快的笑声，喜悦的喃喃声还有鼓掌的声音。“他复活啦！大潘复活啦！”清脆年轻的声音交织响起。我眼前这幅景色刹那间被欢笑声点燃，明亮得如同高高悬挂的烈日，欢愉得如同草间潺潺的溪流。我听见一阵轻盈急促的脚步声，在翠绿的灌木丛中，波浪一般隐隐闪过珍珠般洁白的衣衫，还有裸露肌肤的色泽……这是神女，是神女，是山林神女，是酒神女祭祀正从高处的山顶向平原奔跑……

转瞬之间，她们出现在了树林旁每一个开阔的空地上。满头卷发华美地披散下来，纤长的双手举着花环和手鼓。她们散发出神样的光芒，大声笑着，那自由幸福的笑声伴随着她们跳跃舞动……

一个女神在向前飞奔，她比其他所有人更高更漂亮。她肩背一个箭筒，手持一把弯弓，一弯银白色的新月挂在她发际，那长发如波浪般披到肩膀。

“戴安娜，是你吗？”

银铃般的笑声瞬间停止了。

默不作声的女神面露惨白，死一般的神色在她脸上蔓延开来。我看见她脚底长出了根，深深地扎进了泥土里。由于不可名状的恐惧，她的嘴唇微微张开，眼睛瞪大，死死盯住前方的某一点。她看见了什么？她在看什么？

我转身朝着她视线的方向看去……

在远处的天际，低矮的地平线之外，闪耀着，是火一样燃烧的金色十字架，高耸于基督教堂的白色钟塔之上。女神望着的，正是那个十字架。

我听见身后传来一阵悠远嘶哑的悲鸣，像是琴弦断掉的刹那发出的震颤声。我猛地转身，神女们都不见了踪影。广阔的森林一如之前般翠绿，只是有星星点点的白色光芒，隐匿在错综浓密的枝杈里。这是神女们的白色衣角，还是山谷间腾起的迷雾，我无从知晓。

眼看着那些神女消失不见，我是多么的惆怅，多么的失落。

一八七八年十二月

【导读】

女神与基督的冲突

大潘，Pan，Fauno，指的就是牧神，是希腊神话里的山林之神，而名字的原意是“一切”。掌管树林、田地和羊群的神，有人的躯干和头，山羊的腿、角和耳朵。大潘象征着情欲和原始力量。

在希腊语中 Pan 有全部（All）的意思，也有上帝（God）的意思，God 一词来源于 pa-on，即牧羊人的意思。在希腊神话中大潘的谱系并不清楚，因此他的起源很可能早于奥林匹斯诸神。在希腊神话中，大潘往往有启迪诸神的能力。

大潘是希腊诸神中唯一死去的神，根据普鲁塔克的记载，在罗马皇帝提图斯统治的时代，有水手从海上带来消息：大潘死了！而公元 1 世纪正是基督教开始从东方崛起的年代。因此有人认为是耶稣的信徒放出了大潘死了的流言。大潘死去时，连带着整个奥林匹斯众神系一起隐遁了。后来“大潘死了”就成为一个多神时代结束的象征。

戴安娜，古希腊神话中的狩猎女神、月神，奥林匹斯主神之一，是宙斯和提坦女神勒托的女儿，也是太阳神阿波罗的孪生姐姐或孪生妹妹，亦被视为野兽的保护神。戴安娜身材修长、匀称，相貌美丽，又是处女的保护神，所以她的名字常成为“贞洁处女”的同义词。她是希腊神话中少有的处女神，与雅典娜和赫斯提亚并称为希腊三大处女神。

女神戴安娜消失了，不见了踪影。“广阔的森林一如之前般翠绿，只是有星星点点的白色光芒，隐匿在错综浓密的枝杈里。这是神女们的白色衣角，还是山谷间腾起的迷雾，我无从知晓。”神的消失，意味着自由、民主的消失。基督的到来，意味着专制的到来，只能有一个中心，别无选择。事实上也是如此，教皇和沙皇的结合就是历史上最黑暗的时期，这正是作者要改良的专制时代。所以，眼看着那些神女消失不见，作者是多么的惆怅，多么的失落。

朋友和敌人

一个被判处无期徒刑的囚犯，越狱而逃。他没命地朝前飞奔，身后紧紧跟着追捕他的狱卒。

他竭尽全力，终于摆脱了狱卒的追赶。

但是，很不幸，他的前面忽然出现了一条河，河岸陡峭。河虽然不宽，但水却相当深，而他恰恰不会游泳！

一块腐烂的薄木板歪斜地横在河上，逃亡的囚犯没多思考就把一只脚踏了上去。碰巧的是，在河对岸，忽然出现两个人，一个是他最亲密的朋友，另一个是最恨他的敌人。

敌人抱着胳膊，一言不发，而最亲密的朋友则以吃奶的力气尖声叫道："天呐！别过来，你疯了嘛？你在想什么啊，没看见这木板已经烂了吗！你一踩上去木板就会断的，这样你必死无疑！"

"但没有别的路了呀……后面的人快要追上来了，你听不见吗？"这不幸的人一边绝望地嘶吼着，一边踏上了木板。

"不，我不能让你踩上去，我不能看着你自取灭亡！"热心的朋友喊叫着，抽走了他脚下的木板。囚犯立刻跌进了滚滚的大浪中，很快就被淹没不见了。

敌人心满意足地笑着走开了，而朋友在岸边坐下来，为他可怜的朋友悲伤痛哭起来。

但他没有，甚至一刻都没有，为他朋友的死而感到自责。

“是他没有听我的话！他没有听！”朋友沮丧地喃喃自语。

“虽然，事实上，”他补充道，“他本来应该会在狱中消耗掉剩下的人生！无论如何，现在他不必受这个罪了！这个结局对他来说更好。我相信这一切都是命中注定的。”

“但是我还是好难过，从人道的角度来说他真是不幸！”

于是，这个善良的灵魂继续悲伤地恸哭，哀悼他误入歧途的朋友悲惨的命运。

一八七八年十二月

【导读】

是朋友还是敌人杀死了他？

他，一个逃犯，面对着水深的河流，尽管他不会游泳，但他必须要跳过去，否则就会被狱卒抓住，死路一条。面对着这种情况，朋友担心他跳河的危险，抽走了那块烂木板，他的结局只有一个，那就是被河水淹没而死亡。朋友本是出于好心，面对着他的死，朋友恸哭不已，可是，朋友并没有想，自己抽走烂木板的行为断送了朋友生存的一点可能，尽管十分渺茫，但还是有可能的。可是，朋友没想到这一点，朋友只是为失去他而恸哭，而悲叹他的命运不好。这就是好心办成了坏事，这就是由于过度的担心失去了理智。文章更有意味的是把敌人对比着来写，我们可以设想一下，假如没有这位朋友出现，只有这个敌人在场，虽然敌人在冷眼旁观，但还有生存的机会。这样的一个故事在告诉我们，我们看待事情要把眼界放开，要站在更高的境界上去看待事物之间的关系。这里面是屠格涅夫哲学式的思考,因为他是一个哲人,这与他学过哲学的大学求学经历有关。他是在用一个耐人寻味的故事来告诉我们不能用绝对的观点来看待事物,而要用分析的方法来看待事物之间的关系。

基　督

在梦中，我看见年轻的自己，几乎还是个男孩的时候，站在一个天花板低矮的木房子的教堂里。在古旧众神画像前面，几根蜡烛闪烁着光芒，形成了一个个小红点。

一圈五彩的光芒围绕着团团火焰，在这火光的映照下，教堂一片昏暗，混沌不清。而我隐约看到，在我面前站了很多很多人，都是黄头发的农民。这些人时不时地摇摆，头一下一下上下点着，像极了夏风吹过时，挂在麦秆上成熟的大麦穗。

忽然，有个人从后边走来，走到我身边站定了。

我没有回头看他，但是我立刻就感觉到，这个人是基督。

紧张，好奇，敬畏的情绪一下子充斥着我的全身。我回过头，看着我身边这个人。

一张平淡无奇的脸，就跟这里所有人的脸一模一样。眼睛微微朝上看着，慈祥而专注；双唇轻轻合着，上嘴唇似乎是刚好靠在下嘴唇上；一撇小胡须左右分开，两臂抱胸，一动不动。就连身上的着装都跟大伙儿一模一样。

“他不是基督吧。”我想，“这么平凡又平凡的一个人，不可能是基督。”

我转回身，但还没等我把眼睛从这“平凡人”身上移开，一股神圣的感觉又立刻告诉我，站在我身边的不是别人，真是耶稣基督本人。

我又一次回过头，又一次，我看见了跟上次同样的一张脸，跟所有人的脸一模一样。虽然很陌生，但却是一张如此平凡常见的脸。

我的心猛地沉了一下，终于明白过来：原来就是这张平凡的脸——一张长得跟所有人都相似的脸——才是真正的耶稣基督的真面目啊！

一八七八年十二月

【导读】

基督是谁？

屠格涅夫是一位虔诚的基督教徒，他信奉基督，但他更在思索真正的基督是谁，真正的基督是个什么模样。屠格涅夫因思索而成梦，他梦见自己第一次看见基督时的情景，紧张、好奇，而且充满了神秘感。当他一次又一次回头，他真切地看到耶稣基督就是一张普通而大众的脸，这张脸和所有人的脸一样。这说明耶稣基督就在我们中间，我们每一个人也都应该是基督，这就撕破了耶稣基督的神的面纱，他应该就在我们每一个人的现实生活中。读了这篇文章，我们应该感受到作者对我们每个人的殷切期望，愿我们的每个人都成为平凡、普通而又平等的人，即使你是基督也和大家一样。这正是作者人道主义精神和民主意识的觉醒，作者渴望着人的平等，渴望着农奴的解放，他甚至勇敢地站出来保护女奴，哪怕面对警察的枪口。所以，读这篇文章我们应读出作者对俄罗斯大地和人民的深切爱恋。他渴望人人平等、善良和平和。

鸽　子

我站在倾斜山坡的顶端，在我面前，是一片成熟的麦田，那是金和银的海洋，一道隔着一道，不断地变换着颜色。

海面上没有泛起任何微小的波浪，令人窒息的空气中不见一丝风，这是暴风雨前的宁静。

太阳在靠近我的地方依旧闪耀出混沌的光芒，但是在麦田外不远处，一片深蓝色的积雨云横在天边，这片巨大厚重的云层遮住了整整半片天空。

四周一片死寂。在最后一束日光发射出的黯淡光线下，万物都萎靡地失去了光泽。没有鸟鸣，不见鸟影，麻雀隐蔽了起来，只有近处的一片巨大的牛蒡叶在不停地翻动，沙沙地诉说着什么。

树篱上苦艾的气味多么浓郁！我望向深蓝色的云块，心中出现了莫名的不安。“那就快来吧，快来呀，快来！”我想着，“闪电，耀眼吧！雷声，震撼吧！云块，翻动吧！加速翻动吧！让暴雨如洪水般倾泻！快快结束这恼人的时刻！”

但是积雨云并未翻动，它一如既往地横在天边，窒息一般压在死寂的大地上，愈发的肿胀，阴沉。

然而你看，在这死亡的灰蓝色云块边，什么东西平稳而淡定地飞过来了，像一块白色的手绢，或者一小捧雪。这是一只白色的鸽子从村子那边飞来。

它笔直地飞了过来，飞进了树林，然后忽然降落。几只昆虫飞过，四周依然一片死寂。但是，看呐，那两块手绢腾飞了起来，在空中闪光；两捧雪在飘浮，那是两只鸽子展开翅膀，稳稳地向巢的方向飞去。

最终，暴雨来临了，喧闹开始了！

我好不容易回到了家。狂风嘶吼着，暴躁地左右奔腾，追逐着低空中红色的云，冲击它们，把它们撕扯成碎片。视线里的一切都被风吹得混沌不堪，迷失了方向。接着，暴雨如注，倾盆而下；绿色的闪电刺破天际，令人目眩；巨雷猛地如炮轰一般响起，空气中充满了硫磺的气味……

但在伸出的屋檐下，一对白鸽依偎在顶层窗户的窗台上。一只就是跟着它的伴侣飞回来的，它在树林里把它找了回来，大概是从危难中救起了它。

它们竖起羽毛坐在一起，挨得很近，翅膀紧紧地依靠着另外一只的翅膀。

它们真是幸福啊！看着它们，我感到从未有过的幸福，虽然我是一个人……永远的，一个人。

一八七九年五月

【导读】

那勇敢穿过暴风雨的鸽子是谁？

在暴风雨即将来临，天地间一片死寂，窒息得连一丝风都没有，各种鸟类也都躲藏起来，愁云越来越墨黑。当暴风雨来临之际，四周还是一片死寂，但是一只鸽子“像一块白色的手绢，或者一小捧雪。这是一只白色的鸽子从村子那边飞来”。原来它是去找寻它的同伴，“看呐，那两块手绢腾飞了起来，在空中闪光；两捧雪在飘浮，那是两只鸽子展开翅膀，稳稳地向巢的方向飞去。”最后，两只白鸽并翅飞回家去。暴风雨来了，它们并翅依偎在屋檐下。一只鸽子在暴风雨来临之际，勇敢地去寻找伙伴、找回同伴，这种与伙伴相扶持、患难与共的崇高精神与生死相依的珍贵情谊令人感动。然而回望作者自己，仍然只是一个人，这种强烈地对比让我们感受到了远离祖国的屠格涅夫的孤独、寂寞，含蓄地表达了晚年的作者对人间真情的期冀与渴望。

文章采用了环境渲染的方法来突出鸽子的形象，正是因为环境的死寂才衬托出鸽子的勇敢无畏。同时，文章还运用了层层铺垫的方法，在写了环境的死寂以后又写了更恶劣的暴风雨的环境，在暴风雨之中，鸽子是手绢，是雪，它的形象是那样的分明和耀眼，让你不得不佩服它的勇敢。文章还运用了其他景物来衬托，如文章写了没有其他的鸟，甚至连麻雀也没有，这就更突出了鸽子的勇敢。

明天！ 明天！

空虚，无聊，没有意义，但几乎每一天都是这么度过的。时光荏苒，岁月如梭，时间如白驹过隙，一天天地流逝，生活的痕迹却不曾留下。生存的意义在哪里呀，人们愚蠢地问自己。

然而，人们还是愿意如此生存。他们赞美生命，寄希望于生命，于自己，于未来……啊，他们眼中的未来是多么美好啊！

但是他们又如何确定，未来的日子不会像已经过去的千万个日子一样呢？

不，他们甚至不愿意去想，他们选择不想，但是却这么不折不扣地做了，一如既往。

“啊，明天，明天！”他们安慰自己，直到“明天”把他们撵进了坟墓。

也好，一旦进了坟墓，不管你愿不愿意，你都不会再想什么了。

一八七八年五月

【导读】

人们最好的借口是明天

人是极其矛盾的动物，他们空虚，无聊，没有意义，然而他们还对自己充满了希望，这希望不是来自于现实的行动，而是没有着落的空想，他们想明天也许就会好，一切都多么美好。可是，他们最终只能失望地走进坟墓。这是可怕的结果，也是可怕的现实。读完这篇文章，我们每个人都应该扪心自问，问自己是否也是这么空虚和无聊，这实际上表现出了人的懦弱和无能。文章中表现出的是作者对世人的殷切希望和衷心的警醒，这是屠格涅夫的处事风格，他内心火热而又语言平静，他想以他的睿智和平和带给人们以启迪和思考。

文章的语言具有格言式的风格，语句简洁，富有哲理，给人以启迪和思考。然而，作者的语言又呈现出平易的风格，文章没有板起面孔来训人，而是如话家常，娓娓道来，仿佛在和你促膝谈心，说说心里话。

大自然

我梦见我走进一座巨型、拱状屋顶的地下宫殿，宫殿里充满着一种地下才有的，温和的均匀的光芒。

在宫殿正中，坐着一个庄重的女人。她身着绿色垂地长袍，头支撑在手上，似乎陷入了深沉的思考。

我立刻意识到这个女人就是大自然本身，于是一阵虔诚的敬畏之情瞬间在我灵魂深处升腾。

我走近了这个女人，满怀敬意地鞠了一躬："啊，人类共同的母亲！"我叫道，"您在沉思什么呢？是不是在担心人类未来的命运，还是想着如何让人类达到最幸福的状态？"

这个女人慢慢抬起黑色威严的眼睛看着我。她的嘴唇抖动，我听见如钢铁碰撞发出的铿锵有力的声音。

她说："我想着如何给跳蚤的腿部肌肉增加更多的力气，这样它们就能轻易逃脱天敌的捕杀。猎与守的平衡已经被破坏了，必须重塑这种平衡。"

"什么？"我惊讶地回应，"您思考的就是这个吗？难道不是我们，人类，你最爱的孩子吗？"

女人听后微微皱了皱眉头："世间所有的生灵都是我的孩子，"她说："我平等地对待他们，爱护他们，也让他们死去。"

“但，权力……真理……正义……”我又一次支吾其词。

“这都是人类创造的词语，”我听见钢铁般的声音掷地有声，“我没有是非观，所谓真理对我来说毫无意义——正义？正义又是什么？——我给予你们生命，我也可以收回它们，然后给别的生灵。至于是虫蝇或者鸟兽，我根本不关心。你不要妨碍我了，照顾好你自己吧！”

我本来还要反驳的……但是忽然感到地底剧颤了一下，发出了一声凄惨的呻吟声，我便醒了。

一八七九年八月

【导读】

人类是大自然的主宰吗？

人类以万物的灵长自居，并编造了所谓的真理、正义、自由来欺骗自己，来征服异类。这是人类在自己的空间、自己的思想里定下了善与恶、美与丑，但是，这仅仅是我们人类自己的定义。在大自然那里，一切的生物都是平等的，都有生存的权利，即使跳蚤也是如此。大自然创造了万物，正是万物的和谐相处才有了自然界的生生不息。面对自然，我们人类应该反思自己，再也不能以我们的好恶来作为我们行为的指南，我们曾以征服者自居，我们甚至创造了许多古老的神话，借此宣扬我们人类无限的神力，我们可以让山河改道，我们可以刀耕火种，我们可以面对野兽的身躯举起我们明晃晃的刺刀。但是，我们在享受着征服带来的快感的时候，也正在遭受着自然的惩罚。我们应该清醒地意识到自然是平衡的，我们不能肆意去破坏自然的平衡；自然也是平等的，我们应该尊重每一种生命。我们人类应该感谢自然和敬畏自然，以一种虔诚的态度对待万物生灵。我们千万不能再天真地以为对我们好的，便是善；对我们不好的，便是恶。可是我们有没有想过，在我们破坏其他生物的家园时，我们是善还是恶？人类不是真理的化身，更不能以真理自居。

作者以故事的形式来诠释一个人类应该深思的问题，亲切、自然，容易引起人的情感共鸣。大自然的形象在拟人化手法的运用下显得真切具体，她仿佛就站在我们的面前，对我们人类的种种行为毫不留情地加以批判和引导。文章的结尾发人深省，大地的震颤也许是人类毫无节制地破坏大自然后即将遭到毁灭的信号，那凄惨的呻吟声也许是人类最后的悲鸣。

“绞死他！”

“这事发生在一八〇五年，”我的一个老朋友开始了他的故事，“就在奥斯特尔利茨战役爆发前不久。那时候我是一个团的团长，我们驻扎在摩拉维亚。

“我们的军纪非常严格，绝对不允许士兵去干扰村民。但是，虽然我们是盟军，这些村民们还不是非常信任我们。

“我有一个勤务兵，他从前是我母亲的仆人，名叫叶戈尔。他是个话不多的老实人。我从小就认识他，一直把他当朋友看待。

“有一天，我在寝室休息。忽然听见一声恶毒的咒骂，接着是凄厉的哀嚎。原来某个宅子的女主人少了两只母鸡，她声称是我的勤务兵偷了去。勤务兵百口莫辩，于是叫我出来作证……‘他绝对不可能偷东西的，他是叶戈尔·阿弗塔莫诺夫。’我信誓旦旦地向女主人担保叶戈尔的正直品质，但是她不相信我。

“忽然，街口由远及近传来一阵马蹄的哒哒声，是总司令带着他的参谋人员骑着马经过，马走得不快。总司令是一个强壮的军人，脑袋向前耷着，肩章一直挂到胸口。

“女主人看见了他，立刻跑到他的马前，‘扑通’一声跪了下来，衣冠不整的，帽子也没戴，形状凄惨。她用手指着，尖声向总司令控诉我的勤务兵。

"'大人!'她尖叫道,'伟大的将军大人,求您审讯他,替我做主,救救我,这个士兵抢劫了我的家!'

"叶戈尔直挺挺地站在门口,帽子拽在手里,胸脯挺得老高,后脚跟靠在一起,站得像个哨兵。他一句话也没有反驳。我不知道这是因为这事被总司令撞见感到尴尬,还是不知如何面对被冤枉的窘境。他就这么窘迫地站着,不住地眨眼睛,脸白得像涂了石灰。

"总司令愠怒而又漫不经心地扫了他一眼,然后用生气的语气吼道:'怎么回事?……'叶戈尔站成了一尊雕塑,露出了他的牙齿,看起来似乎是在笑,如果你从侧面看他,一定觉得这家伙就是在笑。

"这时,总司令忽然说道:'绞死他!'然后拍拍马屁股走了。那马儿一开始还是颠着小步子走路,后来干脆跑了起来。一队参谋人员赶忙跟上他。其中的一个副官坐在马鞍上转过身子,朝着叶戈尔看了一眼。

"要反抗总司令的命令是根本不可能的……叶戈尔立刻被抓了起来,准备被处刑。

"那可怜的人完全被吓坏了,一边喘着粗气,一边喃喃地说了一句话:'仁慈的老天爷啊,您苍天有眼,真的不是我干的。'

"接着他伤心地哭起来,跟我告别。我彻底陷入了绝望的状态:'叶戈尔!叶戈尔!'我喊他的名字,'你怎么不跟总司令解释清楚呢?'

"'苍天有眼啊,真的不是我干的!'他又重复了刚才的话,抽泣着。那个女主人也被吓坏了,她从未想过这么极端的结局。她开始嚎叫着说这是她自己的错,恳求每一个人对我的勤务兵开恩,还发誓说丢的鸡已经被找到了,自己要跟总司令去交代清楚这件事情……

"自然,这些都无济于事,战争年代,纪律第一。那个女人不停地哭啊哭,越哭声音越大。"

"叶戈尔向神父忏悔并受到了宽恕。"他转身向我说道。

"'长官,麻烦您跟那女主人说,不要太自责,我已经宽恕她了。'"

我的老朋友,当他讲这个故事的时候,不断重复着他的勤务兵的最后一句话，然后喃喃自语道：“我可怜的叶戈尔，亲爱的老朋友，他是真正品德高尚的人！”说着说着，眼泪就从他苍老的脸颊上滑落下来。

一八七九年八月

【导读】

好人为什么还要死？

叶戈尔是一个大好人，是一个真正品德高尚的人。他是一名勤务兵，是一个地位平凡的人，他老实内向，不善说话，当一位宅子的女主人诬告他偷了自己的鸡时，他百口莫辩，他也曾让人为他作证明，但无济于事，女主人不但不相信，还把这件事诬告到路过此地的将军那里去，将军不问青红皂白就随意判了他的死刑。“仁慈的老天爷啊，您苍天有眼，真的不是我干的。”尽管他拼命地为自己辩白，但毫无用处，因为这是将军的判决，任何人不得更改。即使那个女人为他求情也毫无用处。但是叶戈尔令人感动之处也就在这时出现了，他安慰那个诬告他的女人，“长官，麻烦您跟那女主人说，不要太自责，我已经宽恕她了。”这样的心胸足以令人动容，所以，经历过这个故事的人多年后仍然为叶戈尔的高尚和伟大感动得直落泪。这是一个令人感动的故事，然而，这更是一个令人深思的故事。作者在这里采用了隐喻的手法，这里的将军实际就是高高在上而又十分残暴的沙皇，他可以随意处置一个农奴的生命，把农奴的生命看得草芥不如，尽管农奴们心地是那样的善良，也得不到他的丝毫怜悯和同情。但作者对农奴却充满了同情和关爱，我的朋友的流泪其实就是作者的流泪，他的人道精神和对农奴的关爱闪现在他的泪花里。

我要想些什么呢?

当我临终的时候,假使我还有精力去想一些事情的话,我应该想些什么呢?

我是不是应该,想想我是怎样挥霍了我的生命,终日昏昏沉沉,不知所为地度过了生命中的每一天,不懂得珍惜生命给予我的礼物?

“什么?这就是死亡?这么快!不可能!为什么?我还什么都没有……我刚刚做好一展身手的准备!”

我是不是应该,回忆过去,回忆过去为数不多的几次光辉灿烂的时刻,回忆那些珍贵的片段和面孔?

那时我做的坏事会不会一并出现,我的灵魂会不会被迟来的悔恨刺痛而遍体鳞伤?

我是不是应该,想想死后在地狱等待我的将会是什么……事实上,真的会有东西在死亡以后等我吗?

不,我以为我不会去想,我会极力投身于一些繁琐的事情上,从而分散自己的注意力,使得自己不去关注那些邪恶的黑暗,我前方成片空洞的黑暗。

有一次,我看见有个垂死的人,他不住地抱怨家人没有给他足够多的榛果……在他迅速黯淡下去的眼神中,我看见有些东西在最深处震颤，就像一只受了致命伤的小鸟，在垂死前无力拍打已经折断了的羽翼……

一八七九年八月

【导读】

勇敢地解剖自己

我们遇见了一颗好灵魂——屠格涅夫的灵魂。他一生为农奴的解放从没有停止过斗争，尽管他表现出软弱和保守，但他的改良主义的愿望始终没有泯灭。尽管他的晚年生活在异国他乡，但他一刻也没有停止对祖国和人民的思念。他用文学表达对俄罗斯土地的挚爱和关切，他爱蔚蓝色的王国，爱蔚蓝色王国里的白云、羊群、炊烟和木屋，也爱蔚蓝色王国土地上的人民，他为他们呐喊、鼓噪甚至挺身而出。然而，作者还嫌不够，即使在他要死的那一刻，他也会极力投身于一些繁琐的事情上，使得自己不去关注那些邪恶的黑暗，他要给人们带来光明。在这即将死亡的时刻，屠格涅夫也表达了自己对于时光的珍惜，也表现了自己对美好过去的记忆和珍惜。我们爱着屠格涅夫，因为即使面临死亡他念念不忘的仍是人民。

“多么美艳，多么鲜亮的玫瑰……”

很久很久以前，在某个地方，某个时间，我读过一首诗。这首诗很快被我遗忘了——除了第一句依旧刻在我的记忆深处。

“多么美艳，多么鲜亮的玫瑰……”

现在是冬季，窗户玻璃上结了一层白白的霜，我缩起身子，坐在房间某个角落，昏暗的房间里点燃着一支蜡烛。那句诗歌不断地在我脑海中回响，回响——

“多么美艳，多么鲜亮的玫瑰……”

于是我看见自己在俄罗斯乡间的小楼前，站在矮矮的窗玻璃下张望。夏季的黄昏慢慢地融化，黑夜浸透进来，温暖的空气中弥漫着水犀草和菩提树的芳香。在窗边，一个年轻的女孩身子依着手臂坐着，头歇在肩膀上。她静默而专注地望着天空，似乎在寻找新升起的星星。梦幻一般坦然、充满灵气的的眼神；好像是提问似的微张着双唇，充满感人的天真；胸口一起一伏平稳地呼吸。她依旧在生长，依旧尚未被触及，年轻精致的脸有种纯真而又温和的感动。我不敢上前对话，但对她的感觉是如此亲切，我的心止不住地悸动！

“多么美艳，多么鲜亮的玫瑰……”

而此时此刻，我身处的房间却是越来越暗。蜡烛烧歪了，愈发地黯淡，在低矮的天花板上映出闪闪烁烁的影子，飘忽不定。窗外因霜冻发出不愉快的吱呀声，那般沉闷，屋内有人轻声哀叹着年华老去的无奈……

“多么美艳，多么鲜亮的玫瑰……”

我眼前又出现了另外的景象。我听见了乡间生活愉快的乐章。两个亚麻色头发的脑袋靠在一起，四只灵动的大眼睛看着我，红扑扑的脸蛋儿似乎在下一秒就会露出微笑。他们的手亲昵地握在一起，年轻的声音碰撞出优美的音乐，如一串银铃一般此起彼伏。再远一点，在房间的一角，有一架钢琴，许许多多年轻的手，无章法地在琴键上飞舞，弹奏。一曲兰纳的华尔兹并不能掩盖家传的老茶壶发出的嘶嘶声，还有氤氲在上空的烟气……

“多么美艳，多么鲜亮的玫瑰……”

蜡烛闪烁了最后一下，顽强的发出最后的微弱光芒，绝望地熄灭了。有人止不住地咳嗽，抽动心肺，发出苍老的声音，一声声撕扯着我的灵魂，我禁不住裹紧了衣服，但寒冷无孔不入，渗透到我的骨髓。我的老狗蜷起身子，想把温暖紧紧包裹起来，但这一切无济于事，它在我的脚边发抖。我唯一的伴侣啊，我好冷，冷得血液就要结冰……而我看见的一切景色，此时都死了……死了……

“多么美艳，多么鲜亮的玫瑰……”

一八七八年九月

【导读】

暗夜中的希望——玫瑰

在寒冷的夜晚哪来的玫瑰，它存在于作者的记忆里，是作者在寒冷而令人窒息的冬夜里的希望。这希望是那样的实在而具体，它就是俄罗斯漂亮、天真而又活泼的少女，这少女有着菩提树的芳香和菩提一样的心肠，纯真而又温和，而且她还在生长，这就是俄罗斯民族的希望,在她的身上闪耀着道德的光芒,具有基督所具有的情怀。这希望还是红扑扑的脸蛋儿露出微笑的少年,尽管他们弹出的琴声杂乱无章,但是在作者听来却是那样优美动听,因为他们年轻而又活力,在加上老茶壶发出的嘶嘶声,更使人在古老的俄罗斯大地上生发出生活的希望。而且这希望对作者来说是那么的强烈,尽管血液冷得就要结冰,作者还是不断地想起那美艳而又鲜亮的玫瑰。作者为了突出这种情感采用了反复的修辞手法,使同一个句子反复出现,这就使作者的感情得到了强化,同时,这个句子也把文章有机地分割成几个部分,并且这几个部分又按时间顺序来组合,随着夜色越来越深,天气越来越冷,作者的感情越来越强烈。这希望不是基于个人的,而是基于俄罗斯的,这足见作者的满腔的爱国情怀和深厚的民族感情。

某　某

你平静优雅地穿梭人生，无泪无欢，只是偶尔对侵扰你宁静生活的琐事报以漠不关心的一瞥。

你优秀聪颖，世界与你相距甚远，你不需要任何人。

你的美艳，没人能说出，无论你是否为之骄傲。你不关心他人，自然也不需要他人的关心。

你的目光深邃，眼神空洞，思维跳跃。

在这片极乐世界里，在格鲁克优美的旋律中，你以优雅的姿态穿梭世界，无悲无喜。

一八七九年十一月

【导读】

某某就是屠格涅夫的化身吗？

屠格涅夫深爱着俄罗斯，同情农奴，甚至舍身相救，但他又反对激进的革命斗争，因此，他是矛盾的也是痛苦的。他始终相信自己的才华和主张，为了自己的主张他不惜和自己多年的好友决裂，所以，他说

“你优秀聪颖，世界与你相距甚远，你不需要任何人。”这表现出了他个人的自信和信仰。他同时又在赞美自己：你的目光深邃，眼神空洞，思维跳跃。是的，他的目光确实深邃，他看穿了农奴制的罪恶，他从自身的革命开始，在他母亲去世以后，他开始解放农奴，给他们以自由和尊严。然而，他又是保守的，他不主张推翻沙皇的统治，只希望渐进式的改良，他得不到人们的理解，他与时代的革命洪流大相径庭，所以，没人能理解他，甚至误解他，“你的美艳，没人能说出，无论你是否为之骄傲。你不关心他人，自然也不需要他人的关心。”最后，屠格涅夫不得不选择离开祖国，长期客居国外。在客居国外的日子里，他的心一刻也没有离开他的祖国。随着时间的延续，他的心也慢慢地沉静下来，这种对祖国的爱变成了一种沉静的爱、深沉的爱，他变得愈来愈平静优雅、无泪无欢，能以优雅的姿态穿梭世界。我们要理解的是这种沉静恰恰是作者的不沉静，他多么渴望得到人们的理解和尊敬，他多么想回到火热的俄罗斯，我们感受到的是深沉的忧愤和强烈的渴望，这正是文章的反讽的手法。

修道士

我曾经认识一个修道士，那是一个隐士，一个圣人。他活着只有一个目的，为了获取祈祷时的愉悦。他沉溺于此，久久站立在冰冷的教堂地板上，以至于膝盖以下的小腿变成了两块麻木的木桩。而他毫无感觉，继续站立，继续祈祷。

我理解他，甚至有点儿嫉妒他，希望他也能理解我，不谴责我，因为我不能感受他的快乐，更不能与之分享。

他达到了无我的境界，消灭了令人厌恶的“我”，但是我不祈祷，并不是因为珍爱所谓的“我”。

我的“我”，也许，对我来说更加繁琐可憎，相比他的“我”对他来讲。

他找到了忘却自我的方法。但是，我也是，我找到了方法，虽然没有像他那样经常忘却，那样陶醉。

他不说谎，但我也不能欺骗我自己……

八七九年丨一月

【导读】

我不愿虚无地活着

修道士是虔诚的，而他的虔诚只有一个目的，就是为了获取祈祷时的愉悦，他久久站立在冰冷的教堂地板上，以至于膝盖以下的小腿变成了两块麻木的木桩。而他毫无感觉，继续站立，继续祈祷，所以，他在人们的眼中是一位圣人。可是，这在作者的眼中却是一种虚无和缥缈，因为这样忘却自我的方法，也就是忘却了一切，实际上是一种逃避和懦弱。作者在文章中采用对比的手法，鲜明地表达了自己对这种行为的不接受，实际上表达了作者愿意投入现实生活和斗争的火热之心。生活需要虔诚和信仰，但更需要行动和实际，尽管这种实践在作者看来是更加繁琐可憎，但我们必须要选择。作者在这篇短文里想清晰地告诉人们，一切美好的未来需要我们去实践。作者没有空洞的说教，而是采取了讲故事的形式，平易、亲切地在启示人们，让人们在轻松的阅读中获得思想的启迪。

我们来打一仗

一件不经意的小事，有时候会改变整个人！

有一天我漫步在大路上，心中满是惆怅。

我的心被强烈的不安沉重地压迫着，整个人沉浸在沮丧的情绪里。我抬起头……在我的前面，两排柱子中间，道路像一根箭似的冲向远方。

越过它，越过这条路，在离我十步之遥的地方，在夏日太阳耀眼的金色光芒里，一群麻雀一个个神气活现地跳跃着，快活自由而又充满自信。

它们中有一只麻雀非常特别，它用尽全力沿着马路跳来跳去，努力挑战自我，似乎要征服它眼中的世界。它高高地挺起小胸膛，骄傲地叫着，好像在说："我天不怕地不怕！"真是一个勇敢的勇士！

就在这时，一只鹰在我头顶上方的高空中盘旋，窥视，似乎是在寻找机会，吃掉这个小小的勇士。

我看着它们，大笑起来，立刻振奋了精神，沮丧的情绪一扫而空。我觉得我重新感受到了超越、勇气和热情的力量。让这只鹰，也盘旋在我的上空吧……来啊，要死要活我们来打一仗，然后就都给我见鬼去吧！

一八七九年十一月

【导读】

弱小者即是强大者

晚年的屠格涅夫并不寂寞，他从一只小小的勇敢的麻雀身上获得一种强大的力量，即使面对高空中盘旋着的老鹰，他也勇敢地发出要我们来打一仗的誓言，并且充满了必胜的信心。这就是美丽的俄罗斯土地和田园给予作者的灵感，在这片美丽的土地上，一切都富有活力，一切都充满智慧和勇气，哪怕是一只小小的麻雀。屠格涅夫的勇敢来自于土地、自然和生灵，也为了土地、自然和生灵。虽然晚年的屠格涅夫远离祖国，但他的心一直在为祖国跳动。尽管他有很多的孤独、痛苦和不被理解，甚至有时内心想逃离、想放下，但他始终在他的意识里潜藏着一股热情，只要找到被点燃的机会，他的热情就会爆发，而且是那样的强烈。纵观屠格涅夫的散文诗在他对俄罗斯田园深情的回忆和描写中，始终饱含着他对祖国和人民的热爱，始终有一种想投入战斗的热情。所以，屠格涅夫晚年的生活是平静的，更是充满激情的，这两者的统一使我们看到了屠格涅夫深广的忧愤和深沉的思索。

第二辑　猎人笔记(节选)

霍里和卡利内奇

但凡有人从波尔霍夫县和日兹德拉县这两个县城经过的时候，他一定会为奥谬尔省的人和卡卢加省的人之间的巨大差异而感到惊讶。奥省的农民个子不高，佝偻着背，表情阴郁，目光呆滞，似乎在怀疑一切；他们住在白杨木搭造的小棚子里，像奴隶一样在地里耕作，不能自由地买卖农产品；他们的伙食很差，不讲究营养，穿一双用树皮编织的鞋。而卡省的农民是代役租的农人，住在松木搭造的宽敞别墅里；他们高大，强壮，脸上干干净净，表情丰富，常常神采飞扬；他们做着黄油和沥青的买卖，周末的时候还会穿上高筒靴子。

奥省的村庄（我们现在说的是奥省东部的农庄）通常坐落在耕地中央，旁边流过一条水道，脏兮兮的，大部分的时间像是一个污水池。除了几棵无心栽植的柳树，两三棵光秃秃的桦树，方圆一英里以内你再也找不到别的树，再也看不到任何绿色。村庄里的小屋一个紧紧挤着另外一个，屋顶覆盖着腐烂的茅草……卡省的村庄则完全不同，它们通常是围绕森林而建的，一座座小屋自由排列，精致挺拔，铺有木板屋顶，大门紧闭，院子的篱笆既无破损，也不歪斜，不会招引过路的猪窜进院子里来做客……对于猎人来说，卡省的设置好多了。

在奥省，约摸再过五年光景，最后一片森林和灌木丛将会消失，沼泽地也会没有踪影。而卡省则恰恰相反，沼泽地绵延数十英里，森林覆盖数百英里，珍贵的松鸡经常在森林里出没，更有大量性情温和的大只山鹬，还有时不时猛然从林子里扑腾而起的山鹑，翅膀发出巨大的响声，把猎人和他的狗儿吓一跳。

我有一次去日兹德拉县打猎，在农田里遇见并结识了一个长相俊俏的农场主，名叫波卢特金，是来自卡省的。他是个狂热的猎人，因为热爱，他也自然而然成为了一个出色的猎人。然而他也有一些缺点，比如，他曾经向村子里每一个富豪家的女儿求婚。当遭到拒绝，既得不到人，也得不到钱的时候，心碎的他便向所有的朋友和熟人诉苦，但还是一如既往地给这些富家女赠送大量自己院子里产的酸桃和原料。他永远在讲同一个笑话，这个笑话尽管波卢特金先生自己觉得意义重大，但事实上从未取悦过任何人。他非常欣赏讽刺诗人阿基姆·纳西莫夫的作品和一本名叫《平娜》的庸俗小说。他说话口吃。他的狗被他命名为天文学家。他从来说不清楚“但是”这个词，都说成“但系”。他在自家的厨房创建起了法式烹饪系统，据他的厨师说，这种烹饪方式的秘诀在于，把所有食材本身的口味完全转化成另外一种味道。在这位烹饪艺术家手里，肉变成了鱼的味道，鱼变成了蘑菇的味道，通心粉变成火药的味道……更有甚者，任何一根胡萝卜，如果不被切成完美的菱形或者梯形是绝对不能下锅的。然而，除了以上微不足道的缺点以外，波卢特金先生还是相当出色的一个人。

我跟波卢特金先生相识的第一天，他就邀请我在他的别墅里过夜。

“这里到我家有五英里，”他说，“走路是太远了，我们还是先去霍里家里吧。”(亲爱的读者朋友，在此请原谅我忽略了他的结巴)。

“霍里是谁?”

“我的一个农奴，他住得离这里很近。”

我们就朝着霍里家走去。在树林的中央一小块被精心收拾过的空地上，霍里的独家宅院孤零零地站在那里。他的家包含了几间松木的屋子，四周围上了厚木板的栅栏。主屋前延伸出一条长长的小径，是用细木板铺成的。我们走了进去，遇见了一个二十岁的年轻小伙子，长得高挑又俊俏。

“啊，费佳！霍里在家吗？”波卢特金先生问他。

“不在家，霍里去城里了。”小伙子微笑着回答，露出一排雪白的牙齿。

“要准备马车吗？”

“是的，老弟，我们要一辆小马车。再拿一点克瓦斯酒来。”

我们走进屋里。清爽的木板墙面上，没有张贴任何廉价夺目的画；墙角，一幅装饰有银质边框的沉重圣像前，一盏灯燃烧着。椴木做的桌子是最近被重新刨了又擦洗干净的。无论是在窗框上，还是墙上的木头缝儿里，都没有灵巧的茶婆虫钻来钻去的影子，也没有闪闪烁烁的蟑螂。那个年轻的小伙子很快就备好了一大罐克瓦斯酒，一大块全麦面包和一打腌黄瓜，用木碗装着。他把这些吃的放在桌上，然后斜靠着门，微笑着盯着我们看。我们还没有完全享尽我们的午餐，马车已经准备好了，在门道前咯哒作响。我们走出门，一个小脸红扑扑的卷发男孩儿正坐在马车上，他约摸十五岁光景，是我们的马车夫，他正费劲地牵住一匹肥壮的花斑马。马车周围站着费佳和另外六个魁梧的小伙子，他们都长得很像。

“他们都是些小狐狸（霍里），”费佳跟着我们走出了台阶，说道，“但还不只是这些孩子呢，波塔普在林子里，西多尔跟老霍里进城去了。小心！瓦夏，”他转向马车夫继续说道，“快点儿赶马呀，你载的可是老爷呢！小心地上的沟沟，放慢点车速，别把车颠坏了，老爷的肚子也受不了！”

另外几个“小狐狸”听了费佳的话，都朝着他笑。波卢特金先生庄重地喊了一声：“让‘天文学家’坐进来！”费佳高兴地把“天文学家”举到空中，放进车的地板上。那条狗咧着嘴，似乎露出了一个不情愿的笑。瓦夏放下缰绳，我们的车开动了。“这是我的事务所。”波卢特金先生忽然对我说道，指着一间低矮的房子，“我们要进去看看吗？”“当然要去看看。""废弃了好久了。"他仔细检查了一下房子，边向里走边说，"不过还是值得参观一下的。"事务所包括两间空房间。一个独眼的看门人，冲出院子，波卢特金先生跟他打招呼："你好呀，米尼亚伊奇，给我们倒些水吧。"独眼老头立马消失了，瞬间又带了一桶水和两只玻璃杯闪了回来。"尝尝，"波卢特金跟我说，"这是上好的井水。"我们一人喝了一杯，其间那老头把头埋得低低的，在向我们鞠躬。"来吧，我觉得现在我们可以走了。"我的新朋友说道，"在这间事务所里，我卖了四俄亩的林地给商人阿利卢耶夫，得了个好价钱呢！"我们在马车里坐定，一个半小时以后，马车到达了领主邸宅的院子。

晚饭时，我问波卢特金："请跟我说说，为什么霍里要跟其他农奴分开，独自住在林子里呢？"

"是这么回事，他是一个聪明的农人。二十五年前，他的农宅被烧毁了，所以他找到我的继父，说：'尼古拉·库兹米奇，请允许我住到你林子的沼地上去吧。我会付你很高的租金。''但你住到我家林子里干吗呢？''啊，我想，只是想，尊敬的尼古拉·库兹米奇，你善良如此，就免我的劳工，用一个你认为合理的租金代替吧。''五十卢布一年！''非常合理！''但是注意，你不能拖欠租金！''当然不会，不拖欠，记住了。'于是，霍里就安顿在沼地上了。从那时候开始，人们就开始叫他狐狸。"

"那，他现在已经变得很有钱了吗？"我询问道。

"对，他已经富起来了。现在他付给我差不多一百元作为租金，也许马上又要加租了。我已经对他说了好多次：'霍里啊，给你自己赎身吧，嗯，赎身吧。'但是那个滑头，说他不能赎，说没钱，说……哎，都是胡扯……"

第二天，刚喝完早茶，我们就又出发去打猎了。当我们驾车驶过村子的时候，波卢特金先生吩咐马车夫在一间矮房子前停了车，然后朝里大声喊道：

"卡利内奇！"

“来了，老爷，来了！”一个声音从院子里传出来，“我在系鞋带呢。”

我们继续往前走了一点。在村子外，一个四十来岁的男人赶上我们。这个人高高瘦瘦的，脑袋小又尖，他就是卡利内奇。黝黑的脸上星星点点长了些麻子，表情充满了和蔼可亲的幽默感，让我第一眼看到就心生喜欢。后来我才知道，卡利内奇每天都跟他老爷一起打猎，有时帮着背包，有时还帮着背枪，一路上记录下野物常出没的地点，还顺带做送水、搭简易木屋、采草莓、找车子等活儿。少了他，波卢特金先生简直寸步难行。卡利内奇生性乐天，性格温顺。每到闲暇的时候，总是自个儿低声哼着小曲儿，无忧无虑地四处张望。

他说话带有嗡嗡的鼻音，笑起来蓝色的眼睛闪亮亮的，还时不时习惯性地捋一下自己稀疏的胡须。他走路节奏不快，但是步子迈得很大，一手轻轻拄着一根又细又长的棍子。他一天内跟我闲聊了好几次，伺候我的时候态度恭敬，而待他老爷的时候却像对待一个小孩子一样。正午时分，难耐的酷暑使我们亟需一个阴凉的地方避暑，于是他带我们去了林子正中心的蜂房。在一间小棚屋门口，卡利内奇帮我们打开了门，屋里挂满了芳香四溢的干草。他铺开干草，让我们舒舒服服地坐在上面，自己戴上一个带孔的头套，拿出一把刀，一只小罐子，一块烧过的木头，然后自顾自地走进蜂房去给我们割蜂蜜。吃完温润透亮的蜂蜜以后，我们又喝了一小口泉水，而后便伴随着蜜蜂的嗡嗡声和风吹树叶的沙沙声睡着了。

一阵微风拂过，我睁开惺忪的睡眼，看到了坐在门槛上的卡利内奇。门半开着，而他，正在用小刀削制一把勺子。我久久望着他的脸，安静平和犹如静谧的夜空。波卢特金先生也醒了过来，但我们没有立马起身——经历了长时间的徒步和酣睡之后，一动不动地躺在干草堆里是一件多么美妙的事情。我身体舒服而疲惫，脸上轻微泛着柔和的光，眼睛闭着，享受这一醉人的慵懒时光。很久以后，我们起身，继续在森林里漫游狩猎，直到夜幕降临。晚饭过后，我们又聊起了霍里和卡利内奇。“卡利内奇真是好个帮手，”波卢特金先生跟我说，“他种起地来可麻利呢，一点儿都不含糊，但是他没空照料他的田地，因为我一直带着他跑。你想想，我每天都带他出去打猎，哪有时间种地呢？”

我表示同意，然后我们就睡觉去了。第二天，波卢特金先生要去镇上一趟，跟他的一个邻居谈判。这名叫皮丘科夫的邻居不仅耕了波卢特金先生的地，还打了他的女人。所以我只得一个人外出打猎，太阳下山之前我去霍里家转悠了一趟。在他的农舍门口，我遇见了一个光头老人——肩膀宽阔，矮小又敦实——他就是霍里。我好奇地观察着霍里：他的脸部轮廓让我想起了苏格拉底——带有棱角的前凸的额头，小眼睛，朝天鼻——跟苏格拉底一模一样。我们一同走进屋子，费佳，就是昨天那个费佳，给我们拿来一些牛奶和黑面包。霍里坐在沙发上，安静地捋着他的卷胡子，接着便与我交谈起来。他似乎很清楚自己重要的地位，慢慢地说话，稍微牵动身子，从那两撇小胡须遮盖下的嘴里，还时不时发出几串笑声。

我们无所不谈：雪，庄稼，农人的生活……他总是赞同我的观点，到后来我都不好意思起来，觉得自己的观点其实没这么高明，于是乎，我们的谈话便开始有些异样。霍里说话非常谨慎，经常用一些不置可否的表达方式，以下便是我们谈话内容的一例：

“霍里，跟我说说，”我问他，“为什么你不向你的主人赎身呢？”

“我赎身干嘛？我了解我的主人，他给的租金也合理，他是个不错的主人。”

“自由，总是比不自由好一点吧。”我指出。

霍里狐疑地看了我一眼：“那当然。”他回答道。

“既然这样，那，你为什么不买下你的自由呢？”

霍里听后摇了摇头：“你想要我拿什么来买下它呢，老爷？”

“唉，得了吧，老人家！”

“霍里要是成了自由人，”他继续说道，降低了音调，像在自言自语一样，“在这里的所有人，只要他们没有留胡子，都会成为霍里的主子。”

“你剃了胡子不就好了?”

“胡子算得了什么?胡子就是杂草,想剃的话,立马就可以剃了。”

“没错啊,所以呢?”

“但是,霍里以后会直接成为商人。商人过得很好,而且也留着胡子。”

“怎么?你现在不就是在做着生意吗?”我问他。

“我们现在就卖卖黄油和沥青,小本生意……怎么样,老爷,您要备车吗?”

我自己默默想着:“这个家伙什么都不肯说,肚子里满是主意呢。”

接着高声吼了一声:“不,我不要车了,明天我想在你农舍附近溜达溜达,如果你同意,我今晚就在你的干草屋过夜吧。”

“非常欢迎您留下,但是你在干草屋怕是睡不舒服吧,一会儿我让女人们给你铺上单子,再给你拿个枕头。喂,娘儿们!”他一边喊一边坐起来,“娘儿们,过来过来,还有你,费佳,跟他们一起去。女人嘛,你懂得,都是一群蠢货。”

一刻钟后,费佳提了一个灯笼领我进了干草屋。我一下子躺在了芳香的干草堆上,狗在我脚边蜷做一团。费佳跟我道了声晚安,“嘎吱”一声关了门便走了。我一个人躺在草堆上,听着周围传来的各种声响,久久不能入睡。一头母牛停在门口,用力喷了两口气;我的狗趾高气昂地朝它吠叫;一头路过的猪在门口放慢脚步,低沉地哼哼唧唧;附近某处的一匹马开始咀嚼干草,发出喷鼻息的声音……很久以后,我终于睡着了。

天亮的时候,费佳叫醒了我。我非常喜欢这个干净利落的小伙子,我觉得老霍里也最中意他这个儿子了,他们俩经常相互打趣。老人家特地前来跟我打招呼,不知是因为我在这里住了一夜,还是因为别的原因,霍里的态度显然比昨天友好多了。

“早茶已经准备好了。”他微笑着跟我说话,“走吧,一起喝早茶去。”

我们在桌边就座，一个长相健硕的农妇，霍里的儿媳，带进来一罐子牛奶。他的儿子们一个接着一个走进了屋子。

“看你家的小伙子们长得多好啊！”我称赞道。

“是啊是啊，”他说着，用牙齿咬下一小块糖，“我跟我老伴儿是没有什么好抱怨的啦，至少看起来是这样。”

“他们都跟你住吗？”

“是啊，他们自己要跟我住的，所以就都住着喽。”

“都结婚了吗？”

“还剩下这一个，顽皮的小鬼！”他说着，指了指费佳。费佳正以他的一贯姿势倚着门。

“瓦夏，他还太小，要再等等。”

“为什么我要结婚呢？”费佳反驳道，“我一个人很好，要媳妇儿来干嘛？找个人吵架吗？嗯？”

“哈，你这家伙，我不要太了解你！你戴着银戒指，整天跟老爷家的小姐鬼混。‘讨厌，臭不要脸的！’”老人家模仿侍女们的语气说，“我太了解你了，你这个不干活的小无赖！”

“那媳妇儿有什么好处呢？”

“媳妇儿，就是劳动力，”霍里认真地说，“她是伺候农人的人。”

“我要劳动力做什么？”

“这样的话，你是想自己玩着火，让别人烫着是吧，我们都知道你就是这种想着不劳而获的人。”

“好吧，既然你说了，帮我找个媳妇儿吧！怎么，为什么不回应我了？”

“够了够了，你这个顽皮鬼！没发现我们已经吵到老爷了吗？我会给你找媳妇儿的，耐心等着……老爷，别生他的气，你也看出来了，他就是个孩子，还没来得及长点心眼。”

费佳摇了摇头。

“霍里在家嘛？”传来一阵熟悉的声音，卡利内奇走了进来，手里捧着一捧野草莓，是特地采来孝敬老朋友霍里的。老人家热情地接待了他。我惊讶地看着卡利内奇，不得不承认我实在是没有料到农人之间会有如此细腻的温情。

那天，我比平常晚了四个钟头出发打猎，接下来的三天我都住在霍里家。这两个新朋友引起了我的兴趣。不知道我是如何赢得了他们的信任，反正现在他们都能敞开心扉跟我聊天了。这两个新朋友毫无相似之处：霍里是个积极，务实的人，满脑子都是生意经，充满了理智；而卡利内奇则不然，他属于理想主义或者幻想家那一类，灵魂深处洋溢着浪漫而且极富热情。霍里很了解现实状况，对凡事都有很好的预见性。他持续地赚点小钱攒起来，跟主人或者其他有权势的人保持和睦的关系；卡利内奇穿树皮制的鞋，生活拮据，勉强度日。霍里有一个人丁兴旺，团结和睦的大家庭；卡利内奇曾经有过一个妻子，但他害怕他妻子，也没有生过孩子。

霍里总是用挑剔的眼光看待他的主人，波卢特金先生；而卡利内奇则非常崇拜他。霍里爱卡利内奇，经常保护他，照顾他；卡利内奇也爱霍里，并且尊敬他。霍里话不多，常常只是一个人笑笑，然后自己想事情；卡利内奇则热情地表达自己的想法，虽然他不像工厂里的干活能手一般伶牙俐齿。但是卡利内奇就是有某种神奇的力量，这点就算是霍里也不得不承认，他的力量可以治愈大出血，唤醒昏迷的人，甚至能让疯子变正常，还可以驱走虫子。他养的蜜蜂一直都很健康，产量也好，他有“吉利光之手”的称号。霍里曾要求他把新买的马牵进马厩里，好让这匹新马以后都交好运，当时我也在场，卡利内奇就郑重其事，一丝不苟地完成了这老朋友赋予他的使命。卡利内奇生来与自然有着更密切的联系；而霍里与人类社会联系更加紧密。卡利内奇不喜欢反驳，盲目地相信所有的事情；而霍里则怀疑一切，他的人生观甚至有点自我讽刺的意味。他经历了许多事情，看透了人生百态，我从他那儿学到了很多这方面的经验。

比如说，从他的叙述中我得知，每年收割时节到来之前，必然会有一辆小型的，样式别致的马车出现在各个村庄。马车主是个身穿长外套的男人，是一个镰刀商人。如果你用现钱买他的镰刀，那他每一把将会卖一卢布二十五戈比到一个半卢布的纸币；如果想赊账，则卖四个卢布。当然，所有的农人都会选择赊账。过两三个星期，他会回到村里收账。因为那时农人们刚刚收割燕麦，所以有钱付给他。他们会一起去当地的小酒馆，就在那里把钱都算清了。

有些地主想出了主意，先用现钱把镰刀买回来，然后以同样的价格赊售给农人们。但是农人们似乎并不满意，甚至不买他们的账，因为向地主买镰刀丧失了很多乐趣：本来他们可以用手指弹弹刀面，听金属发出叮咚声，然后把刀反反复复在手里把玩，向这个“无恶不作的奸商”说上不下二十次“嗨，老伙计，你可骗不了我，这镰刀可不怎么样啊”。在买小镰刀的时候，他们也可以玩同样的把戏，不同的是，这次女人们也参与其中。有时候女人们争得太厉害，把商人逼急了还免不了动起手脚。

但是，女人们最吃亏的时候，要属发生以下这种情况：造纸厂的承包商会让一些特殊身份的人去收购造纸的原料——破布，有些县里称这种人为“鹰”。“鹰”从商人那里拿了二百卢布的现钞，就出来“打野”了。但是真正的鹰是一种高贵的鸟类，它们广阔天空盘旋，瞄准猎物，猛地俯冲，公然大胆地捕杀它们。这些人却跟鹰大不相同，他们“打野”的方式是狡诈的欺骗。

他把车停在村子附近的灌木里，然后只身绕到每家每户的后院，或者后门口转悠，装作是不经意路过，像在散步一样。女人们凭直觉可以认出这些人，于是便偷偷溜出去与他会面。交易便在此时匆匆达成。

女人们为了几个小钱，不仅卖了一切无用的破布条，甚至是丈夫的衬衣和自己的衬裙也毫不怜惜。到后来，女人们发现从家里偷些东西出来卖非常有利可图，于是把家里的大麻绳原料也拿出来卖了。这么一来，“鹰”的生意范围可算是大大地拓展了，而且升级了。为了应对这种情况，农人们也变得更加精明，关于“鹰”要到来的流言一旦出现，无论这消息多么遥远，多么不可靠，只要风一吹，草一动，他们就迅速警惕，敏锐地阻断一切“地下交易”的可能性。

毕竟，让女人卖大麻绳真算是件丢人的事情。这原本应该是男人的活儿，而他们也会卖大麻绳——不是在镇上卖（去镇上要自己把麻绳拖过去），而是卖给上门收购的小贩，这些小贩因为没有秤，所以规定四十把麻绳作为一普特（约为十六公斤）。可是你也知道，俄国人的手是怎么样的，一把下去可以抓多少东西，尤其是当他们“卖力抓”的时候。像我这样涉世不深，没有乡村经验的人（奥谬尔人就这么说我），这类的故事着实是听了不少。但是也并不总是霍里一个人在讲，他也问了我很多问题。

得知我曾到过国外，他的兴趣就来了，卡利内奇也同样饶有兴趣，但是他对山啊水啊，那些自然景观，风格奇异的建筑和城市风貌更有兴趣，而霍里却一个劲地问我政府和行政方面的问题。他总是有条有理地发问：“那么，他们那里是跟我们这里一样的，还是不一样？老爷，快跟我们说说，究竟是怎么样的？”在我说故事的时候，卡利内奇会惊叹：“哦，天呐，怎么能这样！”而霍里则保持沉默，紧锁眉毛，只是时不时地评论道：“这种制度不适用于我们，但还是不错的制度。就是这样。”在这里我不能转达他所有的问题，当然也没有这个必要，但是从我们的对话中，我坚定了一个立场，大概坐在书前的你也不能料想到，这就是：彼得大帝很有可能是俄罗斯人，从他的改革手段来看，他是俄罗斯人。身为俄罗斯人的他如此相信自己的力量和权威，以至于敢铤而走险，他从不回望过去，而是策马向前。凡是好的他都喜欢，凡是合理的他都接受，至于这些都是从哪里来的，他从不过问。

他总是喜欢用他丰富而健全的思想去嘲笑德国那套不堪一击的理论，但霍里说：“德国人是最富好奇心的。”他已经准备向德国人学习了。凭着他的优越地位，和本质上是独立的状况，霍里告诉了我很多——照农人的说法是——软磨硬泡也不会说的事情。事实上，他相当清楚自己现在的地位，跟霍里谈话，我有生以来第一次听到一个农人说出如此简明，睿智的话。以他的身份来说，他的知识是相当渊博的，但他不识字，卡利内奇反倒识字。

“这个吊儿郎当的家伙上过学呢，”霍里说，“他养的蜜蜂从来就能安然过冬，不会大批死掉。”

“那你有没有让你的孩子们学认字呢？”

霍里顿了一会儿，说：“费佳识字。”

“其他的呢？”

“其他的不识字。”

“为什么？”

老人家不说话了，接着便换了一个话题。

然而，虽然他很理性，也免不了有一些怪念头和偏见。比如说，他看不起女人，打心底里瞧不起她们。心情好的时候，他常常以调侃女人自娱自乐。他的妻子是个凶悍的老妇人，寸步不离地守着火炉，整天除了骂人就是发牢骚。她的儿子们都无视她，但她有本事让儿媳妇们待她如待神明一样敬畏三分。难怪在俄罗斯有首唱婆婆的歌是这样的：“我是你的儿媳，你是一家之主，你从来不打你的媳妇儿，你从来不打你年轻的媳妇儿呀……”我曾经想帮媳妇儿们说说话，好引起霍里的同情心，但他淡定地回答我说：“这么麻烦干嘛？都是些杂事，随便这些女人要吵要打，让她们自己去解决吧。如果我在中间插一手，反而会引起更大的矛盾，并且这种事情不值得浪费我的时间。”

有时候，这个凶悍的老妇人会离开她的火炉，走到院子里叫唤狗儿：“来，过来，狗。”等狗走到跟前以后，就用铁棒敲打它瘦削的背脊；或者她会站在过道上，像狼嚎一样（霍里正是这么描述的），咒骂每一个过路人。但是这个老妇人害怕她的丈夫，只要一声令下，她便会乖乖回到她的火炉旁。

听霍里和卡利内奇讨论到波卢特金先生的时候才叫有趣呢！

“霍里啊，不要丢下老爷一个人。”卡利内奇说。

“但是为什么他不帮你买双靴子呢？”霍里说。

“呃……靴子啊！我要靴子来干吗呢？我只是个农人。”

“不对，我也是个农人啊，但你看！”霍里伸出他的脚，给卡利内奇亮了亮他的靴子，这双靴子做工十分讲究，皮质就像是猛犸象的皮一样厚实。

“可你跟我们都不一样呀！”卡利内奇反驳道。

“好吧，可是他至少要付给你树皮鞋的钱吧，你每天都跟他出去打猎，得一大消耗一双鞋吧。”

“他是给了我一些钱让我去买树皮鞋了。”

“是啊是啊，去年就给了你两个铜币。”

卡利内奇苦恼地转过身子，而霍里却“哧哧”地笑了起来，眼睛眯成了一条缝，完全找不着了。

卡利内奇一边轻轻拨弹着三弦琴，一边哼唱着悦耳的小曲。霍里对卡利内奇的弹唱也是百听不厌，也歪着头跟着合唱了起来，他低沉的和声有一种悲哀的情调。霍里尤其喜欢《我们命运啊！命运！》这首歌，费佳经常拿这件事情跟他老爷子逗趣：“老爷，你在哀伤些什么呢？”而霍里却只是把头埋进手掌里，遮住眼睛，继续悲叹他的命运……但在其余的任何时间里，霍里都是一个相当活跃的人，总是在忙忙碌碌些什么——修马车，补篱笆，检查马具。他倒也不是有洁癖，需要每个地方都一尘不染，他是这样回答我的：“房间里闻起来要像是有人住着的一样。”

“你看，”我反驳道，“卡利内奇的蜂房多干净啊！”

“老爷，要是蜂房不干净，蜜蜂就都跑啦。”他叹一口气对我说。

“请问，”有一次他又问我，“你有自己的房产吗？”

“有的。”

“离这儿有多远？”

“一百里。”

“那老爷，你住那吗？”

“是的。”

“恐怕你最爱你的猎枪吧?”

“是的,我的确很喜欢打猎。”

“你打猎很出色,老爷,多打些松鸡吧,经常换换管家。”

第四天晚上,波卢特金先生叫我回去了。我虽然舍不得老霍里,还是跟他道了别。我同卡利内奇一同坐上马车。“那么,再见了,霍里——祝你好运。再见了,费佳。”

“再见老爷,再见啦,可不要忘记我们呀!”

我们出发了,映着夕阳散发出的第一道红色光芒。“明天必然是个好天气啊!”我望向清澈的蓝天,感叹道。“不,明天会下雨的。”卡利内奇如是回答我,“看,远处的鸭子在泼水,而且青草气特别浓郁。”我们的马车走进了灌木里,卡利内奇一边上上下下驾着马,一边又低沉地哼起了小曲,两眼目不转睛地望向夕阳西落的地方,出了神。

第二天,我就依依不舍地离开波卢特金先生热情好客的家。

【导读】

俄罗斯民族的希望所在

俄国在农奴制度的统治下,农奴困苦不堪,民不聊生,但是在屠格涅夫笔下的农民并没有因为这样的统治就丧失了自己的思想和追求美好生活的权利,反而从真实的生活中反映出他们性格中的美好一面。他们并没有因为农奴制度而失去灵魂,在《霍里与卡利内奇》这个故事中,屠格涅夫塑造了两个农民形象,一个是霍里,另外一个是卡利内奇,他们同是农奴,但是性格迥异。霍里,是一个比较特别的农民形象,他身材矮小,但是很壮实,秃头,长着一副老头儿面孔,“跟苏格拉底一模一样。”他不但关心周围的事情,还关心政治和世界,他虽然是一个农奴,但是表现出惊人的独立性,能驾驭自己的全部生活。而卡利内奇是一个瘦瘦高高的农民,他约摸有四十多岁,脑袋又小又尖,“黝黑的脸上星星点点长了些麻子,……让我第一眼看到就心生喜欢。”卡利内奇每天都跟随老爷一起去打猎,他总是扛着他的口袋,偶尔为了探寻鸟儿们的落脚点,也会带上枪,他负责供水、摘莓子、建草棚,还要跑着跟在马车后面。卡利内奇是非常乐观、非常温和的人,总是在喉咙里哼着小调,说话时总带出一点鼻音,那双淡蓝色的眼睛一笑就眯成了一条缝。卡利内奇拥有多种才能,他会读书会写字,会唱歌会弹琴,会治病会念止血咒语,特别是他精通养蜂技术。虽然作为一个农奴,但是他没有半丝半毫的奴颜婢膝的奴才相,反而是活得非常有情调又非常的独立。由此,我们可以看出他们的性格是截然相反的,卡利内奇生来与自然有着更密切的联系;而霍里与人类社会联系更加紧密。卡利内奇不喜欢反驳,盲目地相信所有的事情;而霍里则怀疑一切,他人生观甚至有点自我讽刺的意味。

在俄罗斯文学史上,在屠格涅夫之前,还没有人如此描写过农民。霍里这个人物身上既具有农民的特征,又具有思想家的品质;而卡利内奇善良、殷勤。这一点已超越了以往千篇一律描写农民自私自利的套路,而赋予农民全新的精神面貌。作者认为他们是真正的俄罗斯人的代表,他们很少迷恋于过去,而是大胆地向前。虽然他们性格不同,但这并不妨碍他们心灵的息息相通以及共同的追求。屠格涅夫笔下的俄罗斯农民所具有的对美好生活追求的强烈愿望和自信正是俄罗斯民族的希望所在。

叶尔莫莱和磨坊主妇

一天傍晚，我跟猎人叶尔莫莱出去“守击”，“守击”这个词究竟是什么意思呢？恐怕并不是每个读者朋友都知道，那么，就请听我细细说来。

春季，在太阳下山前的十五分钟，你带着猎枪走进树林子里，不用带上猎狗。在树林边缘，找一个安身之处，环视一下四周，检查你的弹筒帽，同时瞥一眼同行猎人的动向。十五分钟后，太阳落山，黄昏的余光还朦胧照着森林，渲染出一片让人为之陶醉的色彩，天空呈现出空灵的半透明色，鸟儿百啭千声地鸣叫，嫩绿的青草闪着祖母绿宝石一般的光芒，和周围的大树小树一起享受着春天的这个美好时刻。你站着，等待。森林中央开始渐渐暗下来，眼看余晖缓缓向后退去，血红的夕阳边沿移过树根和树梢，慢慢地越升越高，从低处尚未抽芽的枝条，升高到肃穆沉寂的树冠。

好了，此时此刻，就算是最高处的枝桠也完全暗下来。天空由紫色变成了靛蓝色，混着青草，泥土，以及从地底深处翻腾上来的湿气，森林中这种特有的气味愈发浓烈起来。吹进森林的风在你身边耳语。鸟儿也渐渐没有了声响，张扬了一天的它们睡去了——可不是一下子睡着的，而是各种鸟类相继安静下来。首先听不见声响的是燕雀，过一会儿便是知更鸟，接着是黄色的鹀，它们配合默契，相约好了进入梦乡。整个森林的光线越来越暗，树木融进黑暗，映出一大块一大块的黑影，不真实，不深刻，模模糊糊，墨蓝的天空中隐隐约约地闪烁出了星星的光芒，微弱，却不可或缺。这时，所有的鸟儿都安静了下来。

只有红尾鸟和小啄木鸟还懒洋洋地发出口哨似的叫声，恋恋不舍，一会儿，意识到四周没有配合的声音时，它们也知趣地安静下来。忽然，悠悠的，高处传来柳莺的叫声，黄鹂跟着和了一句，声音凄厉悠远，夜莺也唱了起来，从高空掠过的声音，渗透到你的灵魂，在这样的夜晚挥之不去。你的心悬着，等得有点心急了，忽然——说到这里只有真正的猎人才能明白我的心境——忽然从深沉静寂的林中深处传出一种特殊的咔咔声，夹杂着翅膀快速扇动发出的呼呼声：那是山鹬，低垂着长长的喙，优雅穿梭在林中，这是属于它们的世界。当然等待它们的，将是你膛里的子弹。

这就是“守击”，那天我就跟叶尔莫莱一起“守击”山鹬去了。亲爱的读者，原谅我打断一下，在此，请允许我先介绍叶尔莫莱。

先请你在脑中想象一个人物形象，一个又高又瘦，病恹恹的四十五岁左右的中年人，修长狭窄的鼻梁，尖尖的额头，小而灰的眼睛，稀疏的头发竖在头顶上，厚嘴唇，经常带有一股嘲讽的神态。这人无论冬夏都穿一件黄黄的德国式土布褂，腰里滑稽地系着一条宽腰带。穿一件蓝色灯笼裤，戴一顶羊羔皮帽，是一个破落的地主一时高兴送给他的。腰带上系两个袋子，一个袋子在前面，巧妙地扎成两半，分装火药与霰弹；另一个袋子在后面，是装猎物的。至于棉絮，叶尔莫莱则是从他那魔袋似的帽子里掏出来的。

以他卖野物所得的钱，本来可以轻易买一只弹药囊和一个背袋，但是他从未考虑过要买这些东西。只是一直用老办法给枪上膛，而这点还恰恰惹得一些旁观者无比羡慕——因为正是如此他便能避免霰弹和火药撒出，或者混在一起的危险性，而且他手法极其熟练敏捷，无人能比。他的枪是单筒的，装着燧石，开一枪后坐力极大，就像一个脾气暴躁的莽夫狠狠地踩了一脚。正因为这样，叶尔莫莱的右脸颊总是比左脸颊肿大。他究竟是怎样用这支老爷枪打到野味的，这对所有人来说都是个谜，包括聪明绝顶的叶尔莫莱自己，但是他的确能猎到不少好东西。他也有一条棒极了的塞特种猎狗，机灵敏捷，名叫瓦列特卡，它主人从来都用不着喂它食物，但它却从来没有饿着。“喂它？为什么要喂它？狗是聪明的畜生，它可以自己找吃的活下去。”他总是这么说。

果不其然，这条名叫瓦列特卡的猎狗，虽然瘦得皮包骨头，以至于路人都会震惊于它的消瘦而驻足观看，但是它依旧生龙活虎，精神抖擞，而且寿命很长。更加可贵的是，无论它的境遇多么不幸，它从来没有逃走过，甚至从来没有想过要离开他的主人。只不过有一次，它出走了两天追母狗去了，但没过多久，这种傻气的行为就一去不复返了。瓦列特卡最奇异的特质就是，它对世界上的一切事物都表现出不可思议的漠视态度。如果我现在不是在描述一只狗的话，我会用“所有希望都幻灭了”来形容它。它常常只是坐着，短尾巴压在身子下面，板着脸，身子时不时颤抖，从来没咧开嘴笑过（众所周知狗是会笑的，而且笑得很可爱）。瓦列特卡长得奇丑，游手好闲的仆人们一找到机会就一个劲儿嘲笑它的相貌，但对于这些讥讽也好，嘲笑也好，有时候甚至是殴打，瓦列特卡总是报以一成不变的蔑视态度。

它可是厨师们茶余饭后的好消遣。毕竟作为一条狗，瓦列特卡有它的弱点：每当它饥肠辘辘的时候，它选择顶开厨房的门，一边贪婪地嗅着，一边焦急地四处寻觅，厨子们总是不顾一切地放下手中的活，骂骂咧咧地跑出去追打它。它一边奔跑一边依依不舍地回头张望。当然，瓦列特卡拥有卓越的追捕技术：耐力强，嗅觉灵敏。一旦它逮着机会抓住一只受伤的野兔，它会拖着野兔到阴凉的灌木丛下，狼吞虎咽一番直到啃光最后一块骨头。它进食的时候会尽量远远地避开叶尔莫莱，那时它的主人通常操着不知哪个地方的方言，在咒骂它。叶尔莫莱是我许多邻居中的一个古板的地主家的佣人，古板的地主通常不爱打猎，而是更喜欢饲养些家禽。

只有在某些特殊场合下，比如生日聚会，命名日和选举日，古板地主家的厨子才有机会收拾几只长喙鸟。于是乎，每到那时他们就陷入了俄罗斯人特有的“我不知道我要做什么”时的癫狂状态，新鲜的感觉刺激了他们的创造力：他们创造了一种风味古怪的调味品，如此烹饪的食品惹来无数好奇客人驻足围观，却几乎没有人敢一尝其味的。

地主只要求叶尔莫莱每月必须送两对松鸡和鹧鸪去厨房，其余时间从来不过问他在哪，或者在干什么事儿。其他人都放弃他了，认为他是个毫无用处的废人，用我们奥廖尔的说法，就是个“窝囊废”。火药啊，霰弹啊，这些狩猎必备的材料自然是不会发给他的，这就跟他对待他狗的方式一模一样。

叶尔莫莱本身也是个怪人，像鸟儿一样无忧无虑，话特别多，样子散漫而古怪。他尤其喜欢酗酒，从来就坐不定，走起路来拖拖拉拉的，身子晃来晃去，然而以这种懒懒散散的走路方式，他一个白天可以走上五十英里的路。他有着非常丰富的遇险经验：在沼泽地，在树林子里，在屋顶上，在桥洞里，他不止一次地被关进阁楼，地窖或者干草棚，有时丢了枪，丢了狗，丢了所有他赖以活命的东西，甚至衣不蔽体，遭人毒打很长时间等等。但是他总能逢凶化吉，安然回家。用不了多久，他就又能穿戴整齐，装备好猎枪，带上猎狗，一如往日般悠悠然地出现在人们的视线里。虽然他心情看起来很不错，但是人们总不能称他为一个快乐的人，因为他整体看起来就是个怪人。

叶尔莫莱喜欢跟一个老好人聊聊天，特别是在喝酒的时候，但是聊的时间并不长，他就会起身离开。

“你这个鬼东西到哪去呀，这么晚了？”

“到恰普利诺去。”

“那地方有十英里远呀，你去那干嘛？”

“我去汉索夫隆家过夜。”

“别去了，在这儿过夜吧。”

“不，不行。”

叶尔莫莱就带着瓦列特卡，走进黑漆漆的夜幕里，穿过树林，越过水道。可是，汉索夫隆也不愿意让他踏进自己的地盘，担心他甚至会因此遭到一顿毒打，再被教训“不要骚扰本分的庄稼汉”。然而，叶尔莫莱有些无人能及的本领，比如他春季时在深水里钓鱼的技术，用手捉虾的本领，光靠着第六感觉就能寻找猎物的特异功能，招引鹌鹑，驯养鹞鹰，抓住那些歌声千回百转的夜莺……

只有一件事他做不来，那就是驯狗，他没有那个耐性。他曾经有过一个妻子，他们俩每周见面一次。她住在一所破破烂烂已经塌了一半的小屋子里，过着捉襟见肘的窘迫生活，从来不知道下一顿饭在哪里。从任何角度来讲，她都是一个相当穷苦的角色，甚至是叶尔莫莱，一个别人眼中如此随和温顺的家伙，也常常对她拳脚相加。叶尔莫莱在家中装出一副严厉瘆人的样子，导致他的妻子不知道如何取悦他，只要丈夫稍微看她一眼，她就怕得发抖，立马拿着她所剩下的最后一个硬币去给他买伏特加；每每丈夫伸开四肢，大模大样地躺在火炉边睡得香甜的时候，她总是卑躬屈膝地替他盖上一件皮袄。

我曾经不止一次地看到他面露凶相，比如他用牙齿结束那只垂死的小鸟的性命，脸上洋溢的表情，就令我厌恶。但是叶尔莫莱在家里呆着的时间从未超过一天，到了别的地方，他就又是“叶尔默尔卡”，方圆一百英里的人都这么叫他，有时候他也会这么称呼自己。身份最卑微的奴仆见到这个流浪汉都油然而生一种优越感，大概是因为这个原因，大家对他都很热情。农人们起初喜欢愚弄他，像追杀田野里的野兔一样追着打他，但是过后又会放了他。后来，他们都觉得他是个十足的怪人，就不再为难他了，有时候甚至给他面包吃，还会跟他聊聊天……

就是这样一个家伙，我带着他跟我一起打猎。我们一起来到伊斯塔河岸边一个很大的桦树林子里“守击”。

在俄罗斯，有许多河都是一边是平坦的草地牧场，另一边是崎岖的悬崖峭壁，比如伏尔加河，比如我们现在来到的伊斯塔河。伊斯塔河窄窄的，曲折蜿蜒犹如一条准备盘起身子的蛇，整条河道没有连着的半英里是直流的。站在某个地方，从陡峭的山坡上眺望，可以看见远处十英里的河道上搭建了堤坝，围起了池塘，岸边建造有磨坊，有用以种植的果园，花菜园，或者是刚开辟出来的柳园。伊斯塔河里有多得无法计数的鱼，尤其是斜齿鳊（农人们会在大热天灌木丛的阴凉下徒手抓这种鱼）。几只小小的沙钻鸟拍腾着翅膀，在岩石嶙峋的岸边啾啾地叫着，一转眼又贴着冰冷的河面快速飞过；野鸭子在池塘中央扎水找食物，然后又小心翼翼地四处顾盼，像是在寻找什么；在伸出的岩壁形成的天然阴凉里，几只鹭安然地站着……我们“守击”了将近一个小时，一共捕获了两对山鹬。太阳出来时我们还想再试试运气（守击在凌晨的时候也可以进行），于是我们打算在最近的磨坊里呆上一晚。我们走出林子，沿着斜坡走下去。深蓝色的水在下方流淌，空气里弥漫着夜雾，湿漉漉的。我们敲了敲门，惊醒了院子里的狗，它们便开始狂乱地吠叫，打破了夜的宁静。

“谁呀？”一个沙哑困倦的声音传来。

“我们是两个猎人，请让我们在你的磨坊里住一晚上吧。”我如是说道，等了一会儿，屋里没有动静。

“我们会付钱给你的！”

“我去问问主人，嘘，讨厌的狗，下地狱去吧！”

我们听到那个工人走进宅子的声音，一会儿他就回来了。

“不行，”他贴着门说道，“主人不允许你们进来。”

“为什么不许？”

“你们是猎人，身上肯定带着弹药呢，他怕你们把磨坊给烧了。”

“胡说八道，我们怎么会烧了磨坊？”

“去年就是这样，我们收留了几个渔夫，他们想在这里生火，结果整个磨坊都烧没了。”

“帮帮忙吧，老朋友，我们可不能露天睡啊！”

“那不关我们的事。”他说完就走了，靴子还发出噼噼啪啪的声音，越走越远了。

叶尔莫莱狠狠地诅咒了他几句，最后叹了一口气，说道："我们去村子里吧。"但是离这里最近的村子都有两英里远。

"还是待在这里吧，"我说，"露营得了，今晚还算暖和，我们去问刚才的磨坊主要一点干草，我想我们付钱的话他应该会卖给我们的。"

叶尔莫莱默认了，于是我们又一次前去敲门。

"你们究竟想怎么样？"那个工人的声音再一次传出来，"说过我们不能收留你们！"

我们说明了新的请求，他听完以后便进屋去询问主人，接着他们俩一起迎了出来。一个小侧门吱呀响了一下，出现了一个高而壮的男人，脸上布满了肥肉，脖子粗短结实，挺着一个啤酒肚，浑身上下都是肥肉，他就是磨坊主。磨坊主同意卖给我们些干草，转身走了约一百步远，从没有墙的小棚子里搬来了些干的麦秆和稻草。那个工人取出茶炊，摆在河边的草地上，然后蹲下身子，呼呼地一个劲儿向鼓风管里吹气。

火燃起来了，照亮了他年轻的脸。磨坊主跑回屋子去叫他的妻子，最后竟然主动邀请我们进屋子里过夜，但我拒绝了他，还是决定露营。磨坊主的妻子拿了些鸡蛋，牛奶，土豆和面包分给我们一起享用。等水烧开以后，我们一行人便开始饮茶。河面上升腾起一层蒙蒙的雾气，没有风，秧鸡躲在附近的林子里啼鸣，水车轮子在不远的地方嘀嗒作响，河流淌过堤坝汩汩有声。我们生起一堆小小的火，叶尔莫莱烤着土豆，我眯着眼睛打起了瞌睡。隐约中听到一阵轻微的声音，我醒了过来。

抬头一看，篝火旁，磨坊主的妻子正坐在一只倒扣的木桶上，和我的猎伴聊得正欢。我先前从她的服装，举止和口音中就已经看出她原本就是女仆出身，既不是地里干活的农妇，也不是大城市的女孩。而现在我才清楚地看见了她的相貌：她约摸三十来岁，脸庞消瘦而白皙，透露出俊美灵动的神气，尤其是那双眼睛，像是有魔力一般的，明亮而忧郁。她用手肘撑着膝盖，双手托住脸蛋坐着。叶尔莫莱背对着我，正在把柴火添进篝火里去。

“牛瘟疫又来了，在热尔图希纳，”磨坊主妻子说道，“伊万神父家的两头母牛都病死了……哎，可怜的畜生！”

“你养的猪有没有问题？”顿了一顿后，叶尔莫莱问。

“活着呢。”

“能给我一头小猪就好了。”

磨坊主妻子沉默了一会，然后叹了一口气：“跟你一起来的人是谁？”她问。

“科斯托马罗沃的老爷。”

叶尔莫莱把几根松树枝丢进篝火里，树枝一下子燃着了，腾起一股白色的浓烟。

“你丈夫为什么不让我们俩进屋休息呢？”

“他害怕。”

“害怕！这胖子也真是的。阿林娜·季莫菲耶夫娜，亲爱的，来一小杯酒吧，给我提点劲儿。”

磨坊主妻子起身消失在黑夜里，叶尔莫莱轻声哼起了歌：“为了来见你呀，我亲爱的小甜心，鞋子都踏破呀，都踏破。”

一会儿工夫，阿林娜就拿着一小瓶酒和一个玻璃杯回来了。叶尔莫莱站起来，画了一个十字，一口干掉了饼子里的酒。“好！”他说。

磨坊主妻子又重新坐回到木桶上。

“阿林娜·季莫菲耶夫娜，你还在生病么？”

“嗯。”

“得的什么病？”

“一到晚上就不住咳嗽，不好受。”

“老爷大概睡着了，”沉默了一会儿后，叶尔莫莱看了我一眼，继续说道，“不要去看医生，阿林娜，越看病得越厉害。”

“好吧，那我就不去看了。”

“不过你要来看我。”

阿林娜悲伤地低下头去。

“到时候我把我家那口子赶出去，”叶尔莫莱继续说，“说到做到。”

“你让老爷醒醒吧，叶尔莫莱·彼得罗维奇，看，土豆都烤好了。”

“哦，让他睡够吧，”我那忠实的仆人善解人意地说，“他走了一天的路，累啦，所以现在睡得很香哩。”

我躺在干草堆上，翻了个身，叶尔莫莱于是起身走向我：“土豆烤好了，要过来吃吗？”

我从小棚子里走出来，磨坊主妻子离开她刚坐的木桶，准备离开。我叫住了她，

“你们管这磨坊很久了吗？”

“我们是三一节那天来的，已经两年了。”

“你丈夫是哪里人呢？”

阿林娜没有听清楚我的问题。

“你丈夫，哪人呀？”叶尔莫莱提高嗓门，重复了一遍问题。

“他是别廖夫来的，别廖夫市里人。”

“你呢？也是别廖夫的？”

“不，我是仆人，以前是个仆人。”

“是谁家的？”

“兹威尔科夫老爷家的，现在我已经是自由人了。”

“哪个兹威尔科夫？”

“亚历山大·西雷奇。”

“你是专门服侍他妻子的丫头吧？”

“你怎么知道的？是的。”

我带着好奇和同情看着阿林娜。

“我认识你的老爷。”我继续说道。

“是吗？”她轻声回应道，低下了头。

在此我必须跟读者解释一下，为什么我对阿林娜曾经的境遇如此

同情。我在彼得堡的时候，有机会认识了兹威尔科夫先生。他德高望重，在学识和才干上都享有盛誉。他的妻子，是个吹毛求疵，哭哭啼啼，用心险恶，俗不可耐的胖女人。他还有个儿子，十足的少爷脾气，蠢乎乎的又一副被娇惯坏了的样子。

兹威尔科夫先生自己长得也不讨人喜欢：一对小眼睛嵌在一张大得几乎是正方形的脸上，贼眉鼠眼地四处窥视；巨大的鼻子突起在脸上，鼻孔像两个黑洞；灰白色的板寸像刷子毛一样立在他因为经常动怒而沟壑纵横的额头上方；两片薄嘴唇总是不停地抽搐，摆出甜腻的微笑。兹威尔科夫先生最中意的姿态是双腿叉开很远站着，肥胖的手插进裤子里。有一次我恰好与兹威尔科夫先生驱车同行，去镇子外的海滩。我们便聊开了。作为一个经验丰富，爱好分析的人，兹威尔科夫先生企图把我带进他所谓的“真理之路”。

“请允许我向你指出，”他最后拖长腔调慢吞吞地说，“你们这些年轻人对于所有事情的批评也好，定位也好都是相当随意的，其实你们一点都不了解你们的祖国。俄罗斯，我说年轻人，对你来说根本就是一块未知之地，就是这样！……你们读的是德国的书。比如，你现在说的这些，存在的不存在的，比方说，关于家仆的……很好嘛，我不会跟你争，你们完全可以这么说，但你根本就不了解他们，不知道他们究竟是什么样的人。”（兹威尔科夫先生大声擤鼻涕，然后又吸了一口鼻烟）“让我来跟你讲一个小小的故事，也许你会感兴趣。”（兹威尔科夫先生清了清嗓子）“你肯定知道我妻子是怎么样的一个人，所以我很难想象，世界上还能找到一个比她更有爱心的女人，你肯定非常认可我的评价吧。

“她的那些丫头们啊，过的都不是普通人的生活，简直如同生活在天堂一般啊，这点毋庸置疑。我的妻子定了一条规矩，结了婚的女人都不能当她的丫头。的确应该是这样嘛，一个已婚妇女，生了孩子，这样那样的事情这么多，怎么可能尽心尽力地服侍女主人呢？她有心也没这个力了，脑子里想的全部是自己的事情，这是人之常情嘛。有一次我们乘车经过我们的村子。这是哪一年的事情来着？让我想想，哦，对了，有十五年了，是十五年前的事情。我们在村长那里见到了一个年轻的姑娘，长得非常好看。后来打听到是村长的女儿，那姑娘的举止啊，态度啊都非常讨人喜欢。

"于是我妻子跟我说：'可可——'你可知道她总是这样，称呼我的爱称，我说：'好呀，带她回去就是了。'那个村长不容分说就给我们跪下了，这对他来说真是太荣幸啦，你能想象得到么。不过那个姑娘嚎啕大哭了一阵，这也难怪，对她来说是有点难以割舍嘛：离开生她养她这么久的老家。这也没什么好奇怪的。没有多久她就跟我们熟识了，起初让她跟侍女们呆在一起，好让侍女们教她。后来你知道怎么着了，那姑娘进步可快了，我妻子简直就离不开她了，给她升到了最高级，变成贴身侍女啦。你看看，不过说句公道话，我从没有见过这么好的侍女，真的从来没有过，这个姑娘办事周全，谦虚又顺从——简直就是理想中的好侍女。不过我妻子呢，不得不说，真是太宠着她了：给好吃的，好穿的，还请她一同饮茶等等，你想想看，她就这样服侍我的妻子，一服侍就是十年。忽然有一天，一个明媚的清晨，你自己想想看，阿林娜——她叫阿林娜，没有打声招呼就冲进了我的书房，'噗通'一声就跪下了。坦白跟你讲，这件事情，是我不能接受的。一个人绝对不可以不顾自己的尊严。你说对不对？你觉得呢？

"'尊敬的老爷，亚历山大·西雷奇，我恳求您开恩！'

"'开什么恩？'

"'请允许我结婚吧！'老实说，我吃了一惊，'可是你这个傻瓜，你知道的，你的女主人没有别的侍女了呀。'

"'我会像之前一样伺候女主人的。'

"'胡说！胡说！你女主人不会要一个结过婚的侍女的。'

"'马拉尼亚可以替我的。'

"'别打这种主意。'

"'我听从您的吩咐……'

“老实说,我可真是愣住了,告诉你我是一个怎么样的人:没有事情——真的没有任何事情,我敢这么说——比忘恩负义对我的伤害更大。不用我多次强调,我妻子是个怎么样的人:她是人间的天使,她的善良是无法形容的。她人见人爱,即便是最邪恶的人也不会舍得伤害她。我把阿林娜赶出了书房。我想,这么做大概会让她回心转意,你可知道,我真的是不愿意任何人都做出忘恩负义的事情来。

“可是你猜怎么着?过了半年,她又来跟我提那件事情。我是真生气了,深深感觉到被人背叛了。但是一段时间以后,我的妻子哭哭啼啼地来找我,情绪非常激动,我当时都被吓住了,你可以想象到我当时有多么震惊:‘发生什么事了?’‘阿林娜她……我羞愧得都不想说出口,你知道是什么事情的。’‘怎么可能!……那个男人是谁?’‘是听差彼得鲁希卡。’我当时火气就冲了上来,我是这么一个人,凡事都要认真,不喜欢马虎了事。彼得鲁希卡没有错,要惩罚他也可以,但是我选择不责怪他。阿林娜……好一个阿林娜啊!我对她还有什么好说的呢!于是我下令剪光她的头发,给她穿上粗麻袋布的衣服,送到乡下去。我妻子失去了一个好侍女,可我也没有办法:不道德的女人无论如何也不能在我这个家里面呆下去,最好的方法就是立刻把她赶出家门。

“唉!唉!现在你可以自己想想看了,我的妻子,对对对,没错没错,天使!她就是一个天使!她离不开阿林娜,而阿林娜是知道这一点的,还竟然有脸……不,她根本没脸……跟我说,说了有用吗?唉,不管怎样都无济于事了。我已经被这个忘恩负义的姑娘深深地伤害了,很长时间都没有恢复过来。随便你怎么说,在这些人那里是找不到良心和人情的!就像你对一头狼再好,喂它东西吃,狼心总是向着森林。算是吃一堑长一智吧!我只是想跟你说说这件事情罢了……”

兹威尔科夫先生还没说完话,就转过头,紧紧地缩在斗篷里面,努力平复他渐渐激动的情绪。

现在,亲爱的读者朋友,你们大概明白我为什么如此同情阿林娜了吧。

“你嫁给磨坊主很久了嘛?”最后,我问她。

“两年了。”

“怎么,你老爷最后同意你结婚了?”

“他给我赎了身。”

“谁?”

“萨韦利·阿历克谢伊维克。”

“他又是谁?”

“他是我丈夫。”(叶尔莫莱暗自笑了一下)

“是不是老爷对您说起过我啊?”阿林娜顿了一顿后,这样问道。

我不知道该怎样回答她。

“阿林娜……”磨坊主的声音从远处传来。她站起身来,走了。

“她丈夫人还好吗?”我问叶尔莫莱。

“还可以吧。”

“他们有孩子吗?”

“以前有过一个,不过夭折了。”

“怎么,是磨坊主看中了她,赎她出来花了很多钱吧?”

“我也不知道,她能读能写,所以可以在生意上帮把手。我觉得是磨坊主看中她的。”

“你认识她很久了吗?”

“很久啦,我以前一直去她老爷家走动,他们的房子离这不是很远。”

“那你也认识听差彼得鲁希卡吧?”

“彼得·瓦西里耶维奇吗?当然认识他。”

“他现在在哪儿呢?”

“当兵去了。”

我们沉默了一会儿。

“她看起来身体可不怎么好呀?”最后,我问叶尔莫莱。

“是啊，她身子可弱了呢！我说明天，可是守击的好机会。我们现在还是要先睡一会儿呀。”

一群野鸭子“啾啾”地从我们头顶掠过，而后听到它们纷纷落在了离我们不远的河面上。天已经黑透了，周遭的环境开始变得阴冷，夜莺还在周围的灌木里幽婉地唱歌。我们把身子扎进干草堆里，睡着了。

【导读】

善良和美丽被虚伪所摧残

叶尔莫莱，一个又高又瘦，病恹恹的四十五岁左右的中年人，修长狭窄的鼻梁，尖尖的额头，小而灰的眼睛，稀疏的头发竖在头顶上，厚嘴唇，经常带有一股嘲讽的神态。他无论冬夏都穿一件黄黄的德国式土布褂，腰里滑稽地系着一条宽腰带，下身穿一件蓝色灯笼裤，戴一顶羊羔皮帽，是个破落的地主一时高兴送给他的。腰带上系两个袋子，一个袋子在前面，巧妙地扎成两半，分装火药与霰弹；另一个袋子在后面，是装猎物的。他使用老式猎枪，他的枪法很好，他的确能猎到不少好东西。他也有一条棒极了的塞特种猎狗，机灵敏捷，名叫瓦列特卡。叶尔莫莱是一个地主家的用人，地主只要求叶尔莫莱每月必须送两对松鸡和鹧鸪去厨房，其余时间从来不过问他在哪，或者在干什么事儿。其他人都放弃他了，认为他是个毫无用处的废人，是个“窝囊废”。他样子散漫而古怪。他尤其喜欢酗酒，从来就坐不定，走起路来拖拖拉拉的，身子晃来晃去。身份最卑微的奴仆见到这个流浪汉都油然而生一种优越感，大概也是因为这个原因，大家对他都很热情。农人们起初喜欢愚弄他，像追杀田野里的野兔一样追着打他，但是过后又会放了他。他常常对他的妻子拳脚相加。叶尔莫莱在家中装出一副严厉瘆人的样子，导致他的妻子不知道如何取悦他，只要丈夫稍微看她一眼，她就怕得发抖，立马拿着她所剩下的最后一个硬币去给他买伏特加；每每丈夫伸开四肢，大模大样地躺在火炉边睡得香甜的时侯，她总是卑躬屈膝地替他盖上一件皮袄。

可是叶尔莫莱像鸟儿一样无忧无虑，话特别多，样子散漫而古怪。他有些无人能及的本领，比如他春季时在深水里钓鱼的技术，用手捉虾的本领，光靠着第六感觉就能寻找猎物的特异功能，招引鹌鹑，驯养鹞鹰，抓住那些歌声千回百转的夜莺……他一个白天可以走上五十英里的路。他有着非常丰富的遇险经验：在沼泽地，在树林子里，在屋顶上，在桥洞里，他不止一次地被关进阁楼，地窖或者干草棚，有时丢了枪，丢了狗，丢了所有他赖以活命的东西，甚至衣不蔽体，遭人毒打很长时间等等。但是他总能逢凶化吉，安然回家。用不了多久，他就又能穿戴整齐，装备好猎枪，带上猎狗，一如往日般悠悠然地出现在人们的视线里。他同样追求爱情，他和磨坊主妇阿林娜有着心灵的沟通，他们在一起能够嘘寒问暖，无话不谈。他渴望磨坊主妇阿林娜来看他，他也表达了要离开他不爱的妻子的想法。

阿林娜是是村长的女儿，长得非常好看，举止得体，办事周全，谦虚又顺从，非常讨人喜欢。她服侍地主兹威尔科夫的妻子十年光景。因为阿林娜提出要结婚而被地主兹威尔科夫下令剪光她的头发，给她穿上粗麻袋布的衣服，送到乡下去。而地主兹威尔科夫之所以这样做是因为他的妻子定了一条规矩，结了婚的女人都不能当她的丫头。他也认为的确应该是这样，一个已婚妇女，生了孩子，这样那样的事情这么多，怎么可能尽心尽力地服侍女主人呢？他对自己的自私、虚伪和残暴不仅不知道反省，而且还污蔑这个姑娘忘恩负义，说她是个不道德的女人，最终把她赶出了家门。并且他诬蔑所有的农奴为狼，他说：在这些人那里是找不到良心和人情的！就像你对一头狼再好，喂它东西吃，狼心总是向着森林。

叶尔莫莱和阿林娜都应该有追求幸福和爱情的权利，可是因为农奴制他们被限制了自由，他们被侮辱、被损害。叶尔莫莱是个佣人，他有一手好枪法，他有打猎的超强本领，但因为被依附、被限制，他的才能不能为他获得更多生存的资料，他只能被成为“窝囊废”。阿林娜本来长得非常好看，可是因为正当地追求爱情而被发配乡下，她三十来岁就“脸庞消瘦”，但依然白皙而美丽。可是，对于他们的遭遇，施暴者不但没有反省和自责，反而指责他们没有良心和道德。这就是地主的价值观念，是农奴命运悲惨的根源。

作者在文章中对于地主的嘴脸采用了一种反讽的手法来写，让他们尽情地在文章中宣扬自己的伪善，而且恬不知耻。这样的描写就使文章的讽刺力量达到了震撼人心的效果。而作者以猎人的身份反而在评价的叙述和倾听这个故事，这就使文章更给人一种反省的力量。

白净草原

这是七月里明媚的一天，接连几个好天气后，这天的天气格外明媚。一大清早，天空澄澈空明，霞光和煦，没有如火般的灼热，柔和的光芒沐浴大地。太阳——不是旱季特有的那种刺眼的火红色，也不是暴雨前荧荧的深紫色，而是一种明亮而温和的暖暖的颜色，徐徐地从一条狭长的云后浮出，新鲜地闪耀，光芒融进了紫丁香色的云层中。云朵纤细的金边，像一条发着光的小蛇，其光芒犹如抛光的银子般耀眼。忽然，舞动的光线突然清晰了，于是耀眼的，欢快的，绚烂的朝阳飞也似的升了起来。

到了正午，高高的天空就常常会出现许多云团，金灰色的，包裹在银白色的边际线里。它们软绵绵地呆在天空，好似茫茫碧波中的岛屿，四周围绕着极其澄澈的深蓝色水流，而云朵，则在其间一动也不动。在天空的更远处，云朵们相互靠近，这时它们之间的深蓝色天空已经看不见了，但它们本身的颜色也就跟那片蔚蓝一样，浸透了光和热，融为一体。远在天际的地平线，带有一点淡紫色，一整天都没有变幻过，绵延向两边。整个天幕，没有聚集黑压的云层，只是有些地方透出浅蓝色的光线，这是淅淅沥沥洒下的小雨。

晚上，云朵都消失了。它们中最后剩下的几朵，黑乎乎的像是不明状态的烟雾，一条一条地横在天空，映着下落的夕阳透出一种粉红色。在夕阳落下的地方，宁静如它初升时一般，一道深红色的光辉久久地映在渐渐黑暗大地的边缘，温润地闪着光。黄昏，星星嵌在夜空中，小心翼翼地闪着光，像极了捧在手中的那团烛火。在这样的日子里，大地的一切色泽都柔和起来，明亮但不耀眼，万物像被加入了一种名叫温存的动人物质。在这样的日子里，天气有时会热得厉害，走在田野的小斜坡上甚至会有身处蒸笼的感觉，但一阵微风就可以把积郁的闷热吹走，同样也微微扬起了打着旋儿的尘土，这的确是持久好天气的一个征兆。尘土沿着大道飘荡，越过田野，像一小列白色纵队般游移着。洁净干燥的空气中有着苦艾，割断的黑麦和荞麦混杂起来的气味，甚至在天黑前的一小时还感觉不到一丝湿气。这个天气给农人们带来了收获的喜悦……

有一次我也碰上这种好天气，我去图拉省契伦县打松鸡。一会儿工夫，便搞到了不少野味，装在包里，满满的，把我的肩膀压得生疼。过了一会儿，晚霞的余光褪去，取而代之的萧索阴影开始凝聚，散布在虽然亮着但已无暖意的空气中——直到这个时候，我才决意回家去。我快步走过一片悠长的小树林，爬上一座山丘。意外的是，我没有看到预想中那片熟悉的、右边是橡树林、远处是低矮的白色教堂的平原，而是一个不同的、我完全不认识的陌生的地方。

一个狭小的山谷正在我的脚下向远方延展，正对着我的是一排厚密的山杨树形成的树墙。我站着，茫然不知所措起来，四处张望……暗暗心想："唉呀，我肯定是走错了地方，我向右走，走过头了。"我一边惊异于自己竟然能把路走错，一边快速走下了山谷。一到山脚，一股黏糊糊的雾气立马包围了我，像是掉进了个充满湿气的地窖一样，浑身不舒适。山脚下那些厚叶片的草都被露水打湿了，白得像是一块平整的桌布一样，无论谁走上去都会莫名地滋生出一种恐惧感。我立马调转方向，沿着山杨树林左边拐向另一个方向。蝙蝠在静谧的白杨树林子上空盘旋，给昏暗的夜空增添神秘的气氛，一只迟归的小鹞鹰轻快地划过天空，径直回到了巢穴。"好，只要我一直走到那个拐角，我肯定就可以找到路了，只是走了一英里的冤枉路！”我心里想着。

最后我终于走到了树林子的边缘，可还是没有路可以走。眼前只有高高低低的灌木和野草，一大片杂草丛生的土地朝更远更广的地方延伸，再往远处看，是一片辽阔无边的荒野。我不得不再一次停下。“哦，这是哪儿呢？”我开始绞尽脑汁地思索我究竟是怎么走到这个地方的……“啊，这里肯定是帕拉欣灌木丛。”我忍不住大叫起来，“肯定是！那么那儿就是辛杰耶夫树林。我是怎么过来的呢？走了这么远啊……太奇怪了！我现在还是走右边的路回去吧！”

我转向右边，穿过灌木丛。这时，天已经在不知不觉中完全黑了，黑得一如暴风雨前压抑的情形。夜色中的湿气从四面腾起，又一起撒下。我沿着一条野草丛生的小路走着，一边谨慎地关注着眼前的情况。一会儿，四周完全变成了黑漆漆的一片，并且静谧地没有一丝声响——只有偶尔传出的鹌鹑的啼鸣。一只不知名的小夜鸟拍打着柔弱的翅膀，轻声从低空飞过，差点儿就撞着我，惊慌失措地躲进了灌木丛里。我走了很长一段路，终于走出了灌木丛，又沿着田边围起的树篱向前走。而现在，我已经完全不能看清远处的物体了，四周的原野苍茫一片，地平线以上，是无尽的黑色夜幕，那黑色似乎在一大团一大团地向我靠近。围绕着我的阴冷空气里，只有我的脚步声沉闷地响起。天空又开始渐渐变蓝，一种夜的深蓝色，有星光闪烁其中。

原来，刚才那个让我认为是树林子的地方竟然是一个黑色的圆形小坡。“唉，那我现在又是在哪呢？”我冒出了这样的疑问，这已经是我第三次站在某处无所适从。我看着我的英国黄斑花狗迪安卡，企图从它那找着解决问题的方法，因为在所有四条腿走路的动物中，它是最聪明的一只了。但是这只最聪明的家伙除了对我晃了晃尾巴，眨了眨疲惫的眼睛以外，就再也没有给我任何建设性的意见。我觉得作为主人，在它面前有点丢人，于是便狂奔向前，好像是忽然找着路一样。绕过这个圆形的小坡，我到了一块浅浅的洼地。

一种奇异的感受瞬间占据了我的头脑。这块洼地外形简直是一个标准的大铁锅，四周向内倾斜，底部站着几块巨大的白色石头——看起来像是偷偷汇集起来在商议什么。四下一片漆黑死寂，冷漠而没有活力的夜幕悬在上方，我的心沉到了谷底。几只小型的野兽在石林间轻声叫唤。我赶忙跑上了圆形小坡，虽然我依然抱着一丝希望，但此时此刻我已经确定自己是彻底地迷路了。周围景物的轮廓都淹没在茫茫夜色里，分辨不清，我只好放弃尝试，默默地在黑暗中直行，不知道前方的路会把我带去哪里……

我拖着腿，就这样费力地走了半小时，望着眼前迷蒙的景象，忽然感觉自己似乎从未到过如此荒芜的地方，放眼不见一缕光亮，细听不闻一丝人声。一个又一个的山丘，一片又一片的田野，无边无际的。一丛丛的灌木好似从地底冒出来一样，直直地戳到我的鼻子底下。我一边继续走，一边想着能在某个地方躺下，等到天亮了再继续，走着走着，我忽然走到了一眼望不到底的恐怖的悬崖边上。

我赶忙缩回我悬在空中的腿，透过昏暗的夜雾，我隐约看到悬崖底下是一片广阔的平地。一条长长的河水绕着平地流淌，静静地围了它半圈，蜿蜒流向远方，整条河面上波光粼粼，泛着金属质感的光。我所在的这座山冈，就像一幅贯通天地的巨幕，阴森森的轮廓映着青黑色的天。在我正下方，有一处被悬崖和河流围起来的平地，像一面灰暗冷漠的镜子。在山冈陡峭的斜坡下，两堆离得很近的篝火燃烧着，散发出红色的火光，冒出迷离的烟雾。几个人围着篝火坐着，身后映出长长的影子，有一个卷发的小脑袋时不时地被火光照映出清晰的轮廓。

现在我终于知道自己究竟在什么地方了。眼下的这块平原，就是我们这里有名的白净草原。但知道这些也没用，我现在已经不可能回得了家了，别说是在如此漆黑的夜里，更别说我的腿累得像灌了铅一样。于是我打算到悬崖下的草地上，烤一烤火，在太阳升起前就暂且跟那些人们——我猜想大概是牲口贩子——过上一夜。我很顺利地向下滑，来到了草地旁，当我最后抓住的几根枝条还没放开时，几只邋邋的白色大狗就凶恶地朝我吠叫起来。一个孩子清脆的说话声音从篝火边传来,还有两三个男孩立刻利索地站了起来。他们对我喊话,我一一作了回答,接着他们就向我跑来,并赶走了那两只对我的迪安卡非常有兴趣的狗。后来,我们一起在篝火旁坐了下来。

聊了一阵以后,才发现他们几个跟牲口贩子真是差了十万八千里。其实他们只是住在附近村子里的农人的孩子,在这里放牧。在这样炎热的夏天里,农人们常常会在夜里把马儿放出来吃草,因为白天有苍蝇飞虫,扰人清静,所以在黄昏期间放出马儿,一到黎明时分再把它们赶回去——这可是这些孩子们最喜欢做的活儿了。

他们都不戴帽子,有几个年长的孩子身着古旧的老皮革袍子,跨上那几匹最好的马儿驰骋在平地上,其他小孩儿就在一旁尖叫呐喊,大声欢笑,挥动着手臂,高兴地一蹦老高。飞驰的马儿扬起了尘土,又轻又细如同一片黄色的云,踢踏作响的马蹄声渐行渐远,马儿挺起耳朵,尽情狂奔着。跑在最前面的那匹马,尾巴撒向空中,四条腿有节奏地交替着,周围的草物跟鬃毛合成一色。

我跟那群孩子们说,我迷路了,所以希望可以跟他们一起坐一会儿。他们问我从哪里来,我如实回答了,又随便聊了几句。我在一丛叶子已经快被牲口吃光的灌木旁躺了下来,开始向周围望去。周围的景色实在是太美了,像一幅色彩缤纷的画:在篝火旁,一圈金红色的光晕在摇曳,似乎随时都会被无尽的黑幕所吞噬;火焰时不时地窜出橘红色的光芒,跳出光晕围成的小圈之外;火舌灵敏的撩拨着干枯的柳枝,又迅速地消失不见;细长的阴影偶尔会扑向火焰,跟焰火共舞一小会儿。此时此刻的情景,真是一场黑暗与光明的争斗。

有时候,火光不那么旺了,光晕也缩小了些。在光线不能触及到的黑暗里,忽然会探出一个马头,有条纹的或是全白的脸,一边瞪着好奇的眼睛看着我们,一边快速咀嚼着青草,忽然又把头缩回去,一下子就不见了。只能听到它们继续吃草和喷响鼻的声音。从那圈仅有的光圈中很难分辨出黑暗中究竟发生了什么事情,所有近在咫尺的,似乎被一道巨大的黑幕隔开了，只有遥远的群山和森林映出模糊不清的昏暗轮廓，远远地悬在地平线以上。

此时的天空一片辽阔，无云，深远，充满神秘的威严。周围的气氛让人觉得似乎有一种甜蜜的气息靠近心脏，吸进一口俄罗斯夏夜里特有的气息，芳香沁入心脾，心旷神怡。四周静悄悄一片，只有偶尔的，在靠近河的地方，会忽然有一条大鱼跃出水面，水花洒下激起一阵哗啦啦的水声，岸边的芦苇随着渐近的水波飘荡，发出轻微的沙沙声，还有两堆篝火热烈地噼啪作响。

这些男孩儿们围着篝火坐着，刚才两只急切地想要吃掉我的狗如今也坐在一旁，就算是过了这么长时间了，它们还是不肯向我低头，只是半睁着迷离的眼睛，望向篝火，每隔一段时间就带着一种自尊心受伤的情绪向我嚎叫，一开始只是低声的咕噜，接着是又尖又细的的轻叫，声音里充满了一种不满的抱怨。围着篝火的一共有五个男孩儿，他们分别是：费佳，帕夫卢沙，伊柳沙，科斯佳和瓦尼亚。这些名字都是我听他们聊天的时候提及的，下面我就来给大家介绍一下他们。

首先是费佳，他看起来差不多有十四岁，是他们中间年纪最大的一个。他长得很好，相貌秀气，鼻子眼睛长得精致小巧，浅色自然卷的头发，忽闪的眼睛里总是洋溢着开心随和的笑意，总而言之，从外貌来看，他一定家境很好，不是非得到白净草原来干活，只是随便郊游一下而已。他穿着一件色泽华丽的衬衫，有亮黄色的绲边，外面披了一件新的短大衣，几乎就要从他窄窄的肩膀上滑下来。一把小梳子挂在他蓝色的皮带上。他脚上的那双靴子，微微地伸到了小腿以上。这双靴子绝对是按照他的尺码定制的，而绝不是他父亲穿剩下了的。

第二个孩子，名叫帕夫卢沙，顶着乱糟糟的黑色头发，眼珠是灰色的，脸上的颧骨宽宽的，脸色苍白，两颊有些许雀斑，嘴很大但是嘴形很好看，他的脑袋生得很大，俗话说来就是一个“啤酒锅”。总体来讲，这个孩子就是方方正正而且略显笨拙。毋庸置疑，他不属于那种长得好看的男孩儿，但是我还是很喜欢他。他非常正直而且有话直说，声音刚劲有力。他只穿了最一般的麻布衬衣，裤子上还打着补丁，穿着相当朴素。第三个孩子叫伊柳沙，实在是个无聊的孩子，长了一张长脸，鹰钩鼻子，眼睛总是一副看不清东西的样子，脸上充满了一种无奈又焦躁的局促感。他总是紧紧闭着嘴巴不说话，愁眉紧锁，半睁着眼睛——那是因为怕强光照射。他的亚麻色头发几乎是快要接近全白了，在帽檐压得很低的额头下面露出几绺，他自己还不停地捋耳朵两旁的头发。他穿着新的树皮鞋和护腿，一根麻绳在他腰间绕了三圈，束紧了他黑色的工作服。他跟帕夫卢沙看起来都不满十二岁。第四个孩子大约十岁，名叫科斯佳，他的眼睛里总是闪着一种若有所思的忧愁，这引起了我的注意。他整个脸又小又瘦，长着雀斑，尖尖的下巴就像一只小松鼠一样，嘴巴很小，但那对湿润的大眼睛又黑又亮，闪着迷人的光，给我留下非常深刻的印象，它们似乎是要表达嘴巴——至少是他的嘴巴——不能表达的东西。他长得很小，一副羸弱的样子，穿得也不大体面。最后一个孩子，名叫瓦尼亚，我一开始都没有注意到他，他蜷缩着身子躺在草地上，盖着一块方形的毯子，一动也不动，只是偶尔把头探出来一点，这个男孩儿最多也就七岁大。

我就躺在一棵灌木的下面，看着这些孩子们。一个小铁锅悬挂在篝火上，里面煮着几个马铃薯。帕夫卢沙跪在一旁照看炉火，把一片木头探进锅子里搅着。费佳躺在地上，一手支着头，另一只手抚着衣服的下摆。伊柳沙坐在科斯佳旁边，强迫症似的不断眨着眼睛。科斯佳沮丧地歪着头，眼睛望向遥远的地方。瓦尼亚还是一动不动地睡在毯子下面。我闭着眼睛，假装睡着了。男孩子们有一句没一句地开始聊开了。起先，他们闲聊了一些事情，比如说明早的工作，马儿的情况。忽然，费佳转向伊柳沙，然后——好像这是自然而然地承接了他们以上的谈话内容一样——问他：

“那么，你当真看见过家神？”

“没有，我没有见过他，从来没有人看见过他。”伊柳沙用一种微弱而沙哑的声音回答道，这种声音倒是跟他的面部表情非常匹配，“不过我听见过他的声音，没错，而且不止我一个人听见过。”

“他住在哪里？在你家里？”帕夫卢沙问道。

“住在旧的造纸作坊里。”

“你怎么知道的？你去过那个作坊？”

“我当然去过。我跟我哥哥阿夫久什卡是那里的磨纸工呀。”

“没想到你们竟然是工人！”

“那，你听说他是什么样子的呢？”费佳问道。

“是这样的，那天我跟阿夫久什卡，米赫耶夫村的费多尔、斜眼的伊万什卡，来自红冈的另一个伊万什卡，还有苏霍鲁科夫家的伊万什卡，加上另外几个男孩，大约有十个人的样子，这是我们的全班人马了。那天碰巧我们得在造纸磨坊里呆上一晚上，本来说我们是不用这么做的，但是那个叫纳扎罗夫的监工，坚持要叫我们留下来。他说：‘为什么不待在这里？你们回家也是浪费时间啊孩子们，明天还有很多工作哩，别回去啦孩子们。’

“于是我们便留下了，都睡在一起，然后阿夫久什卡打开了话匣子：‘我说，伙计们，要是家神来了，我们该怎么办呢？’他话还没说完，就忽然听见有人在我们脑袋上方走着，我们当时是躺在下面，他就在楼上，在水轮的边上，走来走去。我们细细听去，他不停地走，踩着脚下的地板吱呀作响，然后他就从我们正上方走了过去。就在这时，忽然开始滴水，一滴一滴一滴的，水轮被吱吱呀呀地带动着转了起来，可是水宫的闸门之前一直都是关着的。我们在想是谁打开了闸门，让水流出来呢？但水轮转了没几下就停止了。接着我们又听到他走向了那扇门，然后开始下楼梯。他步伐很稳健，不急不躁，木头梯子又发出了巨大的声响。没一会儿，他就走到了我们房间门口，然后就站着没有动。我们等啊等啊，忽然一下，门就自己开了。我们很害怕，向门缝看，可是什么东西也没有……忽然我们又听到一个水桶里的滤纸用的网格开始动个不停，一次又一次上上下下的，好像有一个人在拖着它漂洗一样，洗完以后又放回了原位。后来，又有一只桶，从挂着它的钉子上被取下来，接着又被挂了上去。忽然，就像是有人站在门口似的，从门口那传来了咳嗽和哽咽的声音，像绵羊的叫声一般响亮。我们吓得一个紧紧挨着另外一个，缩成一团……那晚我们真是被吓得半死！”

“我说，”帕夫卢沙喃喃地说，“他咳嗽干嘛？”

“我也不知道，也许是我们房间太潮湿了。”

他们都沉默了一小会儿。

“那好吧，土豆烧好了吗？”费佳问。

帕夫卢沙用棍子戳一戳它们。

“没好呢，还是生的……你们听，天呐，好大的水花！”他补充道，把头转向小河的方向，“肯定是梭鱼……快看，有流星！”

“我说伙伴们，我跟你说件事情，有一次我父亲跟我说啊……”科斯佳用一种尖细的声音说道。

“我们听着呢。”费佳鼓励他说下去。

“你们应该都知道镇上住的那个叫加夫里拉的木匠吧？”

“对啊，我们知道有这么个人。”

“你们知道他为什么一直这么伤感，从来不说话吗？你们知道吗？我告诉你们原因。我听我老爹说，有一回他为了采坚果去了森林，然后就迷路了。他没有停下，继续向前走啊走啊。哎呀，鬼知道他去了哪儿。他继续走啊走啊，伙计们，这可不妙了呀！他已经无路可走了，而且夜已深，他独自一个人在外，于是便就近找了一棵树顺着树干坐了下来，想着‘等到天亮了再说吧’。坐下不多久，他就开始打瞌睡了。刚刚睡着没一会儿，就听到有人在叫他的名字，他抬头一看，一个人都没有。于是他就继续睡觉，可是，他又一次听到有人喊他。他一次又一次抬头张望，终于看到在他前方的树枝上坐着一个鱼人，在呼唤着他。那个鱼人一边在树枝上晃来晃去，一边哈哈大笑……当时月光很明亮，超级明亮，亮得几乎照亮了平原上所有的东西。伙计们，你们想想，当时鱼人就明明白白地坐在树枝上，身上还像鱼鳞一样反着白色的光。鱼人喊他的名字，不停地大笑着，还招手叫他过去。

“加夫里拉站了起来，正要向鱼人走过去，但是呢，伙计们，这肯定是上帝显灵在帮他的忙——他像这样在胸口画了个十字……但是，连画个十字都太难啦。他自言自语说道：‘啊，我的手怎么动不了，僵硬得就像是一块石头一样。’……呃！那个可怕的女巫……所以，一旦他画完十字，伙计们，那个鱼人忽然就不笑了，反而开始哭了起来。没错，哭起来了，她一边哭，一边用长长的头发擦着泪水。她的头发是绿色的，就像是某种亚麻植物一样。加夫里拉目不转睛地看着她的一举一动，最后，他竟然开始向她提起了问题。‘你为什么要哭呢？’鱼人回答说：‘你本不应该画十字的，这样我们就可以一起快乐地度过一生。现在看来不行了，所以我哭了，我从心里感到深深的悲伤。但是我不会独自悲伤的，我要你跟我一起，从心底感到深深的悲伤直到你生命的尽头。’然后她便消失了。伙计们，接着加夫里拉就忽然找到了走出森林的路……从那以后，他就一直一副伤感的样子的，就像你们一直看到的那样。”

“啊！”费佳在一小段沉默以后忽然叫道，“但是树林子里一个邪恶的生灵怎么可能玷污基督徒的灵魂呢，而且他也没有按她所说的做呀？”

“算了吧，加夫里拉自己也说，那个鱼人的声音又尖锐又悲哀，就像一只癞蛤蟆一样。”科斯佳说道。

“这是你爸爸亲口告诉你的吗？”费佳继续问。

“是的，当时我正躺在高板床上，我听得清清楚楚。”

“这可奇了怪了，为什么他要这么悲伤呢？但我觉得吧，那个鱼人肯定喜欢他，因为她一直在叫他的名字。”

“是啊，她肯定喜欢他！”伊柳沙忽然插进来，“我敢肯定，但是她只不过想要一直玩弄他到死，她就是想这样。这些鱼人尽干这种事情。”

“这里附近肯定也有鱼人，我觉得。”费佳说道。

“没有，这里是完全敞开的空间。不过有点倒是符合鱼人出没，这里临河。”科斯佳说。

他们都不说话了。忽然，从远方传来一阵拖得长长的，嘹亮而悲哀的声音，这种声音难以名状，不知从何而来。一声声，打破深沉的寂静，升腾到半空，在空气中回荡摇曳，渐行渐远，最后消失。仔细听一下呢，好像是什么都没有，但还有回音在缭绕。似乎是有个人，站在地平线的边沿，持续地哭喊，悠长的，一声一声的，余音回响在心头；又像是有人躲在林子里，用尖锐无比的笑声回应着他，河面上飘过一阵低低的嘶嘶声。那群男孩们向四周看了看，微微地缩了缩身子。

"基督与我们同在！"伊柳沙小声说。

"哎，你们这群窝囊废！"帕夫卢沙大叫起来，"你们怕什么呀？来来来，土豆烧好了。"

于是他们都围到铁锅旁，开始吃冒着热气的土豆，只有瓦尼亚继续躺着一动不动。

"喂，你不过来吗？"帕夫卢沙问。

但是瓦尼亚还是缩在他的毯子下。锅子很快就见底了。

"伙计们，不久前在我们瓦尔纳维奇发生了一件事情，你们都听说了吗？"伊柳沙说。

"在大坝附近？"费佳问。

"对对，在那个已经坍塌的大坝附近。那个地方经常闹鬼，一直闹鬼的地方啊，四周都没有什么别的建筑，周围全是洼地啊，峡谷什么的，洼地里还有蛇出没。"

"好吧，究竟发生什么事情了，跟我说说吧。"

"事情是这样的，费佳，你可能不知道，从前有一个淹死的人埋在这里，他淹死在河底很久很久了。那时候河水还是很深的，但是他那个坟还是看得见的，虽然只是勉强看得见。大概能看见这么点儿——一个小土堆。几天前，管家把猎人叶尔莫莱叫到跟前，对他说，'你去趟邮局吧，叶尔莫莱。'叶尔莫莱经常替我们跑邮局，他养的狗全部都死了，不知道是什么原因。它们只要跟着叶尔莫莱，就活不长，所以事实上它们都跟不了叶尔莫莱多久，但他是一个极其出色的猎人，每个人都非常喜欢他。叶尔莫莱就去了邮局，在镇里呆了一小段时间，骑马回来的时候有点迷迷糊糊了。当时正是夜晚，夜色撩人，月光照耀着大地……叶尔莫莱骑着马走过了大坝，那是他的必经之路。就这样，他继续走着，忽然看到在那个淹死人的坟旁，有一只漂亮的小羊在跑来跑去，长得白白的，毛发卷曲。于是叶尔莫莱想着，'嗯，我把它捉回去吧。'于是他下了马，把小羊抱在怀里。但是那只小羊好像一点都没有注意到他的动作，非常温顺。于是叶尔莫莱又坐回到自己的马鞍上，但是马却不安起来，不停地喷气，甩头。他不住地对马说'吁……吁……'抱着小羊继续上路了。他把小羊安置在前面，看着它，然而那只羊竟然也直直地回头看他，就像是这样。叶尔莫莱觉得有点莫名其妙的，'我好像记不得了，但是我好像以前也被这么看过似的。'但是，他还是默默地开始抚摸起羊的卷毛，一边还嘟囔着：'咩咩咩，咩咩咩！'忽然，这只羊露出牙齿，也对他说'咩咩咩，咩咩咩！'"

伊柳沙话音未落，两只狗忽然站了起来，发神经一样疯狂地吠叫起来，然后飞也似的冲进了漆黑一片的夜里。这几个孩子也都紧张得不行，瓦尼亚一下子从毯子下蹦了起来，帕夫卢沙则呼喊着追逐那两只狗去了。狗儿的声音越来越远了。马群受到惊吓，发出了惊恐的叫声。帕夫卢沙在远处高声地命令着狗："格雷！甲虫！……"过了一会儿，两只狗就不叫了，帕夫卢沙的声音却依旧在远处依稀可辨……又过了一会儿，这些孩子们都神经紧绷，不住地东张西望，好像在等待什么事情发生一样……忽然一阵马蹄声传来，帕夫卢沙骑着一匹马停在了篝火旁。他抓住马鬃敏捷地跳了下来，两只狗也出现在光线里。它们俩双双坐下，红红的舌头伸在外面。

"究竟发生什么事了？"孩子们问。

"没事，"帕夫卢沙一边向马招招手，一边说道，"狗闻到了什么东西吧，我觉得有可能是狼。"他说着这些，神色平静地深深吸着气。

听到这里，我不禁对帕夫卢沙刮目相看，此时此刻的他显得特别英俊。原本平凡的脸，因为剧烈的运动显得神采飞扬，充满着刚毅和无所畏惧的气概。在这样的黑夜里，他竟然赤手空拳，毫不犹豫地冲进了林子里独自面对狼群。“真是勇敢的孩子啊！”我看着他，心里这么想着。

“那你看见狼了吗？”科斯佳浑身发抖地询问。

“这种地方狼总是很多的。”帕夫卢沙说，“但只有在冬天的时候，这些狼才会对人有威胁。”

他又坐回到篝火旁，手搭在其中一只狗毛茸茸的头上。这个举动惹得那家伙激动极了，得意而又骄傲地望着帕夫卢沙，一动不动。

瓦尼亚又躺到了毯子下面。

“伊柳沙，你讲述的故事实在太恐怖了！”费佳开口说道，他的职责——作为一个好人家的公子哥儿——就是引导大家谈话的内容（他很少说话，显然是不想降低自己高贵的身份）。“所以刚才某些邪恶的灵魂在狗面前晃悠，惹得它们吠叫不已……其实，我很久以前就听说过那地方闹鬼啦！”

“你说瓦尔纳维奇？我也觉得那地方闹鬼呀！他们不止一次跟我说，以前那个老爷经常在那儿出没，他其实早就死啦！那个鬼穿着一件长摆外套，一边悲切地呻吟，一边低着头像是在找什么东西。有一次，特罗菲梅齐爷爷碰到他，便问他：‘伊万·伊凡内奇老爷，你在究竟在地上找什么呀？’”

“他竟然敢这么问？”费佳表示很惊奇。

“是的，就是这么问的。”

“好吧，看来我以后得改叫特罗菲梅齐爷爷为勇敢的爷爷……那，鬼是怎么回答的呢？”

“他用一种浑厚的声音说：‘我在找一种可以切断一切的草。’‘什么？伊万·伊凡内奇老爷，你想要一种可以切断一切的草？’‘坟里的锁太重啦，太重啦，我要出去，特罗菲梅齐，我要出去，出去……’”

“我的天呐！”费佳说道，“我敢说，他生前肯定过得不怎么样啊！”

“这太神奇了！”科斯佳说，“我以为只有在万圣节的时候，大家才可以看见死人的灵魂。”

“我们随时都可能见鬼。”伊柳沙加入了谈话。而从他那句话我发觉，他比其他在座的孩子们更加懂得这些乡间的风俗人情。

“但是在万圣节的时候，你也可以看见在这一年中死去的活人。只需要坐在教堂的走廊里，目不转睛地盯住路面就行了。它们会沿着马路走向你，这些人就是在今年里即将要死去的人。比如说，去年的时候，我就看见乌丽亚娜这么做的。”

“那，她当时有没有看见什么人呢？”科斯佳问了一句。

“当然有啦，一开始她坐了很长很长一段时间，没看见什么人也听不见任何动静……只有一只狗不知在哪个角落哀嚎不止，就像这样……忽然她抬起头：一个男孩正沿着马路走过来，身上只穿了一件衬衫。她看着他，原来就是伊万什卡·费得索伊夫。”

“那个在春天死了的人？”费佳问。

“对，就是他，虽然他当时埋头走着，但是乌丽亚娜还是能认识他呀。过了一会儿，她又看见了另外一个人，一个女人向她走来。她盯着那女人看呀看呀……啊，上帝啊！……竟然就是她自己，乌丽亚娜本人啊！”

“真的是她自己？这可能吗？”费佳又问道。

“千真万确的，我的上帝，真是她本人。”

“你怎么知道？她那时候还没有死呢！”

“可是今年还没有完全过去，她看着自己就这么走过，知道她自己的死期已经不远了。”

帕夫卢沙又把几根干木柴扔进火堆，火焰忽然窜起，立马把新加的几根柴火烧成了黑色，一边噼里啪啦地碎裂，一边冒出浓烟，接着开始萎缩，向着燃烧着的那头弯下了腰。火光闪耀，照向四方，尤其是篝火上方的一小片天空。忽然，不知从哪儿飞来一只白鸽，它直直地冲进火光里，惊恐万分地扑打翅膀乱飞了一阵，身体全然被红色的火光包裹，不一会儿就消失了。

“这是什么，帕夫卢沙?”科斯佳问，“会不会是一个要飞去天堂的灵魂?”

帕夫卢沙又把一把柴火扔进火堆。

“大概吧。”过了很久，他悠悠地说。

“帕夫卢沙，跟我们说说呢，”费佳说，“你们沙拉莫沃那地方有没有圣兆?”

“就是白天的时候太阳不见了？有啊有啊。”

“那你们都怕吗?”

“怕啊，不单单我们害怕呢。我们的老爷，虽然他好像能未卜先知，早早就告诉我们可能会有圣兆出现。但是一旦天一黑，他们说老爷自己也怕得不行咧！躲在农舍里的老女人，一见天黑了，就一把抓起拨火铁棒，噼噼啪啪地把碟子啊，碗啊，全部打碎了。‘世界末日啦，谁还要吃饭呀！’于是乎，汤汁什么的就流了一地，乱七八糟的。在我们村里还流传着这样一个故事，说圣兆都是白狼在地面作乱。白狼是会吃人的，还有吃人的飞禽，据说特里什卡在那时也会出现。”

“特里什卡是谁?”科斯佳问。

“嗯？你竟然不知道他?”伊柳沙来劲了，“怎么会呢，老弟，你是从什么地方来的呀，竟然不认识特里什卡？你肯定从小到大都待在你那封闭的小地方，没见识！特里什卡可是一个大英雄，他终有一天会出现的，可是因为他太厉害了，所以没有人可以见到他，也没任何办法跟他交流，啊，他真是个不可思议的人呀！举个例子吧，有一次农人们手里举着棒子想要抓住他。那时，他明明已经被困在中间，可是不知道他施了什么障眼术，他们什么都看不见啦。后来他们就分开来，他就逃了出来。

“要是他被逮着了，就会被关进监狱。到那时呀，他会要一小碗水，他们就给他一碗水。于是他会把水泼在地上，然后就当着大家的面消失！如果他被铁链子绑起来了，只要拍拍手，链子就自己掉下来了。你看，这就是特里什卡，他去过很多地方，是个浪荡分子。他会带领那帮子异教徒们……人们拿他无可奈何……他简直是太怪异了。”

“是啊，是啊，”帕夫卢沙继续以深沉的语气说，“他就是这样的啦，于是在我们那个地方呀，人们就一直等他来。有一些老人就说，只要圣兆一出现，特里什卡就会来，所以只要是圣兆来的时候，所有人都站在街道旁，田野里，等着看究竟会发生什么。我们那地方，你们也知道的，是个开阔的地儿。大家都在张望，忽然有一个人从镇子另一边的山上走了下来，长得特别奇怪，脑袋巨大无比……于是所有人都喊了出来：‘特里什卡来啦！不好啦，特里什卡来了！’然后便四散逃开。村长一下子就爬进水沟躲了起来；他老婆卡在门板缝里，拼了命地大叫，叫声吓到了院子里的狗；狗挣脱链条，越过栅栏，飞也似的冲进了林子里；库济卡的爹多罗费伊奇也藏进了燕麦地里，整个躺下来，开始像鹌鹑一样叫起来。‘说不定，那个可怕的杀人魔王会放过一只弱小的鸟儿的。’所有的人都怕得要命！但是来人却不是特里什卡，而是我们的铜匠瓦维拉，他只是把新买的水桶倒扣在了头上。”

孩子们大笑起来，不多一会儿就又沉默了，在露天的环境下聊天，就常常会出现这种现象。我望向庄严肃穆的夜空，夜已经很深了，前半夜潮湿的凉气已经被暖烘烘的气流所代替，还要过一段时间鸟儿才会发出第一声鸣叫，露水才会闪耀第一缕光芒，而现在，夜还是笼在软绵绵的原野上。月亮还没有升上夜空，这段日子它总是出现得很晚。于是，数不尽的星星，竞相闪烁，就像一齐沿着银河奔跑。看着这夜空的景象，你隐约也会感觉到这广袤地球的奔腾不息……忽然，一阵奇异尖利的叫声响了起来，在河的对岸响了两次，很像是忍着疼痛的哀嚎，不过一会儿，在远一点的地方又响了一声。

科斯佳颤抖了一下：“什么声音啊？”

“是苍鹭在叫。”帕夫卢沙冷静地回答。

“苍鹭？”科斯基学舌一般重复了一遍，“苍鹭是什么呀，帕夫卢沙，我昨晚也听见奇怪的叫声了。”他说着，顿了一顿，又接着说，“你也许知道是怎么回事吧？”

“你昨晚听见了什么?”

“我跟你说啊,昨晚我从石岭出发,想要到沙什基诺去的。我先是穿过了一片核桃林,然后越过一个小池塘——你知道那个池塘吗? 就是旁边有一个深沟沟的那个——那个小小的水潭,你应该知道它的。水潭边的芦苇长得非常高,我走过去的时候,忽然就听到了一声那样的叫声,又悲凉又凄惨! 我都快吓死了,兄弟们,那时候天已经很黑了,叫声又是那样幽怨。我都快吓哭了……那究竟是怎么搞的? 嗯?”

“前年夏天,护林人阿基姆遭到几个盗贼抢劫,然后被淹死在池塘里,你听见的,也许是他的鬼魂在哭泣吧。”帕夫卢沙说。

“哦,我的天呐! 这是真的吗?”科斯佳说着,原来那双已经很大的眼睛瞪得更加圆了,“幸亏我不知道这件事情啊,不然准被吓死了!”

“但是那儿也有很多小青蛙,”帕夫卢沙继续说,“说不定也是这么叫的呢。”

“青蛙? 不不不,绝对不可能是青蛙,肯定不是的。(这时苍鹭又叫了一声)呃,就是这样的!”科斯佳不由得惊叫起来,“是林妖在尖叫!”

“林妖才不会叫呢,它们都是哑巴,”伊柳沙说,“它们只知道啪啪啪地拍手。”

“这么说,你是见过林妖的了?”费佳不无讥讽地接过了话头。

“没有见过,上帝保佑我,我才不想看见那玩意儿,不过我认识的一些人见过它。怎么回事呢,有一次,我们那儿一个农民就被它弄得迷了路。林妖带着他在林子里不断地走啊走,却始终是在绕圈圈,根本走不出去。直到天亮的时候,那个农民才回了家。”

“也就是说,那个人见过林妖喽?”

“对呀,他说林妖是一个很大很大的东西,通体包裹着一层黑色的物质,就像是一棵树一样。人们很难分辨它的样子。它好像是怕月光,总是离光线远远的,不住地瞪着巨大的眼睛向外望,还一眨一眨的……”

“呃!”费佳发出一声怪叫,声音还略微有些发颤,随即又耸了耸肩,大叫一声:“呸!”

“这样的鬼东西怎么会活在世界上的?”帕夫卢沙问,“太不可思议了!”

“别说它坏话,小心被它听见。”伊柳沙说完又是很长一段时间的沉默。

……

“伙计们,快看快看,”忽然瓦尼亚稚气地大叫起来,“快看那些星星呀,像蜜蜂一样挤在一起呢!”

他光滑的小脸蛋儿从毯子下伸了出来,用一只手托着,慢慢抬起了大眼睛。其他孩子也望向天空,看了很长很长时间。

“好吧,瓦尼亚,”费佳继续说,“你的姐姐阿纽特卡身体还好吧?”

“好得很呢。”瓦尼亚含糊地回答。

“那你问问她,怎么不来看我们呢?”

“我不知道。”

“那你叫她来嘛。”

“行啊。”

“跟她说,我有礼物送给她。”

“礼物? 我有份吗?”

“有,你也有。”

瓦尼亚叹了一口气。

“不,我不想要礼物。你还是给她吧,她在家的时候对我们可好了。”

说完这句话,瓦尼亚又低下头躺在了地上。帕夫卢沙站起来,把那只铁锅拿在了手里。

“你去哪?”费佳问他。

“到河边打点水,我想喝水。”

两只狗跟着他一起去了。

“小心，别掉河里去了！”伊柳沙朝着他的后背大叫。

“怎么会掉进河里？”费佳说，“他一向很谨慎的！”

“没错，他是一直很小心。但是总有稀奇古怪的事情发生嘛，比如他低下身子去打水时，可能会有水妖一把抓住他，把他拖进河里。然后别人就会说是有个小孩自己掉到河里去的。可是究竟是怎么掉进去的呢？就没人追问了……他现在钻到芦苇丛里去了。”他伸着耳朵仔细听着，这么说道。

芦苇被分开的时候真的在“窸窣”作响，就像我们称呼它的名字一样。

“不过真有这事吗？听说那个叫阿库丽娜的疯子就是掉进水里以后变疯的。”科斯佳问。

“的确是这样，她现在多可怜啊！他们说她过去可是个大美人哩！水妖给她施了法术，它肯定没想到人们会这么快把她救上来。在水底的时候就给她施法了。”

我以前见过阿库丽娜几次。她总是衣衫褴褛，瘦得吓人，脸黑得跟煤炭一样，眼神迷离，永远咧着嘴笑着。她可以一连好几个小时在马路上走来走去，跺着脚，瘦骨嶙峋的双手一直按住胸口，两只脚无力地前后换来换去，像极了一头困兽。她完全不明白别人跟她说的话，只是时不时地会咯咯咯地笑上一阵。

“但是他们说啊，”科斯佳继续说，“阿库丽娜是自己跳河自杀的，因为她的情人欺骗了她。”

“没错，是这样的。”

“那你还记得瓦夏吗？”科斯佳一脸悲伤地问。

“瓦夏是谁？”费佳说。

“你怎么不知道，就是那个淹死的瓦夏呀。”科斯佳说，“就是在这条河里。唉，他是个好人呀，真是个好人！他的妈妈，菲克里斯塔，她是多么疼爱他啊！但是她好像早就预料到有一天河水会给瓦夏带来厄运似的——夏天的时候，每次听说瓦夏跟我们几个一起去河边洗澡，她总是会吓得全身发抖。别人的妈妈都觉得无所谓，只是自顾自地提着水桶走过。但是菲克里斯塔会停下来，把水桶放到地上，然后朝瓦夏大叫：'回来啊，儿子，回来啊，亲爱的孩子！'没人知道瓦夏是怎么淹死的。他在岸边玩，他妈妈在割晒干草。忽然，她听见一个声音，好像是有人在水下吹泡泡一样——再一看，瓦夏的一顶帽子漂在水面上呢。你们知道，打那以后，菲克里斯塔就不大正常了：她每天都躺在瓦夏被淹死的小河旁，兄弟们，就在那条河旁边她躺下来，然后开始唱歌。你们还记得瓦夏以前一直唱的那首歌吗？她就在河边一边哭啊哭啊，一边唱着这首歌，一边还向老天爷诉苦。"

"帕夫卢沙回来了。"费佳说。

只见帕夫卢沙端着满满一锅子的水走到了篝火旁。

"伙计们，"他顿了一顿，说道，"事情不妙啊。"

"发生什么事了？"科斯佳迫不及待地问。

"我听到瓦夏说话了。"

听到这句话，似乎所有人都颤抖了一下。

"什么意思？什么叫听到瓦夏说话了？"科斯佳问。

"我也不知道。我正在弯腰打水呢，忽然我听见一个人在喊我的名字，而那正是瓦夏的声音，但是这个声音是从水下传来的，不停地喊'帕夫卢沙，帕夫卢沙，过来呀，过来呀。'我跑掉了，不过水还是打回来了。"

"啊，上帝啊，可怜可怜我们吧！"所有的孩子都这么说着，用手在胸口画起了十字。

"是水妖在喊你，帕夫卢沙，"费佳说，"我们刚刚还在说到瓦夏呢！"

"这不是一个好兆头啊。"伊柳沙思考了一会儿，默默地说。

"其实也没什么大碍，你们不用担心。"帕夫卢沙坐了下来，坚定地说，"就算是真的，那也没人能逃脱得了自己的命运。"

其他孩子们都僵住了，显然帕夫卢沙的话给了他们很大的冲击。

他们纷纷在篝火前躺下，像是要准备睡觉的样子。

“那是什么声音？”科斯佳忽然抬起头，问。

帕夫卢沙侧过头，仔细听着。

“是麻鹬在一边飞一边叫。”

“它们是要飞到哪里去？”

“飞到另一个地方，有人说那里是没有严冬的。”

“真有这样的地方？”

“真有。”

“很远吗？”

“非常非常远，比大海还要远。”

科斯佳叹了一口气，然后闭上了眼睛。

三个多小时过去了，我一直跟这些孩子们在一起。月亮终于升了起来，起先我还没有注意到，它只是一弯小小的新月。刚刚那没有月亮的夜空，显得无比肃穆寂静，而现在这些星星们，挂在夜幕的时间所剩不多，要不了多久，就要沉入茫茫的宇宙。周遭的一切都出奇的肃静，所有的一切都沉沉入睡，享受着黎明前最后一点点酣畅的时光。空气里的香气此时也开始消散，一股湿气似乎在蔓延……夏天的黑夜是多么短暂！……孩子们的说话声跟篝火一样，渐渐熄灭了。两只狗也在打盹儿，远处的马群，借着昏暗的光线，我只能隐约看见它们低着头的轮廓——它们也都睡了……而我，也渐渐陷入一种疲乏的意识空洞状态，不多一会儿，也进入了梦乡。

一阵清风拂过，我睁开眼睛，天已经微亮了。东方微微泛起了鱼肚白，霞光尚没有出现。然而，目之所及的一切都已经清晰可辨。浅灰色的天空此时正越来越亮，越来越鲜红，星星一闪一闪地发出最后昏暗的光亮，有一些已经淡得看不见了。整个大地充满了潮湿的气息，每一片树叶上都挂着露珠。人声和喧闹声从远处传来，一阵轻轻的晨风在泥土地上欢愉地飘动游荡。我的身体兴奋得轻轻打颤，以回应这完美的晨景。我迅速爬了起来，走向那群孩子们。他们躺在尚有一丝余热的篝火旁睡得死死的，只有帕夫卢沙半抬着身子，专注地看着我。

我对他点了一点头，便顺着雾气重重的河岸往家的方向走了。走了不到两英里路，我周围那沾满露水的、辽阔的白净草原，前方层层叠叠的绿色树林，后面扬尘的小路和路边闪着红光的灌木丛，笼罩着晨雾的淡蓝色河水，水里还反射着晨光，起先是粉红色，然后是鲜红色，接着变成了金灿灿的颜色……所有这些都开始苏醒过来，它们开始唱歌，喧闹，交流。四周挂满了大颗大颗的露珠，在阳光的照耀下发出亮如钻石的光芒。纯洁清澈如同沐浴在清晨的清新中，远处的钟声像是在欢迎我的到来。忽然，那群我刚刚分别的孩子们驾着精神抖擞的马儿们，从我身旁疾驰而去……

可惜的是，帕夫卢沙在那年去世了。不是被淹死的，而是从马上掉了下来。多么好的一个孩子，真是可惜啊！

【导读】

孩子和自然融合成一首最动人的诗

在诗人般的屠格涅夫的眼里，俄罗斯的大地是一幅美丽的图画，你瞧，那白净草原上，清晨有的是胭红柔和的霞光，明丽清暖的初阳，淡紫色的轻纱似的薄雾；正午是那任性泛滥的河水，散发着光和热的云朵；傍晚是那落日斜辉中渐渐昏睡的大地；夜晚是那明灯似的悄悄在天空闪烁的太白星。在这清丽而迷人的大自然风光中，更有一群天真活泼的农家孩子。在这盛暑的夜晚，他们一边把马群赶到野地里吃草，一边围坐在旷野的篝火旁。篝火上挂着小罐，煮着马铃薯。他们用一个个神奇的故事送走黑夜，迎来黎明。深夜里，孩子们更是表现出了一种勇敢无畏，帕夫卢沙手里没有一根棍棒，却毫不踌躇地独自去赶狼。他又去河里打水，分明听到这里淹死的瓦夏似乎在水里喊他，他退了几步，还是把水打回来了。他不怕狼，更不怕鬼。这些孩子在屠格涅夫笔下，和他周围的大自然融为一体，成了它的一部分。他们崇拜大自然，热爱大自然，大自然给了他们力量，给了他们勇气。其实屠格涅夫对于大自然不仅欣赏、热爱、敬仰、崇拜，而且，大自然在他眼中是一种伟大的力量，人的一切思想、性格、习惯、感情、本领……都是在这种力量中形成的。在白净草原上放牧的那群可爱的孩子，他们的情绪、幻想、对周围世界的看法，都决定于他们在其中生活、成长的大自然。这些孩子热爱着大自然，依赖着大自然，大自然影响着他们，给他们以智慧和力量。他们天真活泼，聪明勇敢，富于想象力，对美好未来有着强烈的追求。他们陶醉在如画的自然风光中，用稚气的眼光观察世界，想要解开宇宙之谜，人生之谜。他们作为农奴的后代，那幼小的心灵在渴望自由。只有在大自然的怀抱中，他们才可以让思想任意驰骋。他们编造出了“可怕的”故事来消磨时间，编造出什么样的故事完全取决于他们自己的性格。在这篇作品里，作者直接描绘了农家孩子诗意的内心世界、细腻的感情和棱角分明的个性。作品的重心转移到大幅度的描写民族性这方面来，并在俄罗斯孩子们身上挖掘出俄罗斯的民族性。作者对帕夫卢沙发自内心的赞赏，是因为他身上具有一个民族最可宝贵的性格。他刚强坚毅，英勇无畏，这正是俄罗斯的民族性格的体现。故事的字里行间，还洋溢着孩子们对自由和真理的追求和探索。从中，我们看到一个民族正在觉醒。通篇的叙述中，虽然没有激奋的言辞，但读过作品之后，读者无不感到一种不可名状的愤怒在心底升腾。

屠格涅夫把自己的主观态度与艺术描写融为一体，创造出一种富有魅力的氛围来打动读者，感染读者，使读者在白净草原上流连忘返。文章从描写美丽的七月天开始。这画面上没有特别鲜艳的色彩，一种温存的，亲切的情调占了主要地位。“一大清早，天空澄澈空明，霞光和煦，没有如火般的灼热，柔和的光芒沐浴大地。太阳——不是旱季特有的那种刺眼的火红色，也不是暴雨前荧荧的深紫色，而是一种明亮而温和的暖暖的颜色，徐徐地从一条狭长的云后浮出，新鲜地闪耀，光芒融进了紫丁香色的云层中。云朵纤细的金边，像一条发着光的小蛇，其光芒犹如抛光的银子般耀眼。忽然，舞动的光线突然清晰了，于是耀眼的，欢快的，绚烂的朝阳飞也似的升了起来。”温存亲切中流露出昂扬的朝气。如果说七月的白天给人的印象是明朗、愉快而平静的，那么七月的夜晚，在黑暗越来越浓的笼罩下，一种神秘的，莫名的恐怖气氛加强了，这种气氛为读者读小说的基本部分——孩子们讲故事的部分做了准备。屠格涅夫一方面欣赏大自然，欣赏夜景的美，欣赏那些孩子们，很感兴趣地听他们的讲述；另一方面，他又在同孩子们共同体验那不可理解的神秘的自然现象，由于这个缘故，风景描写的抒情色调也复杂起来了：“从那圈仅有的光圈中很难分辨出黑暗中究竟发生了什么事情，所有近在咫尺的，似乎被一道巨大的黑幕隔开了，只有遥远的群山和森林映出模糊不清的昏暗轮廓，远远地悬在地平线以上。”在这篇作品中把景物描写，人物刻画、抒情表达、民族精神的传达有机地融合为一体，用几个由黑夜里想起的可怕故事作为中心，景物描写与抒情表达穿插其中，刻画出活生生的、丰满的孩子们形象，烘托出一种高度的民族精神，并借孩子之口以及作品的抒情描写，有力地抨击了农奴制度。我们读着《白净草原》，无不感受到大自然的净化力，以及农家孩子们的纯洁、稚气的心灵的净化力。这些农家孩子才真正称得上是大自然的精灵，永远纯净、新鲜的自然活力。孩子和自然在这里融合成了一首诗。

莓　泉

八月初，天气往往炎热得叫人无法忍耐。每到这个时节，从上午十二点到下午三点这段时间里，就算是对打猎抱着最坚毅态度的狂热分子也无法顶住高温坚持出猎，而最忠诚的猎狗，此时也只能闲得舔舔主人的马刺，或者跟着主人跑来跑去，眼神中带着不悦，舌头伸得老长，一个劲地喘气。主人责骂它，它只能委屈地摇摇尾巴，一脸困惑地望着主人。它不能像从前一般，猛地撒腿跑出去追赶猎物。而我，恰恰在这种天气里外出打猎了。

我一直很想找个阴凉的地方躺下来，就算一小会儿也好。我那不知疲倦的狗儿疯狂地在灌木丛中跑来跑去，显然它也不知道这种燥热的行为有何意义。最终，这令人窒息的热浪迫使我想个法子节省精力。于是，我来到了伊斯塔小河边（想必我亲爱的读者朋友们已经听说过这条河了），沿着陡峭的河岸往下滑，越过横跨河面的大坝，踏着黄沙，向着一口泉水的方向走去。这口泉水，周遭的邻人们都称之为：莓泉。

在河岸峭壁上某个开口处，大峡谷的豁口在此变得狭小而深邃，莓泉的泉水就从这个缝隙里涌了出来。泉水顺着二十步高的崖壁，带着欢快的汩汩声流入河中。泉口旁长满了天鹅绒般细密的青草，而阳光，似乎从来都穿不透崖壁，正因为如此，河水，永远是如银丝般的清冷。我走到泉水边，一个桦树木质的杯子被放在草地上，这是路过的农民为方便大家喝水而留在这里的。我痛痛快快地喝饱了水，躺在阴凉处，向四周张望着。我看到不远处，由于水流的冲击而形成了一个小山洞，洞口的水跟周遭的流水相互作用，泛起了层层的涟漪。而在洞里，两个老人正背对着我坐着。

其中一个在钓鱼，长得相当高大结实，穿着深绿色的外套，戴一顶绒线便帽；另外一个又瘦又小，穿了一件打着补丁的厚粗棉布外套，没有戴帽子，他双膝上放着一小罐鱼虫，时不时把手放在自己那灰白头发的脑袋上，好像在挡住阳光似的。我凝神一看，原来这个人就是舒米西诺的斯乔普什卡，请读者们耐心听我介绍介绍这个人。

离开我的住所几英里的地方，有一个大村子叫舒米西诺。村里有一座为圣科济马和圣达米安建立的石砌教堂。正对这座教堂的地方，曾经有一所宏伟庄严的地主宅邸，周围有各式各样的外屋、办公室、手工作坊、马厩、地下室、马车库、澡堂、临时厨房、客人或管理员住的厢房、温室、公用的秋千和其他有着各种用处的建筑。一户地主人家住在这所宅邸里，原来一切都相当顺利，直到有一天早晨，所有这些繁华的建筑都被一场大火化成了灰烬。

主人们迁到别处去了，这所宅邸便就此衰落。这所曾经辉煌的大宅子已经变成了灰凄凄的杂菜园，到处都堆着砖头，这些砖头原本是宅子的根基。人们用在火灾中幸免于难的木材迅速搭建了一个小木屋，用十年前为了要造哥特式亭台而购买的船板作屋顶，园丁米特罗凡，和他的妻子阿克西尼娅，以及七个孩子就住在这所小木屋里。

米特罗凡收到指令，要把蔬菜还有院子里种的其他东西供给远在一百五十英里外的主人食用，阿克西尼娅则受命看管一头蒂罗尔种的奶牛，这头牛是花大价钱从莫斯科买来的，但是从买来至今它从未产出过一滴牛奶。她还看管一只有冠子的灰色公鸭，这是唯一的“老爷家的”家禽。他们的七个孩子，因为年龄尚小，没有派遣给他们特殊的任务，然而正是这点，使他们一个个都长成了不折不扣的懒鬼。

我在园丁家住过两次，而我每次经过他们家的时候，总是会向他们买一些黄瓜。那些黄瓜不知道是什么原因，在夏天的时候已经长得硕大，淡而无味，覆盖一层黄色厚实的皮。正是在他们那，我第一次见到了斯乔普什卡。在那个地方，除了米特罗凡一家，一个老聋子格拉锡姆（他是个教会委员，所以出于福利制度让他住在独眼士兵的寡妇家的一个小房子里），就没有其他仆人了。所以我要向各位介绍的斯乔普卡什，不能简简单单地把他视作一个仆人，事实上，他根本就不是一个普通人。

但凡是人，在社会中总有这样那样的地位，总会有这样那样的关系。至于家仆呢，即使得不到工钱，至少也会得到所谓的"口粮"。而斯乔普卡什却绝对没有遵循这两类生存之道的任何一种，他似乎跟任何人都没有关系，没人知道他的存在，甚至没人知晓他的过去，村子里没有任何有关他的故事。人口调查数据库中恐怕也未必有这么个人。曾经有一个不明确的传闻，说他曾经是某个人的随从，不过这个传闻就到此为止，至于他是谁，从哪儿来，是谁的子嗣，是怎么成为舒米西诺村上的人的，他身上那件万年不变的粗棉布外套是哪儿来的，住哪儿，靠什么维持生计……以上所有的问题，绝没有人知道，就连一丁点儿线索都没有。而且，说句实话，其实根本就没有人关心这些和他有关的问题。

只有特罗菲梅齐大老爷（他对所有家仆直系四代的家谱都了如指掌）有一次说过，他记得已故的老爷阿列克谢·罗曼内奇旅长出征回来时，辎重车上载着一个土耳其女人，而斯乔普卡什，则是这个女人的亲戚。按照俄罗斯的旧习俗，过节的时候，家家户户都会在沿路摆上荞麦馅饼和伏特加酒，用以款待路过的人，或者直接施舍给他们钱财。但即使是在这种日子里，也不见斯乔普卡什摆设任何盛着食物的桌子，或者装着美酒的木桶。他从来不向他主人行礼或者亲吻主人的手，也从不为了祝老爷健康而一口气干掉管家手里满满的一杯酒。

有时候，大概只会有些好心人路过，施舍给这个可怜的穷人一块吃剩了的馅饼。复活节的时候，人们对他喊“耶稣复活啦”，但是他从不卷起沾满油污的衣袖，从没有在口袋里掏出过一枚复活节彩蛋，眨着眼睛喘着气把它送给某个少爷或是太太。夏天，他住在鸡棚子旁边一间小小的储藏室里；冬天，他就住在澡堂子的接待室里；更冷的时候，他就在干草棚里过夜。有时候人们会发狠踢他一脚，但是从没有一个人跟他谈过话。至于他，似乎从出生开始就没有因为要说话而开过口。

火灾之后，这个被众人抛弃的家伙就在园丁米特罗凡那里找到了个避难所。园丁从未搭理过他，也没跟他说过如“来跟我一起住吧”之类的话，但倒也没有撵他走。斯乔普卡什其实也不是住在园丁的屋子里，他住在菜园子里。他行动走路都是悄无声息的，打喷嚏或者咳嗽的时候都害怕似的用手捂住嘴巴。他总是像蚂蚁一样忙忙碌碌，前前后后不停地干活，而他忙活这么大半天也只是为了能填饱肚子。事实上，如果一整天的时间里，他没有如此为食物而辛勤工作的话，我们这位可怜的朋友肯定已经饿死了。人生的痛苦在于不知道下一顿饭在哪里！

有时候，斯乔普卡什会坐在树篱下啃或者吸一根胡萝卜，或者剁几块肮脏的白菜根；有时候会呼哧呼哧地提着一桶水到某个地方去；有时会在小锅子下生起火，然后从大衣胸口取出几块黑乎乎的泔脚，放进小锅子里；有时在自己的小木屋里，砰砰砰地敲钉子，做一个放面包的架子。所有这些他都默默地完成，仿佛这都是秘密似的：当你向他看上一眼，他就又藏起来了。他有时会忽然消失一两天，当然啦，也没有人会注意到他不见了……然后，一转眼，他又出现了！在树篱下的某个地方，偷偷摸摸地在水壶下生火。他脸很小，眼睛是淡黄色的，头发一直垂到眉毛上，一个尖尖的鼻子，又大又薄的耳朵，像蝙蝠的耳朵一样，那胡子长得好像是有两个星期没有修理过了，而且也没见它变多或者变少过。这就是斯乔普卡什了，我在伊斯塔河河岸遇见，身边还有另外一个老人相伴的斯乔普卡什。

我站起身来走向他，打了一个招呼，然后在他身旁坐下了。斯乔普卡什的同伴也是我的一个熟人，他是彼得·伊里奇伯爵家的一个农奴米哈伊洛·萨韦利耶夫，绰号叫做“大雾”，他已经是自由人了。他住在一个肺病患者博尔霍夫那里，博尔霍夫开了一间小旅馆，我曾经去那个小旅馆住过几次。就算到现在，年轻的官员，或是一些悠闲无事的旅者（商人们一般都忙着做生意，他们更看重细节，宁愿窝在那些条纹羽毛的被褥里，也无暇顾及周遭的风景）经过奥廖尔大道的时候，依旧可以在离特罗伊茨科耶大村不远处看到一座两层的弃楼——屋顶已经完全塌下来了，窗子被钉得严严实实的，已经完全荒废了。在一个阳光明媚的正午，你是想象不出什么东西比这座废弃的楼房更加令人充满凄凉感的了。这里很久以前住过一位达官贵人，名叫彼得·伊里奇伯爵，他尤其热情好客，并因此闻名一时。在那段时间，整个省的人都在他的屋子里聚会，伴着家庭乐队喧嚣的乐曲、鞭炮烟花的噼啪声，尽情地跳舞玩乐。而现在，路过这座废弃豪宅的老妇人，都心生惋惜，怀念她们失去的青春年华。伯爵一直不停地在举办舞会，流连在不断向他献媚的宾客中，他幸福地微笑，但不幸的是，他的财力根本负担不起如此铺张的花销。当他彻底破产的时候，彼得去了圣彼得堡，希望在那里可以找到一份工作。但他最终也没有能够靠自己的努力赚到一分钱，便死在了旅馆的房间里。

“大雾”从前是彼得家的管家，在这位伯爵还活着的时候他已经获得了自由。现在，他大约七十岁了，长相普通但是乐观积极，始终挂着微笑。只有卡捷琳娜时代的人才能有这种微笑：透露着一股温和和庄严的力量。“大雾”说话的时候，两片嘴唇不紧不慢地一张一翕，眼睛亲切地闪着光，轻轻的，还带着一点鼻音。就连他擤鼻涕、嗅鼻烟也是如此从容不迫，好像是在做什么重要的事情一样。

“喂，米哈伊洛·萨韦利耶夫，”我搭起话来，“怎么样，钓了不少鱼吧？”

“在这儿呢，你过来看看这个鱼笼，两条鲈鱼，还有五条鲤鱼，斯乔普什卡，拿来给他看看。”

斯乔普什卡伸手把鱼笼递给了我。

“近来好吗？斯乔普什卡？”我问他。

“吼……吼……没……没……没什么不好的，老爷。”斯乔普什卡结结巴巴地回答我，好像千斤重的东西压住了他的舌头。

“米特罗凡好吗？”

“好……好……好，老爷。”

这个可怜的老人转过了脸。

“但是咬钩的鱼不多啊，”“大雾”在一旁说道，“这天热得太吓人了，鱼儿都躲在灌木丛下面睡觉呢。给我装个饵，斯乔普什卡。”斯乔普什卡拿出一条蠕虫，放在摊开的手掌心上，啪啪地打了两下，装在了鱼钩上，又吐上一口唾沫，这才交给“大雾”。“谢了，斯乔普什卡……你呢？你好吗，老爷？”他把脸转向我，继续说，“出来打猎散散心吗？”

“你自己都看到啦。”

“啊，你的狗是英国种的还是德国种的呀？”

这个老人喜欢时不时卖弄自己，好像在说，“我也是见过世面的人。”

“我也不知道什么种的，但这是条好狗呢。”

“啊，那你出门也带着猎狗吗？”

“是啊，我有两群猎狗。”

“的确是这样的，有人非常喜欢狗，有人白送他们都不要。根据我的经验，我养狗可是为了体面……人走出去嘛，要有气派，马要有气派，陪着打猎的人要有气派，都要有气派。那个走了的彼得伯爵啊——愿上帝保佑他的灵魂——就不是个猎人，但是他就养狗，而且他还一年两次地带着狗儿们外出溜达。

所有陪同出行的猎人都穿着镶金银边带的盛装，在院子里集合，并吹起了号角。伯爵大人走出来，马便被牵到了他跟前。他登上马背，这时，猎人的头头会把他的脚塞进马镫里，脱下自己的帽子，把马鞭放在帽子里呈给伯爵大人。他会在马背上狠狠地抽上一鞭子，所有的猎人齐声喊口号，然后才向外走去。一个猎人骑在伯爵大人后面，用绸带子牵着他的两只爱犬，好吃好喝地照料它们……你想想看，而且，这个跟班的猎人，高高地坐在哥萨克马鞍子上，红光满面，眼珠子骨碌碌地转着，就像这样……当然还有很多客人，你也知道的，在那种场合下，又是娱乐活动，又是荣誉盛会……啊，又给它跑了，好家伙！”他忽然来了这么一句，拉了拉他的鱼竿。

“他们说，伯爵以前活得相当潇洒啊？”我问。

老人家朝着蠕虫吐了一口唾沫，甩出了钓钩。

“他是一个很好的绅士，人人都知道。常常会有，可以说是上流社会的人，到彼得堡来，专程拜访他。他们经常胸前佩戴着彩色的丝带围坐在桌子边上一同吃饭。好吧，他的确知道如何取悦他们。他有时候会叫我：‘大雾，明天我要几条活的鲟鱼，去看看能不能钓几条给我，听到没有？’

“‘听到了，大人。’绣花的外套，假发，手杖，香水，上等的科隆香水，鼻烟壶，大幅的画……这些他都可以直接从巴黎订购。他举办晚宴的时候，我的天，那可真是了不得！焰火冲天，车水马龙！有时候还会鸣炮。单单是管弦乐队就有四十个人，他雇用了一个德国人当乐队指挥，不过那个德国人真是太得寸进尺了，竟然要求跟大人同桌进餐，所以伯爵大人就炒了他的鱿鱼。‘我的乐队，’他是这样说的，‘就算没有指挥，一样可以演奏。’他当然可以这么说，他是老大嘛。

“接着他们就会开始跳舞，一直跳啊跳直到天亮，尤其是爱科塞斯舞，两男两女一起跳，还有西班牙舞马特拉杜尔……嘿……嘿……好家伙，上钩啦！（老人家从水面拽上来一条小鲈鱼）拿着，斯乔普什卡！我们家大人真是所有大人的典范啊，”他继续说道，又甩出了钩子，“他的心肠也很好，有时候他也打人，但是没等你抬起头那会儿工夫，他就把这件事给忘记了。只有一件事，他有情妇。唉，那些女人啊，上帝啊，请宽恕她们吧！就是她们搞得大人破产了，要知道大人可都是把她们从下等人里面挑选出来的呀，她们怎么能不贪财？哎哟，她们可贪财了，整个欧洲最贵重的东西估计都被她们收入囊中了！有人可能会说，'为什么大人不能按照他的心意生活呢？这是他自己的事情啊。'但是搞到自己破产总是不应该的。在这群女人中，有一个人比较特殊，她的名字叫阿库琳娜。现在已经死了，愿上帝保佑她的灵魂！她是西托亚守望人的女儿，可真是个泼妇！有好几次，她还扇了大人几个嘴巴子。可是大人啊，完完全全被这女人迷住了。她把我的侄子送去充军了，就因为那可怜的孩子不小心把可可洒在了她的新裙子上……而且她的仆人可不止只有我侄子一个。啊，好吧好吧，这些都是古老的回忆了！"老人家深深地叹了一口气，低下头便不再说话了。

"照我看来，你家大人很严厉吧？"一阵短暂的沉默以后，我又问道。

"那时候严厉可算是个时髦的事啊，老爷。"他一边摇了摇头一边这样回应我。

"现在不流行严厉了？"我看着他的眼睛问。

他斜眼看了我一眼："现在嘛，情况肯定好很多了。"他喃喃地说，用力甩出了钩子。

我们坐在树阴底下，即使这样，还是抵挡不住那令人窒息的炎热。湿热难耐的空气凝成厚重的一块。在这样的环境里，人只能把被烘烤已久的脸，慢慢抬出，渴求吸到一丝流动的空气，但是四周却是如固体一般沉闷。火辣辣的太阳在蓝得发黑的天空中辐射出热气。我们正对面的河岸上，是一片黄澄澄的燕麦田，田里到处长满了苦艾。所有的燕麦都纹丝不动，没有一株哪怕是轻微地晃动。前面一点的地方，一匹农用的马站在河里，河水刚能没过它的膝盖，它慢悠悠地甩着湿淋淋的尾巴。时不时的，在一丛浮在水面的灌木下，一条大鱼露出个脸来，吐一连串的泡泡，又慢条斯理地转身潜到水下，激起水面一层层涟漪。蝗虫在焦枯的草丛里鸣叫；鹌鹑有气无力的，勉勉强强啼那么几声；鹞鹰张开翅膀，平稳地在旷野上滑翔，忽然又迅速扇翅，尾翼张成一个半圆，降落在某处。我们被太阳烤得没有思想，一动不动地坐着。这时，从我们身后的山谷，传来一阵声响，有人踩着水正向我们这走来。我回头一看，只见一个约摸五十岁的农人，满脸风尘，穿着衬衫拖鞋，背一只柳条制筐，一件外套搭在肩膀上。他走到泉水边，畅快地喝了个饱，然后抬起头来。

“啊，弗拉斯！”“大雾”看着他打起招呼来，“你好啊，老朋友！从哪儿来的？”

“你好呀，我从米哈伊洛·萨韦利耶夫来！”农人说着向我们走近了一点，“走了很长一段路呢！”

“你去了哪里呀？”“大雾”问他。

“去了莫斯科，我主人家。”

“去干嘛了？”

“请他帮个忙。”

“帮什么忙？”

“哦，让他减免一点我的代役租，或者把我改成劳役租，或者换一个地方待着，或者随便什么……我儿子死了，我现在一个人对付不了了。”

“你儿子死了？”

“死了，我的儿子，”农人顿了一顿，说道，“他原来住在莫斯科，是个出租马车夫，其实一直是他替我付代役租的。”

“那你们现在还是付代役租的？”

“是的，我们付代役租。”

“你老爷怎么说的呢？”

“他怎么说？他把我赶了出来！他说：‘你竟敢直接就跑来找我麻烦了，这些事情有管家在管呀，你要……’他说，‘先把你欠着的代役租还清了再说！’他火冒三丈地向我吼。”

“然后呢？你回来了吗？”

“嗯，然后我就回来了，我想到我儿子那儿，找找看他有没有留下什么东西，但是没人肯正面回答我。我跟他的雇主说：‘我是菲利浦的父亲，’那人对我说：‘我什么都不知道，你儿子，你儿子什么都没有留下，而且他还欠我的钱呢！’所以我只好走了。”

农人面带微笑，娓娓道来，似乎是在讲别人的事情，但是他的眼眶却湿润了，泪水从他那双小眼睛里滑落，嘴唇也微微颤抖着。

“那你现在怎么办呢？回家去吗？”

“要不然怎么办呢？我当然只能回家了，我想我妻子现在应该正挨着饿呢。”

“那真是该回去看看。”斯乔普什卡忽然说起话来。他看起来有点迷糊，接着又一声不响地开始挖鱼虫。

“那么你要到管家那去吗？”“大雾”继续问他，眼神带着一点诧异看着斯乔普什卡。

“我去找他干什么？我还欠他些钱呢，我儿子死前生了好几年的病，那段时间他连自己的代役租都付不起。但是我倒不会为此事所累，反正他们从我这一个子儿都拿不到……没错，老兄，随你怎么要花招，我没钱就是了！”农人哈哈哈大笑起来。

“金帝利安·谢苗内奇，无论他多聪明……只要……”

弗拉斯又大笑起来。

“哦，事情可不妙啊，弗拉斯老兄。”“大雾”忽然故意说出这么一句话。

“不妙？哪里不妙？”（弗拉斯的声音忽然中断了）“怎么这么热呀！”他换了个话题继续说，用袖子擦着脸。

“你老爷是谁？”我问他。

“瓦列里安·彼得罗维奇伯爵。”

“是彼得·伊里奇的儿子吗？”

“是他，”“大雾”回答，“彼得·伊里奇生前就把弗拉斯的村子给他了。”

“他现在好吗？”

“好得很，谢天谢地！”弗拉斯回应道，“红光满面的。”

“看见了吧，老爷，”“大雾”转向我，继续说，“在莫斯科附近生活可真不错，但生活在这里的话，付代役租就是另外一回事情了。”

“你们一共需要付多少钱呢？”

“九十五卢布。”弗拉斯喃喃地说。

“喏，你看着，而且土地很少的，都是老爷家的树林子。”

“而且，听说这树林子也卖掉了。”农人说。

“唉，你看看……斯乔普什卡，给我条鱼虫……喂，斯乔普什卡，怎么了，睡着了吗？”

斯乔普什卡回过神来。农人在我们身边坐下了。我们几个又一次陷入了沉默。河对岸，有人在唱歌，唉，那是多么忧伤的曲子呀。可怜的弗拉斯又一次沉痛地悲伤起来。

半个小时后，我们就各奔东西了。

【导读】

三个农奴的命运为何不同？

本文写了猎人遭遇到的三个农奴，他们分别是斯乔普什卡、米哈伊洛·萨韦利耶夫和弗拉斯，这三个人如果按照他们的遭遇应该分为两种类型，斯乔普什卡和弗拉斯应该是一类，他们是地主的农奴，生活十分艰难，甚至暗无天日，无法生存。斯乔普什卡作为家仆，连“口粮”都得不到。他似乎跟任何人都没有关系，没人知道他的存在，甚至没人知晓他的过去，村子里没有任何有关他的故事。至于他是谁，从哪儿来，是谁的子嗣，是怎么成为舒米西诺村上的人的，他身上那件万年不变的粗棉布外套是哪儿来的，住哪儿，靠什么维持生计……以上所有的问题，绝没有人知道，就连一丁点儿线索都没有。有时候，大概只会有些好心人路过，施舍给这个可怜的穷人一块吃剩了的馅饼。夏天，他住在鸡棚子旁边一间小小的储藏室里；冬天，他就住在澡堂子的接待室里；更冷的时候，他就在干草棚里过夜。有时候人们会发狠踢他一脚，但是从没有一个人跟他谈过话。至于他，似乎从出生开始就没有因为要说话而开过口。他住在菜园子里。他行动走路都是悄无声息的，打喷嚏或者咳嗽的时候都害怕似的用手捂住嘴巴。他总是像蚂蚁一样忙忙碌碌，前前后后不停地干活，而他忙活这么大半天也只是为了能填饱肚子。事实上，如果一整天的时间里，他没有如此为食物而辛勤工作的话，我们这位可怜的朋友肯定已经饿死了。有时候，斯乔普卡什会坐在树篱下啃或者吸一根胡萝卜，或者剁几块肮脏的白菜根；有时候会呼哧呼哧地提着一桶水到某个地方去；有时会在小锅子下生起火，然后从大衣胸口取出几块黑乎乎的泔脚，放进小锅子里；有时在自己的小木屋里，砰砰砰地敲钉子，做一个放面包的架子。所有这些他都默默地完成，仿佛这都是秘密似的：当你向他看上一眼，他就又藏起来了。他有时会忽然消失一两天，当然啦，也没有人会注意到他不见了……然后，一转眼，他又出现了！在树篱下的某个地方，偷偷摸摸地在水壶下生火。他脸很小，眼睛是淡黄色的，头发一直垂到眉毛上，一个尖尖的鼻子，又大又薄的耳朵，像蝙蝠的耳朵一样，那胡子长得好像是有两个星期没有修理过了，而且也没见它变多或者变少过。可以说斯乔普什卡已经失去了做人的起码资格和尊严，他没有吃，没有穿，没有住，他只能捡拾垃圾，即使如此，他每天还必须辛勤地工作，否则，下一刻他可能就被饿死。更为残酷的是，他甚至失去了说话的权利，没有人在乎他是谁，他在人们的心中根本就不存在。

弗拉斯是孤苦的农奴，过着代役租的生活，唯一的儿子死去了，妻子正在挨着饿。因为九十五卢布的代役租，他到莫斯科去找他的老爷，结果被赶了出来，并且告诉他没有资格直接去找老爷，只能去找管家，并要他把欠着的代役租还清了再说！从弗拉斯的遭遇中，我们看到了农奴在地主的眼中是没有对话资格的，也是得不到同情的。

米哈伊洛·萨韦利耶夫是另一类农奴，他因为自己的老爷彼得·伊里奇伯爵而成为了自由人。彼得·伊里奇伯爵是一个很好的绅士，常常会有上流社会的人，到彼得堡来，专程拜访他。绣花的外套，假发，手杖，香水，上等的科隆香水，鼻烟壶，大幅的画……这些他都可以直接从巴黎订购。他的心肠也很好，有时候他也打人，但是没等你抬起头那会儿工夫，他就把这件事给忘记了。伯爵一直不停地在举办舞会，流连在不断向他献媚的宾客中，他幸福地微笑，但不幸的是，他的财力根本负担不起如此铺张的花销。当他彻底破产的时候，他只能去圣彼得堡，希望在那里可以找到一份工作。但他最终也没有能够靠自己的努力赚到一分钱，便死在了旅馆的房间里。从彼得·伊里奇伯爵的所作所为里，我们可以看出他是一位比较开明的地主，而且是卡捷琳娜时代的地主。卡捷琳娜时代在俄罗斯人的眼中是一个比较民主和强大的时代，也是屠格涅夫向往的时代。在这个时代的人充满了自信和从容，生活在这个时代的米哈伊洛·萨韦利耶夫同样如此，现在，他大约七十岁了，长相普通但是乐观积极，始终挂着微笑，露着一股温和和庄严的力量。就连他擤鼻涕、嗅鼻烟也是如此从容不迫，好像是在做什么重要的事情一样。

文章在平静的叙述中不动声色地把两类农奴的生活和精神状态进行了对比，也把两个时代的地主进行了对比。在对比中，作者也表达了自己的政治理想，他希望地主阶级要做具有人道主义情怀的改良者，要像彼得·伊里奇伯爵那样活得潇洒，把财产看淡，解放农奴，给他们以自由，对农奴很少打骂。这似乎就是作者的化身，我们在彼得·伊里奇伯爵的身上找到了屠格涅夫的影子，他通过彼得·伊里奇伯爵这一形象表达了他对俄罗斯未来的希望。

死　亡

我有个乡邻，他是个年轻的地主，爱好打猎。七月一个晴朗的早晨，我骑马去他家，约他一起打松鸡，他同意了。“不过，”他说，“我们走我的小丛林去组沙吧，能顺道看一下恰普勒吉诺。你知道这个橡树林的，他正在那儿伐木呢。”“没问题。”他叫人为马备好鞍，穿上一件钉着铜纽扣的绿大衣，纽扣上印着野猪头像，挂上一只毛线绣花捕猎袋，一个银色水壶，肩上扛了支崭新的法国猎枪，不无得意地在镜子前转了几圈，唤上他的猎狗，爱斯彼朗斯，这狗是他的表姐送给他的，那个心地极为善良，头发都掉光了的老处女表姐。我们出发了。我的这位乡邻还带着两个人：甲长阿尔赫普，他是个又矮又胖的农民，四方脸，高颧骨，另一个是最近从波罗的海沿海某省雇来的管家戈特里勃·封·德尔·科克先生，他是个十九岁的年轻人，瘦瘦的，亚麻色头发，近视，肩膀下垂，脖子长长的。

我的乡邻也是最近才掌管这块领地的，这是从他伯母那里继承来的遗产，他伯母是五等文官夫人卡尔东·卡塔耶娃，是个极为肥胖的女人，就算躺到了床上，也老是在叹息呻吟。我们进了那片丛林。“你们在这块空地上等我。”阿尔达里翁·米海勒奇（就是我那位乡邻）对他的同伴们说。那个德国管家鞠了个躬，下了马，从口袋里掏出一本书——我想是约翰·叔本华的小说——坐到了灌木林底下。阿尔赫普还留在太阳下，而且在接下来的一个小时里一动也没动。我们在丛林里到处转悠，一只鸟也没遇上，一个鸟巢也没有看到。阿尔达里翁·米海勒奇想要去那片橡树林，因为我对那天的运气有点不抱希望，所以便也闲逛似的跟着他去了。我们回到那块空地。德国人记下书的页码，站起身来，把书放进口袋，费劲地爬上了他那匹蹩脚的短尾巴母马，这马略微一碰就乱叫乱踢。阿尔赫普抖擞抖擞了精神，把两边的缰绳同时猛地一扯，两腿晃荡了几下，终于成功地让他那匹懒散沮丧的老马跑了起来。我们再次出发了。

从儿时起我就熟悉阿尔达里翁·米海勒奇的这片树林。当年我经常和我的法国家庭教师德奇雷·弗勒利先生(他是世上最好的人儿，只是每晚让我喝列鲁阿药水，几乎毁了我一生的健康)去恰普勒吉诺闲逛。整片树林有两三百棵巨大的橡树和梣树。它们雄伟有力的树干在榛树和花楸树泛着金色的透明绿叶的映衬下，黑郁郁的，很是壮观；粗壮的打结的枝条向高处伸展，像帐篷一般覆盖在头顶，这些枝条在晴朗的碧空下映出优雅的线条，很是美丽；苍鹰、青鹰和茶隼从一动不动的树冠下嗖嗖飞过，五颜六色的啄木鸟啄着结实的树皮，发出响亮的声音；厚厚的树叶间传来黄鹂婉转悠扬的叫声，接着是黑鸟像铃铛一样清脆的啼鸣；底下的灌木丛里知更鸟、金翅雀和柳莺啁啾歌唱，相互应和；燕雀沿着小道迅速奔跑，欢快地跳起了舞蹈；一只雪兔沿着树林边缘潜行，小心翼翼地停停走走，不断地观察周围的环境；一只红褐色松鼠从一棵树跳到另一棵树，忽然又坐下不动，尾巴翘得高过头顶。

在可爱的锯齿状的欧洲蕨柔的阴影下，高高的蚁山中间的草地上，开着紫罗兰和铃兰花，还长着赤褐色、黄色、棕色、红色和鲜红色的菌类，绵延不断的灌木丛里的小块草地上，还能找到鲜红的草莓……啊，还有那林中的树阴！正午最闷热的时候，林中就像是在夜晚：宁静，芬芳，清爽……我在恰普勒吉诺森林度过的那些日子很开心，因此，老实说，现在进入这片熟悉的树林让我不免产生了伤感之情。一八八四年那个没有下雪的灾难性的冬天，我的老朋友们，那些橡树和梣树也没能幸免于难，它们枯萎了，掉树皮了，稀稀拉拉长着些病恹恹的树叶，在新生的树木之上悲哀地挣扎着，耸立着，那些新生的树林"取而代之，却远不如昔"。

一八八四年下了几次严霜，但到十二月底还没有下雪，秧苗都冻死了，许多极好的橡树林被这个无情的冬天毁灭了。想恢复原状很困难，因为那片土地的生产力明显下降了。在那块"禁区"（曾经捧着圣像列队绕行）的空地上，没有了以前的参天大树，只有些桦树和白杨在那自生自灭。（我们当时确实还没有植树造林的意识。——作者注）

有些树的下部仍长着叶子，它们在没有生机的、折断了的树枝上高高矗立着，带着凄惨，带着绝望，悲壮地生长着；有些树的叶子已经不像以前那么郁郁葱葱，但仍然很稠密，稠密的叶子中间伸出粗壮干枯的死枝；还有一些树倒在了地上，风吹日晒，像尸体一样腐烂着。在前几天谁能够想象到这幅景象？——到处都没了树阴——在恰普勒吉诺再也找不到任何树阴了！"啊，"我看着这些垂死的树，心想，"对你们来说一定是羞耻又痛苦的吧？……"我回想起了柯尔卓夫的诗：

> 这趾高气扬的声音，
> 傲慢的态度，
> 帝王的气派，
> 都已去到何方？
> 那一片繁茂的绿呀，
> 如今也不知去向！
> ……

"怎么，阿尔达里翁·米海勒奇，"我开口问，"为什么去年不砍这些树呢？现在都卖不到去年价钱的十分之一了。"

他只是耸了耸肩膀。

"关于这件事你该问我伯母。事实上,木材商人来过的,还带了钱来,缠着要买."

"我的天啊!我的天啊!"封·德尔·科克每走一步,就喊叫一声,"多么可笑,多么可笑!"

"什么可笑?"我的这位乡邻微笑着说。

"我的意思是,多么可惜!"

尤其让他遗憾的是那些倒在地上的橡树——许多磨坊主确实都会出高价买走它们。但甲长阿尔赫普仍然气定神闲,没有陷入悲叹,没有后悔,相反,他好像还带着点满足感,在这些树上跳过来跳过去,用鞭子抽打着它们。

我们朝他们砍树的地方走去,越走越近。突然间我们听到一棵树轰然倒下,接着是一声尖利的喊叫,接着传来一阵慌忙说话的声音。一会儿,一个脸色煞白、头发蓬乱的年轻农民,冲出灌木丛向我们跑过来。

"出什么事了?你这是要跑到哪里去?"阿尔达里翁问。

他立刻停了下来。

"啊,阿尔达里翁老爷,出事了!"

"怎么了?"

"是马克西姆,老爷,他被树压到了。"

"怎么发生的?……马克西姆,那个包工头?"

"是那个包工头,老爷。我们当时正开始砍一棵梣树,他就站在旁边看着……他在那站了一会,然后去井边打一些水——好像他想喝点水——这时那棵梣树突然吱嘎吱嘎响起来,然后就向着他倒下去了。我们对他喊:'跑,跑,快跑!'……他往旁边跑就好了,但他却站起来向前跑……他当然是吓坏了。那棵树的树梢砸到他了。但这树怎么会倒得这么快,天晓得!……可能树心已经烂了。"

"所以就把马克西姆砸到了?"

"是的,老爷。"

“他死了吗?”

“还没,先生,他还活着——但和死差不多。他的两条胳膊和腿都被压碎了。我正跑去请谢里维尔斯特奇,那个医生。”

阿尔达里翁让甲长骑马飞奔去村里请谢里维尔斯特奇,他自己则骑马快步跑去那块林中空地,我跟在他后面。

我们看见可怜的马克西姆躺在地上。农民们围着他站着。我们俩下了马。他几乎不再呻吟,只是时不时睁大了眼睛看着四周,好像很惊讶,还咬着发青的嘴唇……他的下巴抽搐着,头发粘在额头上,胸膛不均匀地起伏着:他快死了。一株小椴树淡淡的阴影在他脸上轻轻掠过。

我们向他弯下腰。他认出了阿尔达里翁·米海勒奇。

“老爷,”他对阿尔达里翁说,声音几乎听不清楚,“您叫人……去请牧师来……上帝惩罚了我……胳膊,腿都砸断了……今天……是星期天……可是我……我……却……没让弟兄们休……休息。”

他停了下来,上气不接下气。

“请把我的钱……给我老婆……扣掉……喏,奥尼西姆知道……我欠谁钱。”

“我们已经派人去叫医生了,马克西姆,”我的乡邻说,“你不一定会死的。”

他努力睁开眼睛,使劲抬起眉毛和眼睑。

“不,我要死了。瞧……它来了……来了……原谅我吧,弟兄们,如果有什么……”

“上帝会宽恕你的,马克西姆·安德列伊奇,”农民们用粗重的声音异口同声说,他们摘下了帽子,“愿你宽恕我们!”

他突然绝望地摇了下头,胸膛挣扎着挺起来,又低了下去。

“我们不能让他躺在这儿死去。”阿尔达里翁说,“弟兄们,从车上拿条席子来,送他去医院。”

有两个人向车那边跑过去了。

“昨天我……在塞乔夫村的叶菲姆那儿……”垂死之人含糊不清地说，“付了定金……所以马是我的了……把它……给我老婆……”

他们开始把他抬到车里的席子上……他像只中了枪的鸟一样浑身颤抖起来，接着就挺直了……

“他死了。”农民们小声说。

我们默默上了马，离开了。

可怜的马克西姆的死让我陷入了沉思。这个俄国农民死得多么奇怪呀，面临死亡那一刻，他的心情不是冷漠或麻木，而好像是在举行一个庄重的仪式，平静而简洁。

几年以前在我的另一位乡邻的村子里，有个农民在放谷物的烘干房被火烧伤了（他本可能被烧死在里面，但一个路过的小贩把他拉了出来，那时他已经是半死不活，小贩先跳进一大桶水里浸湿全身，然后跑去撞开了燃烧着的屋檐下的那扇门）。我去他住的小屋看他。屋里很黑很闷，烟气又大。我问：“病人在哪？”“在那儿，老爷，在炕上。”难过的农妇用拖长了声音回答我。我走上前去，看见那个农民躺着，身上盖了件皮袄，沉重地喘着气。“你感觉怎么样？”病人在炕上蠕动着，想坐起来，他全身都被烧伤了，眼看着快死了。“躺着，躺着，躺着……怎么样呢，嗯？”

“当然很难受。”他说。“你疼吗？”他没吭声。“你需要什么吗？”——他还是没回答。“要不要给你拿点茶来，或其他什么？”“不用了。”我离开他，坐到了凳子上。我坐了一刻钟或者是半个小时——屋子里安静得像是在坟墓。角落里，圣像底下桌子的后面，躲着一个五六岁的小女孩，正在吃一块面包。她妈妈不时威吓她。

前室里有人来来回回走动，还有嘈杂声、说话声，那是弟媳妇在切白菜。“嘿，阿克西尼娅。”病人终于开口了。“干嘛？”“给我拿些克瓦斯来。”阿克西尼娅拿了些克瓦斯给他。接着又一片寂静。我低声问她：“你们给他行过圣餐礼了吗？”“行过了。”如此看来，一切都安排好了，他正在等死。我受不了了，走出门去……

我又回想起有次我去红山村的医院看我朋友，医生卡比东，他也热衷于打猎。

这医院原来是地主宅邸的厢房，宅邸的女主人亲自建了医院，就是说，她叫人在门上钉了块蓝色木板，上面写上白色的字“红山医院”，又亲手交给卡比东一个红色记事本，用来记下病人的名字。在记事本第一页上，这位慷慨女地主的一个善于奉承的食客题了如下的几行诗句：

在欢乐笼罩的妙境里，
美人亲自建造了这座殿堂。
红山村幸福的居民们，赞美吧，
赞美你们女主人的慷慨善良！

另外一位绅士在下面又添了一句：

我也爱大自然！
伊凡·科贝略特尼科夫

医生自己花钱买了六张床，便怀着感激的心态开始为上帝的子民们治病了。除了他，医院还有两个人：雕刻师巴维尔，他患有精神病，还有一个一只手残废了的农妇梅利基特里萨，她负责煮饭。他们两人调制药剂，晾干或浸湿药草，他们两人还负责控制住热病发作的人。那个有精神病的雕刻师外表阴郁，话也很少，不善言谈，到了夜里他会唱上一支关于“美丽的维纳斯”的歌，见到人就会请求别人，请求别人准许自己娶一个叫马拉尼娅的姑娘，这姑娘已经去世很久了。一只手残疾的女人常常打他，打发他去照看火鸡。有一次，我在卡比东那，刚谈论着最近一次的打猎情况，突然一辆马车开进了院子，车子由一匹分外健壮的瓦灰色马拉着，这样的马只有磨坊主才有。

车里坐着一个健壮的农民，穿了件新的厚大衣，留着花白胡子。“啊，瓦西里·德米特里奇，”卡比东朝窗外叫着，“欢迎……是留波夫希诺的磨坊主。”他小声告诉我。这个农民呻吟着爬出了车子，进了医生的屋子，找到圣像，画了十字，鞠了躬。“怎么，瓦西里·德米特里奇，有什么新闻吗？……你一定是病了，看起来脸色不大好。”“是的，卡比东·季莫菲奇，我有些不对劲。”“你怎么了？”“是这样的，卡比东·季莫菲奇。前些天我在镇上买了几块磨石，把它们运回家，从马车上卸下来的时候，大概太用劲了，只觉得腰部一扭，好像断了什么东西，之后就一直不舒服。到今天感觉更糟了。”

“嗯，”卡比东应着，闻了闻鼻烟，“一定是疝气。你这样有多久了？”“到今天第十天了。”“十天了？”医生长长地倒抽了一口气，摇了摇头。“让我帮你检查一下。唉，瓦西里·德米特里奇，”他最后开口了，“对不起，真对不起啊，你这事不妙啊，你病得很严重，住我这里吧，我这方便，我一定会尽全力的，但也不能保证治好。”

“有那么糟吗？”吃惊的农民喃喃地说。“是的，瓦西里·德米特里奇，很严重，如果你早来这一两天，这病就没什么，可以立刻帮你治好，但现在已经发炎了，眼看不久就要变成坏疽了。”“这不可能，卡比东·季莫菲奇。”“我告诉你的是实情。”“但怎么会呢？因为这点小毛病，我就要死吗？”医生耸了耸肩膀，“我没这样说……只是你必须留在这。”这农民想了又想，眼睛盯着地上，然后又朝我们望望，挠挠头，拿起了帽子。

“你去哪啊，瓦西里·德米特里奇？”“去哪？当然是回家，都病成这样了。既然这样，总要回去安排一下家里的事。”“这样你就自己害自己了，瓦西里·德米特里奇，得了吧，就这样我都奇怪你是怎么来这的，你必须得留下来。”“不，老兄，卡比东·季莫菲奇，要死我也得死在家里，为什么死在这儿？我有家，天晓得家里会出些什么事呢。”“事情怎么样，瓦西里·德米特里奇，还不能确定……当然，这病有危险，很大的危险。毫无疑问……所以你应当留下来。”农民摇了摇头。“不，卡比东·季莫菲奇，我不会留下来的……也许你可以给我开个药方。”“光吃药没有用。”“我说了，我不会留下的。”“那也只好随你了……以后可别怪我。”

医生从记事本上撕了张纸，写了个方子，还给他提了些建议，告诉他该做些什么。农民收下那张纸，给了卡比东半个卢布，走出屋子，坐回到了车上。“那么，再见吧，卡比东·季莫菲奇，请别记着我的不是，万一有个什么，还请多多关照下我的孩子们……”“咳，还是留下吧，瓦西里。”这农民只是摇了摇头，用缰绳鞭打了一下马儿，大车就驶出了院子。道路泥泞崎岖，坑坑洼洼；磨坊主小心翼翼、不慌不忙地驾着车，熟练地控制着马匹，还不时同路上遇到的熟人打招呼。三天之后他就死了。

总的来说，俄罗斯人死得很是奇怪。许多死者现在又重回到我的记忆里。我想起了你，我的老朋友，没有毕业就离开了大学的阿维尼尔·索罗科乌莫夫，最崇高最善良的人！我又一次看到了你发了肺病的青脸；你稀疏的褐色长发；你温柔的微笑；你热烈狂喜的眼神；你修长的四肢。我又似乎听到你微弱而温柔的嗓音。你那时住在大俄罗斯的地主古尔·克鲁比雅尼科夫家，教他的孩子弗珐和焦奇娅学俄语文法、地理和历史；耐心地忍受着主人古尔沉闷的玩笑话，管家不礼貌的对待，坏心眼的顽童们的恶作剧；你带着苦笑毫无怨言地接受无聊的女主人刁钻苛刻的要求。但到了晚上吃完晚饭以后，那是一段多么宁静愉悦的时光，你终于履行完一切责任，坐在窗户边若有所思地抽起了烟斗，或者津津有味地翻看一本带着油污、残破不全的厚杂志，这是一个土地测量员从镇上带来给你的——他同你一样，也是一个无家可归的苦命的人！

你喜欢各种诗歌和小说，你的眼睛经常涌出泪花，你笑起来多么开心，你纯洁年轻的心灵充满了多少对他人诚挚的爱，对一切美好事物的向往和憧憬。说实话，你并不是因为过人的才智才出类拔萃的。你既没有天赋的超常记忆力，也不是生来就勤奋。在学校的时候你被大家认为是最差劲的学生。上课的时候你睡觉，考试的时候你不动笔，但谁因为朋友的成功和胜利而高兴得眼睛炯炯发光，激动得喘不过气？谁对朋友们崇高的使命有着盲目的信仰？谁带着骄傲赞美他们？谁拼命维护他们？谁既不嫉妒，又不虚荣？谁愿意无私地做出自我牺牲？谁情愿听命于那些连给自己解靴带都不配的人？……是你，都是你呀，我们善良的阿维尼尔！

我记得你离开大家去村里做家庭教师的时候有多么伤心，你被一种不祥的预感笼罩着，的确，在村里你的命运是悲惨的，在这里你没法带着崇敬的心情听别人讲话，没有人可崇拜，没有人值得你去爱……那些乡邻——草原上那些粗鲁的居民和受过教育的地主——对待你就像对待一般的家庭教师一样，有的粗暴，有的冷酷。再加上你看着又不讨人喜欢，你怕羞，容易脸红冒汗，说起话来结结巴巴……乡村的新鲜空气也没能使你的病情好转，你像支蜡烛一样慢慢消耗着，可怜的人！的确，你的房间向着花园，稠李树、苹果树和欧椴树轻盈的花朵飘落在你桌子上、墨水瓶上、书上，墙上挂着一只蓝色的时钟垫子，这是一位善良多情的德国籍家庭女教师临别时送给你的礼物，她长着亚麻色的卷发，有一双蓝蓝的眼睛。有时候老朋友从莫斯科来看你，带来别人写的或者是自己写的诗篇，每每阅读你总是欣喜若狂。可是，哦，那种孤独，家庭教师不堪忍受的奴隶般的命运，脱身的无望，无尽的秋天和冬天，还有不断恶化的疾病！……可怜啊，可怜的阿维尼尔！

索罗科乌莫夫死前不久，我去看望了他。当时他几乎不能走路了。地主古尔·克鲁比雅尼科夫还没把他从家里赶出去，但是已经不发给他工资了，还替焦奇娅另找了一个家庭教师。弗珐被送去一个中等武备学校，阿维尼尔坐在靠窗的一张伏尔泰式旧安乐椅上。外面，一排深棕色落光了叶子的椴树上方，秋日晴朗的天空呈现出一片明蓝，秋高气爽。树上有些地方，还有最后几张发着金光的叶子在微微抖动，簌簌作响。地上结了一层霜，在阳光的照耀下正渐渐溶化成水珠，红色的阳光斜斜地照在苍白的草叶上，空气中响着微弱的噼啪声，花园里传来干活的人们清晰可辨的交谈声，天气看起来很好。

阿维尼尔穿着一条破旧的布哈拉长袍，一条绿色围巾在他可怕的下陷的脸上显露出一种死气沉沉的色调。他见到我很是高兴，也很激动，伸出手，想和我交谈，却又立刻咳嗽起来，一声接着一声，喘不过气来，脸瞬间憋得通红，我感觉到他活着的痛苦。我连忙过去，叫他别出声，坐到他身边。阿维尼尔的膝盖上放着一册抄写得很工整的柯尔卓夫的诗集。他微笑着在诗集上拍了拍，啧啧称赞："这才叫诗人呢。"他抑制住咳嗽，尽力平静下来，还是掩饰不住气喘吁吁，他含糊不清地说，接着就用勉强听得见的声音诵读起来：

难道雄鹰的翅膀，
已被缚住？
难道它的道路，
全被堵住？

我制止了他，医生禁止他说话，他不能太激动，也不能有太多的表达。我知道怎样能让他高兴。索罗科乌莫夫从来没有，像人们说的，"追踪"过科学的发展，但他总是热切地想知道当今伟大的思想家们已经取得了怎样的成就。有时候他会叫上一个老朋友到角落去，向他问长问短，仔细打听，他听着，一边感到惊诧，朋友说什么他就信什么，之后就把这些话重复着对其他人说。他对德国哲学特别感兴趣。我开始和他谈起黑格尔（可以想见，那是很久以前的事了）。阿维尼尔晃着脑袋表示同意，扬起了眉毛，微笑着，低声说："我明白！我明白！啊，那好极了！好极了！"……我得说，这可怜的垂死的无家可归的流浪儿孩童般的求知欲让我感动得泪流满面。还要说的是阿维尼尔和大多数肺痨病人不一样，关于自己的疾病他从不自欺欺人，他清楚自己的病情，也敢于面对，没有抱怨，没有害怕……但那又怎么样呢？——他不叹息，不悲伤，甚至从来没提起过自己的情况……

他提起精神，开始谈起莫斯科、那些老朋友们；谈起普希金、戏剧和俄国文学；他回想起我们的晚宴，我们圈子里的热烈争论；还带着遗憾的口吻提到了两三个已经去世了的朋友的名字，唏嘘一阵子……

“你记得达莎吗？”他继续说着，“她有金子一般的心啊！多么纯洁的姑娘，她是那么的爱我呀！……她现在怎么样了？恐怕是消瘦了，憔悴了吧，这可怜的人儿呀！”

我不忍心让病人失望。确实他也不必知道他的达莎现在已经胖得滚圆，成天和商人们——康达奇科夫兄弟混在一起，又抹粉又上胭脂，又会撒娇，又会咒骂，和他心目中纯洁的姑娘已经判若两人了。我不想欺骗他，更不想伤害他。

“但是，”我看着他那张憔悴的脸，想着，“难道不能把他从这带出去吗？可能还有健康的可能。”但是阿维尼尔打断了我的提议，拒绝了我。

“不，老兄，谢谢你，”他说，“死在哪里没什么两样。我活不过冬天的，你明白……为什么还要白费力气呢？我习惯了这间屋子。不错，这家人是……”

“他们都很坏吧，嗯？”我插嘴说。

“不，不坏！他们只是有些愚蠢，当然我不能责怪他们。有个邻居，地主卡萨特金有个女儿，有教养，不傲慢，善良，迷人……”

索罗科乌莫夫又止不住地咳嗽起来，那样子看起来很痛苦，但他努力在我面前掩藏起痛苦。

“我什么都不在意了，”他喘了口气，接着说，“只要他们让我抽口烟，我不会就这样死去的，我烟还没抽够！”他调皮地眨了眨眼睛补充了一句，“谢天谢地，我活得足够了值得了，我认识了这么多好人。”他陷入了无限的想念之中。

“但你至少也应该给亲戚们写封信。”我打断了他的话。

“干嘛写给他们呢？他们又帮不上忙，我死了他们就自然会知道。何必谈这些呢……最好请你给我说说你在国外都看见了些什么。”

我于是对他谈起了我的见闻。他聚精会神地听我讲着。到了晚上我离开了，十天后我收到克鲁比雅尼科夫先生下面的这封信：

敬请阁下知悉：贵友阿维尼尔·索罗科乌莫夫先生，即居住舍下之大学生，于三日前午后二时逝世，由鄙人出资，于今日安葬在本教区礼拜堂内。贵友嘱鄙人转交书籍手册，随函寄奉。彼尚有款项二十二卢布又半，已随其他物件交与其亲戚。贵友临终神志清明，可谓安然，即与舍下全家诀别之时，亦无任何憾恨之意。内人克列奥巴特拉·亚力山大罗芙娜向阁下致以问候。贵友之死，内子亦为之伤怀；至于鄙人，承天庇佑，尚且安健。敬请大安。

古尔·克鲁比雅尼科夫顿首

还有许多类似的例子浮现在我脑际，不能一一尽述。只再说一例。

一位年老的女地主临终之时，我正站在她床前。牧师开始为她念诵临终祈祷，忽然发现病人真的要断气了，他匆忙拿来十字架给她亲吻。女地主不满意地把身子挪开些。“你太心急了，神父，”她用僵硬的舌头说，“太心急了。”……她亲吻了十字架，刚把手伸到枕头底下，便断了气。枕头下面放着一个银卢布，这是她打算为自己的临终祈祷付给神父的酬劳。

是的，俄罗斯人死得可真是奇怪。

【导读】

死亡的时刻就是灵魂升华之时

文章不厌其烦地叙述了五位俄罗斯人的死亡，尽管叙述有详有略，但都令猎人感到奇怪。其实，这并不奇怪。这死亡之时表现出了最本真的人性，甚至升华了人的本质。第一位死亡者叫马克西姆，一位包工头，不幸被树砸中，临死之时，他想到的是自己给别人带来了麻烦和自己欠谁的钱，想到的是自己的妻子。他死得没有恐惧，只有平静。“面临死亡那一刻，他的心情不是冷漠或麻木，而好像是在举行一个庄重的仪式，平静而简洁。”他令猎人陷入了沉思。

第二位死亡的农民是因为被火烧伤而死的，他在临死前，要一些克瓦斯来喝，他同样也很平静。而且家人也给他行过圣餐礼了，他在平静地等死，好像一切都是那样自然。

第三位死亡的也是一位农民，这位农民很健壮，他亲自赶着马车到医院来，然而医生却判了他的死刑。这时的农民却不愿留在医院里，而是选择要死也得死在家里，他担心的是家里会出些什么事。

第四位是猎人的老朋友，没有毕业就离开了大学的阿维尼尔·索罗科乌莫夫，最崇高最善良的人！他发了肺病，在临死之前，他止不住地咳嗽起来，那样子看起来很痛苦，但他努力在猎人面前掩藏起痛苦。他调皮地眨了眨眼睛说：“谢天谢地，我活得足够了值得了，我认识了这么多好人。”他也不愿意把自己将要死亡的消息告诉亲戚，因为他怕自己给家人带来麻烦。

第五位是一位年老的女地主，临终之时，“我正站在她床前。”牧师开始为她念诵临终祈祷，她亲吻了十字架，刚把手伸到枕头底下，便断了气。枕头下面放着一个银卢布，这是她打算为自己的临终祈祷付给神父的酬劳。

这五位死者，既有普通农民，也有知识分子，也有地主。尽管他们的地位不同，但在人生弥留之际，表现出的却是人性的善良，他们想到的不是自己，而是伙伴、家人。他们面对死亡不是恐惧，而是平静和坦然。他们面对死亡，不是索取，而是应有的感恩。死亡彰显了人的最本真的品质。这是俄罗斯人最可宝贵的品质，也是俄罗斯民族的希望。这些人的表现带给了猎人深思，深情地表达了作者对普通俄罗斯人的热爱和赞美。

乡村歌手

科洛托夫卡这个小村庄早先是属于一位女地主的，她的真名已被我遗忘了，因为她心狠手辣，所以附近一带的人给她起了个绰号，叫她“刁婆”，我清楚地记着这个贴切的称呼。这村子建在寸草不生的山坡上，这山又被一条骇人的山沟从上到下一刀切开，这条裂开的山沟被雨水雪水冲击得坑坑洼洼的，曲曲折折地延伸到村庄街道的正中心，它比河流还厉害——河上至少还能建座桥。它无情地把这个倒霉的小村庄分成了两半。几棵瘦巴巴的柳树怯生生地长在山沟两边的沙土坡上，了无生机。干涸的沟底泛出黄铜色，躺着大块的黏土石，这样的景色无法定义为美好，但是住在这附近的人们经常来，也很乐意来到这个村庄。近来这里来了一个从匹兹堡来的德国人。

在山沟的最顶上，离它开裂的地方几步远，有座四方形的小木屋，它孤零零地、寂寞地搭建在这儿，周围没有其他房子。屋上盖着麦秸，有个烟囱，开着一个窗户，像只眼神锐利的眼睛，俯视着山沟。冬天的夜晚，屋里上了灯，从昏暗的寒雾里老远就能看见，闪烁的灯光对许多行路的农民来说就像是指路的星星。木屋门上钉着一块蓝色木板，这个木屋是家小酒馆，叫做“安乐居”。这里的酒不见得比常价卖得便宜，但相比其他同样的小酒馆，来这里的人却更多。要说原因，那就得说到酒馆老板尼古拉·伊凡内奇了。

尼古拉·伊凡内奇年轻时是个身材苗条、脸颊红润、长相俊俏、一头卷发的小伙子，现在却胖过了头，头发白了，脸也大了，一双小眼睛狡猾机灵，似乎能看到人的灵魂，前额油光光的，布满细细密密的皱纹——他在科洛托夫卡已经住二十多年了。尼古拉·伊凡内奇像大多数酒馆老板一样，是个精明机灵的家伙，虽然他并不刻意奉承别人，讨好一样地去和他们攀谈，但他自有招徕客人、留住他们的那一套，客人们坐在柜台前，在这位冷漠老板锐利并且和蔼的目光下，感到很舒服。

他有许多正确的见解，地主、农民和商人的生活状况，他都知道得一清二楚。当别人遇到难处时，他能给出明智的建议，但他为人谨慎，宁可站在局外，至多也只是向客人提供有意无意的暗示——还得是他喜欢的客人——让他们明辨是非。俄罗斯人看重或感兴趣的一切，像牛马牲畜、树木、砖瓦、器皿、毛布皮革、歌曲舞蹈等，他都很在行。没有客人的时候，他就盘起瘦瘦的双腿坐在木屋门前的空地上，那样子活像只麻袋，向每个过路的行人友好地打招呼。

他见多识广，眼见着几十个过去常来他这里买酒的小贵族相继去世，方圆一百俄里内，事无巨细，他全都知道，但他从不多嘴。观察最细致的警官也查不出端倪的事，他即便知道，也不多说一句。他保留自己的建议，笑呵呵地做着生意，让酒馆里的酒杯碰得叮当响。村民们尊重他，即使是县里最有身份地位最高的地主，文官谢列彼金科乘马车经过他的小屋门口，也会放下架子，朝他点头示意，微笑打招呼。尼古拉·伊凡内奇是个有影响力的人物，曾有个臭名昭著的盗马贼，从他朋友的马厩里偷了匹马，他竟能让他还了回去；邻近村庄的农民们不服一个新来的监工，也是他说服了他们，这样的事多得无法举例。但是你千万别认为他这么做是因为具有正义感，对邻里热心奉献——不！他只是尽量防止出什么差错，破坏他安逸舒适的生活。

结婚了，也有了孩子。他的妻子出身小市民阶级，为人聪明，鼻尖眼快，近年来和她丈夫一样，也有些发胖了。她的丈夫事事依赖她，钱也如数上交，由她保管。那些爱发酒疯的人都怕她，她也不喜欢他们，因为从他们那里赚不到几个钱却吵得要命。反倒是那些默不作声、郁郁寡欢的人比较称她心意。尼古拉·伊凡内奇的孩子们都还小，前四个都死了，活下来的几个长得像爸爸，看着他们聪慧健康的小脸蛋，尼古拉·伊凡内奇夫妇非常幸福。

这是七月里的一天，天气酷热难当，我带着狗，拖着步子，慢慢沿科洛托夫卡的山沟往上走去"安乐居"。太阳火辣辣的，无情地炙烤着大地，浑浊的空气里弥漫着令人窒息的灰尘。乌鸦和白嘴鸦的羽毛被太阳照得亮闪闪的，让人眩晕，它们张大了嘴，哀怨地看着过往行人，仿佛在乞求怜悯。只有麻雀们不觉愁苦，竖起羽毛，在树篱间叽叽喳喳，吵得更为热闹了，有时又从布满尘土的路上飞到一起，像阴云一般在绿色大麻地的上空飞来飞去。我口渴得厉害，难受极了。附近没有水源，在科洛托夫卡村，就像在大草原上的许多其他村庄一样，因为没有泉水和井水，农民们喝的都是池塘里的浑浊的泥水。我无法咽下这恶心的河水，我于是想去尼古拉·伊凡内奇的酒馆要上一杯啤酒或克瓦斯。

说实在的，科洛托夫卡村一年到头也没个醉人的景色，七月耀眼阳光持续暴晒下的这一幕幕景象尤其让人沮丧：木屋褐色的屋顶破破烂烂，山沟深不见底，炎热的场地上尘土飞扬，瘦瘦的长脚母鸡在上面毫无希望地乱转，原来的地主住宅，现在只剩下灰色白杨木屋架和空空的窗洞，周围已经长满了荨麻、苦艾和杂草。晒得滚烫的黑乎乎的池塘上飘满鹅毛，边沿上都是半干的污泥，坍塌了的堤坝旁被踩成灰末状的泥土上，绵羊们热得喘不过气，还打着喷嚏，它们耷拉着脑袋，悲壮地挤成一团，颓丧失望，仿佛正坚强地忍耐着，等待这炎热最终过去。

我拖着疲惫的脚步，渐渐走近了尼古拉·伊凡内奇的酒馆，村里的孩子们像往常一样瞪大了眼睛看着我，专注空洞的眼神里流露出惊讶，狗也被惹怒了，嘶哑狂暴地叫着，五脏六腑都快扯裂了，最后不得不停下来咳嗽着，喘着粗气。这时酒馆门口忽然出现一个高个儿农民，他没戴帽子，穿着厚呢子大衣，一条浅蓝色腰带低低地束在腰下。看样子他是个家仆，厚厚的灰头发乱糟糟地竖在头上，下面是一张布满皱纹的萎缩的脸。他在叫着什么人，急急忙忙地挥着双手，显然这双手已经不怎么听他指挥了，没有节奏地乱摇乱摆。看得出来他已经喝醉了。

“来，来啊！”他使劲扬起两条浓浓的眉毛，嘟嘟囔囔地说，“来，‘眨眼’，来吧，啊，老弟，瞧你这样慢吞吞的，这可不好，老弟。他们都在屋里等着你呢，你却在这里磨磨蹭蹭的……来呀。”

“哦，来了，来了！”一个刺耳的声音叫着，接着棚屋后面走出来一个矮小肥胖的瘸腿男人。他穿了件干干净净的呢外衣，只套进一只袖子，一顶高尖帽压到眼眉，使他那圆胖的脸看起来滑稽可笑。他黄黄的小眼睛骨溜溜直转，一副薄嘴唇硬是不停挤出微笑，长长的尖鼻子突兀地翘在前面，像个船舵。“我就来，伙计。”他一瘸一拐地走向酒馆，“你叫我来干嘛？……谁在等我？”

“你叫我来干嘛？”穿呢大衣的那个男人带点责备的口气说。“你这人可真怪，眨眼，我们叫你来酒馆，你还问为什么？一帮实在人在等着你呢，土耳其佬雅什卡呀，怪老爷呀，还有日兹德拉来的包工头。雅什卡和包工头打了个赌，赌注是一大瓶啤酒——看谁能赢，就是说，看谁唱得最好……明白了吗？”

“雅什卡要开唱了？”被叫做“眨眼”的那个男人兴致勃勃地说，“你不是在骗我吧，呆瓜？”

“我可没骗你，”“呆瓜”一本正经地回答，“你才爱胡扯呢。他打了赌，当然会唱，你个笨蛋，你个傻瓜，‘眨眼’！”

“好了，来吧，‘呆瓜’！”“眨眼”回答。

“好歹也吻我一下吧，宝贝儿。”“呆瓜”张开了手臂，喃喃地说。“滚你的蛋吧，你个大傻瓜！”“眨眼”用胳膊肘推开他，轻蔑地说。接着两人弯下身子，走进低矮的门里。

我偶然听到的这番对话，激起了我极大的好奇心。不止一次我听说土耳其佬雅什卡是附近一带最好的歌手，现在竟有这么个机会让我听他和另一名歌手比赛唱歌，我太幸运了。于是我加快了脚步，走进酒馆。

我的读者们可能很少有机会好好看一看乡村酒馆，但我们当猎人的，什么地方没到过呢。这种酒馆的构造极其简单，通常由一间幽暗的前室和带烟囱的正屋组成。正屋被一道板墙隔成里外间，里面半间任何客人都不可以进去。板墙上开了个长方形大洞，正好在一张宽大的橡木桌子上方。这张桌子，或者说柜台，是专供卖酒的。正对着壁洞的架子上，摆满了大大小小封了口的酒瓶。正屋的前面半间用来接待顾客，有几张长板凳，两三个空酒桶，角落里还摆着张桌子。大部分乡村酒馆里光线都很暗，一般农舍里少不了的那种花里胡哨的廉价版画，在酒馆用圆木积叠的墙壁上，几乎都看不到。

当我走进“安乐居”时，已经有一大群人聚在那里了。

尼古拉·伊凡内奇照例站在柜台后面，身躯几乎填满了整个壁洞。他穿了件印花布衬衫，胖脸上挂着懒散的微笑，一边在用白胖胖的手为刚走进门的“眨眼”和“呆瓜”倒酒。在他后面，靠近窗户的角落里，可以望见他目光锐利的妻子。屋子中央站着土耳其佬雅什卡，他二十三岁左右，身形瘦长挺拔，穿了件长襟土布蓝外套。他看起来像个机灵的工厂小伙子，仅看外貌，不能说他很健康。

他脸颊凹陷，灰色的大眼睛显得焦躁不安，鼻子挺直，鼻翼轻微地颤动，额头白皙并略微倾斜，浅金色卷发梳向后面，嘴唇丰满美丽，富有表达力，这整张脸都显示出他是个热烈敏感的人。他极为兴奋，眨着眼，呼吸急促，两手发颤，就像患了热病似的，他真是发着热病——这病突如其来，让人惶惶不安，凡是要在大庭广众下演讲或唱歌的人都熟知此病。在他旁边站着一个四十岁左右的人，肩膀宽阔，颧骨突出，前额低低的，长着一双鞑靼人的眼睛，一个短平鼻，下颚方方的，闪亮的黑头发像粗硬的马鬃毛。那张黝黑而带铅色的脸上的表情，尤其是苍白嘴唇的表情，要不是在这么安静酒馆，我几乎可以用“凶暴”来形容。

他几乎一动不动，像只套在轭下的公牛一样，慢慢打量着四周。他穿着一件旧外套，上面钉着光滑的铜纽扣；一条黑绸丝巾缠在粗大的脖子上。别人叫他“怪老爷”，在他正对面，圣像下面的长条凳上坐着雅什卡的对手——日兹德拉来的那个包工头。他大约三十岁，个头矮矮的，体形健壮，留着卷发，脸上长着麻子，他有个扁扁的狮子鼻，一对灵活的褐色眼睛，还长着稀稀拉拉的胡髭。

他双手垫在身子底下坐着，热切地打量着四周，腿上套着镶彩边的时髦长筒靴，无忧无虑地晃荡着，发出啪啪的声响。他穿着一件有毛绒领的崭新灰呢薄外套，在领子的映衬下，那紧包着喉头的鲜红色衬衫显得分外刺眼。在对面的角落，门右边的桌子旁边坐着一个农民，他的旧长袍都快不合身了，肩膀上还破了个洞。阳光稀薄微黄，透过两扇布满灰尘的窗玻璃照射进来，似乎也战胜不了这里常驻的黑暗，所有物件都只被照出似明似暗的光斑。然而屋子里几乎是凉爽的，我一踏进去，窒息的闷热感就顿时消失了，这让我如释重负。

很明显，我的到来一开始让尼古拉·伊凡内奇的客人们感到有些不安。但看到尼古拉像朋友一样招呼我，他们便放下心来，不再注意我了。我要了啤酒，坐到角落那个穿着长袍的农民边上。

“喂，怎么样，”“呆瓜”猛地一口气喝光了杯子里的酒，突然喊叫起来，一边还怪模怪样地打着手势，仿佛不这样舞动双手他就一个字也说不出来，“我们还等什么呢？要开始就开始吧。嗳，雅沙？”（注：雅沙、雅什卡都是下面所称雅科夫的小称或昵称）

“开始吧，开始吧。”尼古拉·伊凡内奇插嘴表示赞同。

“那我们就开始吧，”包工头带着自信的微笑冷静地说，“我准备好了。”

“我也准备好了。”雅科夫说，声音兴奋得有些打颤。

“好，开始吧，弟兄们。”“眨眼”尖声尖气地说道。但是虽然大家都一致表示要开始，却没一个人真正开始，包工头甚至都没从板凳上站起来——大家好像都在等待着什么。

"开始!"怪老爷阴沉而断然地说了一声。

雅沙哆嗦了一下。包工头站起身来，拉了拉腰带，清了一下嗓子。

"可谁先唱呢?"他询问怪老爷的声音都略微变了样。怪老爷还是一动不动站地在房间中央，两条粗腿叉开很大距离，强有力的双臂插在马裤口袋里，直到胳膊肘。

"你，你先唱，包工头，""呆瓜"嘀咕着说，"你先来，老兄。"

怪老爷皱着眉头瞅了他一眼。"呆瓜"轻轻尖叫了一声，困惑地望着棚顶，耸了耸肩膀，便不再吭声了。

"抓阄吧，"怪老爷一字一顿地说，"把酒放到柜台上。"

尼古拉·伊凡内奇弯下身子，哼哧着从地上拿起酒，放到了柜台上。

怪老爷瞥了一眼雅科夫，说:"来吧。"

雅科夫在衣服口袋里掏了一会，拿出一个半戈比的铜币，用牙齿咬了个印记。包工头则从长外套沿下拉出一只新的皮革钱包，不慌不忙地解开线绳，倒了许多零钱在手里，挑出一个新铜币。"呆瓜"递来他那顶帽檐破烂、松松垮垮的脏帽子，雅科夫把自己的铜币扔进帽子，包工头也跟着扔了进去。

"你来抓一个。"怪老爷对"眨眼"说。

"眨眼"得意地笑了笑，两手端着帽子，开始摇晃起来。

一时间屋子里鸦雀无声，两枚铜币互相碰撞着，发出轻轻的叮当声。我留心向四周看了看，每张脸上都流露出紧张期待的神情。怪老爷本人也眯起了眼睛，就连我旁边那个穿着破长袍的农民都好奇地伸长了脖子。"眨眼"把手伸进帽子里，掏出了包工头的铜币，大家都舒了一口气。雅科夫脸红了，包工头用手捋过自己的头发。

"我早说过了，你先唱，""呆瓜"喊了起来，"我不是说了嘛。"

"够了，够了，不要乱叫，"怪老爷轻蔑地说，"开始吧。"他向包工头点了点头说。

“唱什么歌好呢?”包工头问,他已经开始紧张了。

“随便,”“眨眼”回答,“你想唱什么就唱什么。”

“当然,随你唱什么,”尼古拉·伊凡内奇慢慢把手交叉在胸前,附和着说,“这不好给你指定。唱你喜欢唱的吧,唱好它,我们会凭良心评判的。”

“当然啦,凭良心!”“呆瓜”接过话说,一边舔着空酒杯的边沿。

“让我先清下嗓子吧,伙计们。”包工头说着,用手摸了摸大衣衣领。

“好了,好了,别磨蹭了——开始!”怪老爷断然地说,低下了头。

包工头想了一想,甩了甩头,往前走了一步。雅科夫的眼睛紧紧盯着他。

在开始描述这场比赛前,先简单说一说故事里的几个出场人物,我想也不算多余。其中有几个人的生活情况,我在“安乐居”遇到他们时已经有所了解了,后来我又打听到其他几个人的情况。

先来说说“呆瓜”吧。他真名叫叶甫格拉夫·伊凡诺夫,但附近一带没人知道他真名,都叫他“呆瓜”,他自己也承认了,因为这绰号很配他。的确,对于他那不起眼的、焦躁不安的面相,这绰号是再合适不过了。他是个爱酗酒的独身家仆,原先的几个主人早就把他扫地出门,他没活可干,也就挣不到一个子儿工钱,然而他总有法子花别人的钱买酒把自己灌醉。

他有许多老相识请他喝酒喝茶,他们自己也不知道这样做图的是什么。其实他也不会给大家逗趣解闷,正好相反,他爱无聊地唠叨,讨厌地耍着赖皮,举止狂热,笑声不断却很做作,让每个人都感到腻烦。他既不会唱歌也不会跳舞,一生也没说过一句聪明话,甚至也没说上一句管用的话,只是絮絮叨叨,信口胡诌——一个不折不扣的呆瓜!方圆四十俄里的酒会上,没有一次见不到他那瘦瘦长长的身影在客人中间转来转去,所以大家现在也就习惯了有他在,像容忍躲不掉的瘟神一样容忍他。其实大家都瞧不起他，但能够让他老实下来，不再胡作非为的，只有怪老爷一人。

“眨眼”可半点都不像“呆瓜”。虽然他眼睛不比别人眨得多，可这绰号也照样很合适。众所周知，俄罗斯人起绰号可有一手。虽然我曾努力探听关于这个人的更为详细的过去，但对于我，或者可能对许多其他人来说，他一生中的许多阶段还有模糊不清之处，用读书人的话来说就是，尘封在黑暗中的生活片段。

我只听人讲他曾给一个无儿无女的年老妇人当过车夫，拐了三匹交给他照看的马逃走了，失踪了整整一年，后来确实受了不少苦，深知流浪生活没有好处，就自己回来了，但已经瘸了一条腿，他向女主人跪地哀求。之后几年里他老老实实做事，弥补自己的过错，渐渐受到女主人恩宠，终于完全得到了她的信任，当上了管家。女主人死后，他不知怎么就获得了自由，做起买卖来，他向乡邻们租了些地种瓜，发了财，现在日子过得安逸快活。

他这人阅历深，通世事，为人不好也不坏，比较会打算，他很世故，识得人，也能利用人。为人谨慎，同时又像只狐狸一样精明，像老太婆一样爱多嘴，却从来不透露自己的事，反倒能让别人说出心里话。他不像其他一些狡猾的家伙，假装呆头呆脑，要他装出一副傻相绝对是很困难的，我从来没有见过一双眼睛，会比他那双小眼睛更敏锐更机灵。它们从来不随意四处观看，而是总在仔细打量或窥视着。

“眨眼”有时会一连几个星期去考虑一件明明是十分简单的事，有时又会突然打定主意做下一连串铤而走险的举动，旁人想来这下他可完了，可总是化险为夷，一切都顺顺利利。他很走运，也相信自己的运气，相信预兆。总的说来，他极为迷信。别人不喜欢他，因为他对谁都漠不关心，但大家又都尊重他。他家里就一个儿子，他对儿子宠爱极了，小孩有这样的父亲培养，想必会大有出息。“小眨眼长得真像他父亲呢。”夏天晚上坐在泥土墙边闲聊的那些老头这样小声谈论着，大家都明白这话的意思，也就不必多说什么了。

关于土耳其佬雅沙和包工头，没有必要再多加介绍了。雅科夫外号土耳其佬，因为他确实是一个在战乱中被俘的土耳其女人所生，就性情而言，他是个地地道道的艺术家，就身份而言，他是一个商人办的造纸厂里的汲水工。至于包工头，我必须承认，对他的身世我是一无所知，我觉得他是那种精明干练的城市小市民。倒是怪老爷，值得更详细地谈上一谈。

初见此人，会觉得他粗鄙、笨重，又有种不可抗拒的魅力。他身形笨拙，像我们常说的，是个“铁汉”，但他身上又有一股活力无穷的劲头——说来奇怪——他熊一般的体格并不缺乏某种优雅，这种优雅可能来自于他的从容淡定，因为他对自己的威力有着充分的自信。刚开始你会很难判断眼前这位“赫拉克勒斯”是生于哪个阶层的：他不像家奴，不像小市民，不像退职的穷文书，也不像领地很少、家道没落的贵族。事实上他看起来相当的与众不同。

没人知道他是从哪里流落来我们这个县的。听人说他原是个独院地主，曾在政府某处供职，但是关于这方面的确切情形，谁也不清楚，也无从打听——从他本人那里更是打听不到，没有人比他更沉默，更阴郁了。也没有人确切知道他靠什么生活，他不做手艺活，不到别人家去，几乎不和别人来往，但是他有钱可花，虽然不算多，还是有一些的。

他的举止算不上谦逊——他根本没什么可谦逊的：他活着，似乎没有注意到身边的任何人，也不在意任何人。怪老爷（这是别人给他起的外号，他真名叫彼列夫列索夫）在整个这一带很有势力，虽然他没有权利命令任何人，他本人也没有要求那些与之偶然打交道的人服从他，可是人们都心甘情愿听命于他。他一开口，别人就照办，他的威力总在起着作用。

他几乎滴酒不沾，也不和女人胡来，只是酷爱唱歌。这人有许多神秘之处，好像在他体内潜伏着一股巨大的力量，这股力量似乎知道自己一旦涌起，一朝爆发，就会毁灭自己和周围所接触的一切。如果这个人一生中没有过这样的爆发，如果他不是因为有了经验教训而幸免毁灭，现在极为严格地约束着自己，那么我就大错特错了。尤其让我惊讶的是，在他身上混合着一种天生的凶猛和同样生来就有的高雅——这种混合，我在其他人身上从没见过。

话说包工头上前了一步，半闭着眼睛，开始用高亢的假声唱了起来。他的嗓音虽然沙哑却十分甜美悦耳：这声音像森林云雀一样婉转多变，音调由高转低，又回到高音上，然后保持着高音，格外努力地拉长着唱了一会。接着慢慢停息下来，随后又突然一下带着奔放果决的气势接着唱前面的曲调。他声调的转折有时十分大胆，有时又很滑稽。内行人听了会觉得很过瘾，要是德国人听了，大概会大为生气的。这是俄罗斯的抒情男高音。他唱的是一支欢快的舞曲，透过无穷的装饰音、附加的辅音和扬声中，我只听得清下面几句歌词：

我这年纪轻轻的小伙，
要把这块土地耕作。
我这年纪轻轻的小伙，
要让它开满红花朵朵。

他唱着，大伙儿都凝神听着。他显然觉得自己是唱给行家听的，因此使出了浑身解数。的确，我们这一带的人对音乐都很在行，难怪奥廖尔大道上的谢尔盖耶夫村那和谐优美的歌调驰名全国。包工头唱了好长一段时间，没能引起听众太大热情，因为没有合唱协助他。终于他唱到了一个特别成功的转折处，连怪老爷都笑了，“呆瓜”忍不住高兴地叫了一声。

大家的兴致都被提起来了。“呆瓜”和“眨眼”开始轻轻地合唱，时而喊叫着“好极了！……加油啊，小子！……大声唱啊，你个坏蛋！慢着点，再来个颤音，你个坏东西！……就该让恶魔把你的魂勾了去！”等等这些话。站在柜台后面的尼古拉·伊凡内奇赞许似的左右摇晃着脑袋。“呆瓜”最后晃起了双脚，脚尖在地上打着拍子，两个肩膀也扭动起来。雅什卡的眼睛像燃烧的炭火发出亮光，浑身上下像片叶子一样颤抖着，还紧张兮兮地笑着。

只有怪老爷的神情没有变，还像原先一样站着一动不动，但是他凝视包工头的目光柔和下来，虽然嘴唇上还带着轻蔑的表情。看到大家对他的认可，包工头更加来了劲，唱出了一连串花腔，莺啼一般、打鼓一般舞弄着舌头，发狂似的鼓动着喉咙，终于脸色煞白、精疲力竭，浑身热汗直流，他把整个身子往后一倒，发出最后一个不绝如缕的音调，听众们齐声迸发出一片狂热的喝彩。“呆瓜”扑上去抱住他的脖子，他那瘦骨嶙峋的长手臂搂得他喘不过气来；尼古拉·伊凡内奇油光光的脸上泛起了红晕，人也显得年轻了；雅什卡发了疯似的叫着：“顶呱呱，顶呱呱！”——就连坐我旁边穿着旧长袍的那个农民，也按捺不住了，他把拳头往桌子上一捶，叫了起来：“棒极了，真他妈棒极了！”然后使劲朝旁边吐了口唾沫。

“啊，老兄，你唱得可真叫过瘾啊！”“呆瓜”吼叫着，还是没有放开精疲力竭的包工头，“真叫一个过瘾，没的说！你赢了，老兄，你赢了！恭喜你——这酒是你的了！雅什卡比你差得远啦……我对你说，他差远啦……你就相信我的话吧。”他又把包工头搂向自己怀里。

“喂，放开他，放开他，别缠着他没完……”“眨眼”恼火地说道，“让他在凳子上坐会吧，你看他也累了……你个蠢货，老兄，真是个蠢货！你这样没完没了地黏着他干嘛……”

“那，好吧，就让他坐下吧，我来为他的健康干一杯，”“呆瓜”说着走向了柜台，“算你账上，老兄！”他转向包工头，补充了一句。

包工头点了点头，坐到了凳子上，从帽子底下抽出一块毛巾，擦起脸来，“呆瓜”贪婪急切地喝完了杯子里的酒，像个酒鬼一样发出一阵咕咕的喉音，然后装出一副忧虑的神情。

“唱得好啊，老弟，唱得好。”尼古拉·伊凡内奇亲切地说，“现在该你唱了，雅沙。注意了，别害怕。我们来看看谁更厉害吧，来看一看。

包工头唱得好，实在是好。”

“非常好。”尼古拉·伊凡内奇的妻子说，一边微笑着看了看雅科夫。

“唱得好啊，哈！”坐在我旁边的农民低声地重复了一遍。

“啊，窝囊废波列哈！”“呆瓜”突然大叫起来，走到肩上有破洞的农民面前，用手指点着他，跳来跳去，还发出无礼的狂笑声。“哈！哈！滚出去！你个肮脏的窝囊废！你来干什么？”他边笑边喊。

可怜的农民很尴尬，正准备赶快站起来离开，突然响起了怪老爷铜钟般的声音：

“你这讨厌的畜生是怎么回事？”他咬牙切齿地说。

“我没做什么，”“呆瓜”嘟囔着说，“我没……我只是……”

“那好，那你就闭嘴吧！”怪老爷呵斥道，“雅科夫，开始吧！”

雅科夫用手抓着自己的喉咙：

“哦，真的，老兄，……有点儿……嗯，我不知道，说实话，那个……”

“唱吧，得了，不要扭扭捏捏的。丢人啊！怕什么啊？尽你所能地唱吧。”

怪老爷低下了头等着。雅科夫沉默了一会儿，朝四下里望了望，用一只手捂住了自己的脸。

大伙的目光都盯着他，尤其是包工头。他的脸上除了有那种惯常的自信和成功后的得意神情外，还不由自主地流露出轻微的不安。他背靠着墙，又把双手放到了身子底下，但两条腿不像以前那样晃荡了。最后雅科夫把手从脸上拿开了，这张脸苍白得像死人一样，他的眼睛在下垂着的眼睫毛下微微闪光。

他深深叹了口气，开始唱起来。他唱的第一个音很轻，也不平稳，好像不是发自他的胸腔，而是从很远的地方偶然飘到这屋里来的。这个颤抖洪亮的音调在我们所有人身上产生了一种奇怪的效果，我们互相你看看我，我看看你，尼古拉·伊凡内奇的妻子似乎把身体都挺直了。第一个音唱完之后，第二个音又紧跟了上来，更为坚定而悠长，但音调还在颤抖着，就好比一根琴弦被手指突然一拨而猛地发出声音后，还要颤动几下，最后才很快平息下去。第二个音之后，又起了第三个音，此时音调渐渐激越，音域也更为宽广，旋律荡气回肠，响彻四方。

“田间的小道，一条又一条。”他唱着，声音甜美圆润，略带伤感。坦白说来，我几乎从未听到过这样的声音，它仿佛破碎了，有点颤音，开头甚至有点病态，但其中有着诚挚的激情，有青春，有甜蜜，还有一种淡淡的迷人的哀愁。俄罗斯人真实热烈的灵魂在歌声中回荡着，它直刺入人的内心，直进入俄罗斯人的内心深处，渗透到人们的灵魂。歌声越来越响，传荡四方。

雅科夫自己也如醉如狂了，他不再羞怯，完全沉浸在幸福之中。他的声音不停地有节奏地颤抖，轻轻颤动，这是不很明显的、内心激情的颤动，它像箭一样直刺听众灵魂深处。这声音越发沉稳而宽广有力。我记得有天傍晚，潮水已经退去，远处的大海发出威严澎湃的声响，我在平坦的沙滩上看到一只巨大的白色海鸥，它坐在那一动不动，丝绸一般光滑的胸脯上染上了晚霞的红光，它只是偶尔展开长长的双翅迎向熟悉的大海，迎向血红的落日。听着雅科夫的声音时，我控制不住自己，就想起了这幅画面。

他唱着，全然忘记了自己的竞争对手，忘记了我们所有人。他显然从我们无声、热情的关切中获得了鼓舞，就像一个勇敢的泳者感受到波浪激荡而倍加兴奋一样。他唱着，每一声都给人以亲切辽阔之感，仿佛熟悉的大草原在我们眼前展开，延伸向无边无际的远方。我觉得眼泪在胸前集聚，涌向眼眶，这声音震撼了我们。突然一阵沉闷、压抑的抽泣打破了我们的叹服。我朝四周望了望……酒馆老板的妻子正趴在窗子上哭泣。雅科夫迅速看了她一眼，歌唱得更加甜美悠扬了。

尼古拉·伊凡内奇低着头听；“眨眼”把头扭向一边；“呆瓜”完全动了情，张大了嘴巴傻站着；那个穿着灰长袍的农民在角落里低声啜泣，悲伤地低语着，摇着头；怪老爷紧锁的双眉下涌出了大颗泪珠，慢慢从他钢铁般的脸上滚落；包工头把紧握的拳头按到额头上，一动不动……要不是雅科夫在一个特别尖细的高音上仿佛嗓子崩裂了一般戛然而止，我真不知道大家这种感伤的情绪会怎么收场。没有人叫喊，没有人动一下，大家似乎都在等待着，看他会不会接着唱下去。但他睁大了双眼，好像对我们的沉默感到惊讶，他用质询的眼光看了一眼大家之后，才知道是他赢了……

我们都傻愣愣地站着。包工头站起身来，走向雅科夫。

“你……你……你赢了。”他好不容易说出这句话来，就冲出了酒馆。这一坚决果断的行动打破了眼前的情景，我们一下吵嚷开了，兴高采烈地谈论起来。

“呆瓜”跳上跳下，叽里咕噜说着话，两只手臂像风车翅膀一样挥舞着；“眨眼”一瘸一拐走近雅科夫去和他亲吻；尼古拉·伊凡内奇站起身来，郑重地宣布，他自己再拿出一瓶啤酒来请大家喝。怪老爷和蔼地笑着，我从来没想过在他脸上能看到这样的笑容。

那个坐在角落的身穿灰长袍的农民用两只袖子擦着眼睛、脸颊、鼻子和胡须，不时反复地说着：“啊，真好啊，老天作证！就算骂我是狗娘养的，我也得说好！”尼古拉·伊凡内奇的妻子哭得满脸通红，迅速站起身来走开了，雅科夫像个孩子似的享受着自己的胜利。他的整张脸完全变了样，特别是两眼闪耀着幸福的光芒。他们把他拽到柜台前，他叫那个哭个不停的农民也过来，又叫酒馆老板的小儿子去把包工头找来，但是没有找到，于是大家就喝酒庆祝起来。“你还得再唱一曲给我们听，你得一直给我们唱到晚上！”“呆瓜”喊着，双手在空中乱挥乱舞。

我又看了雅科夫一眼，然后就走出了酒馆。我不想留在这——我怕破坏了刚刚发生的一切给我留下的印象，但外面还是热得不行。热气好像形成了厚重的一层，笼罩住了大地，透过细细的几乎发黑的微尘，似乎有许多小小的、明亮的火星在深蓝色的天空回旋着。万物静寂，在大自然深沉的静默之中，还带着一种压抑和绝望。我走到干草棚里，躺在新割的差不多快干了的干草上，久久都不能入睡。雅科夫那令人难以抗拒的嗓音一直在我耳边回响……

最后炎热和困倦占了上风，我沉沉睡去。当我醒来时，周围的一切都已陷入了黑暗。干草散发出强烈的气味，还有点潮湿了。透过破棚屋顶上的细细木条，苍白的星星闪烁着微弱的光芒。我走出干草棚。晚霞早已消逝，它最后的余光还在天边微微泛白，刚被太阳炙烤着的空气，在夜晚的寒意里还是热烘烘的，胸中仍旧渴望着凉风的吹拂。

没有风，也没有云，整个天空黑暗纯净，静悄悄地闪烁着无数依稀可辨的星星。村子里的灯光一闪一闪的，不远处灯火通明的酒馆里传来嘈杂喧闹声，我觉得其中有雅科夫的声音。里面不时爆发出哄堂大笑。我走近那个小窗户，脸贴在玻璃上，看到了一副生动热闹，却不愉快的场面：所有人都喝醉了——从雅科夫算起，大家都醉了。他敞着胸脯，坐在凳子上，用浊重的声音唱着一支粗俗的舞曲，一边懒洋洋地弹拨着六弦琴的琴弦，湿漉漉的头发一绺绺挂在那苍白可怕的脸上。

屋子中间，“呆瓜”醉得忘乎所以，他脱去了外套，在穿着灰色长袍的农民面前蹦蹦跳跳，乱舞一气。那个农民呢，也费力地用双脚在地上跺着，摩擦着，乱蓬蓬的胡须间露出毫无意义的微笑。他时不时地挥着一只手，仿佛想说：“还行！”没有人的脸会比他那张脸更可笑了，无论他怎样扬起眉毛，那沉重的眼睑却抬不起来，一直盖在隐约可见的、无神而多愁善感的眼睛上。他正处于酩酊大醉的那种和善的状态，任何一个过路人看到他的脸，一定会说：“真够你受的，老兄，真够你受的！”“眨眼”的脸红得像只龙虾，张大了鼻孔，在角落里恶毒地笑着。只有尼古拉·伊凡内奇，真不愧是酒馆老板，还保持着一贯的冷静。屋子里挤满了许多新来的客人，但我没有看到怪老爷在那里。

我回转身来，快步走下科洛托夫卡村所在的小山坡。山脚下延伸出一片广阔的平原，这片平原沉没在漫漫夜雾中，显得更加无边无际，似乎同黑暗下来的天空连成了一片。我沿着山谷旁的道路大步往下走，突然从远处的平原上传来一个男孩响亮的声音："安特罗普卡！安特罗普卡……卡……"他用带着哭腔的声音固执而绝望地叫喊着，把最后一个音拉得很长很长。

他停了一小会，又开始叫了起来。声音在凝滞不动、睡意蒙眬的空气中响亮地回荡着。他叫安特罗普卡这个名字至少叫了三十遍。忽然在平原最远的那端，仿佛来自另外一个世界，传来了隐隐约约的回答：

"什——么——事？"

那个男孩马上就用又高兴又恼怒的声调叫了起来："到这来，你个鬼东西……！"

"干什……什……么呀……呀？"那个声音过了老半天才回答。

"因为爸爸要……揍……你！"第一个声音急忙叫道。

第二个声音再也没有回答。那个男孩又呼唤起了安特罗普卡。当天色完全黑了下来，我绕过了离科洛托夫卡村四俄里、环绕着我村子的那片树林时，还能听到那越来越弱，间隔时间也越来越长的喊声……

"安特罗普卡！"这声音似乎依然在夜色沉沉的空中飘荡。

【导读】

《乡村歌手》更像是一首赞歌，它既直接地赞美山沟里的农民歌手雅可夫的艺术天赋，同时也间接地赞美歌手身边那群农人的音乐鉴赏力。作家借猎人之口说，这位农民的歌声"其中有着诚挚的激情，有青春，有甜蜜，还有一种淡淡的迷人的哀愁"，说"俄罗斯人真实热烈的灵魂"在歌声中回荡着，它"直刺入人的内心，直进入俄罗斯人的内心深处"。接着作家描写了在场听众的反应作为印证。你看，猎人的眼泪"涌向眼眶"，酒馆老板娘禁不住发出"沉闷、压抑的抽泣"，老成持重的老板感动得“低着头听”，“眨眼”压制着内心的激动而“把头扭向一边”，“呆瓜”“完全动了情，张大了嘴巴，傻站着”，穿灰长袍的农民“在角落里低声啜泣”，那沉着冷静的“怪老爷”也“涌出了大颗泪珠”，连雅可夫的竞赛对手包工头都听得“一动不动”。作家似乎在告诉人们：在俄罗斯农民中不仅有艺术天才，更有广大的能够欣赏艺术美的群众。可是作家又在后面描写了一幅令人“不愉快的”画面，表现了这群农人醉酒后使人懊丧的丑态。这无疑是要发人深思：农奴制下的现实生活无情地扭曲了这些具有才华和美好心灵的农人，他们理应有一种文明的、适合于他们美好心灵的生活！

树林和草原

渐渐的他想归去，
归去乡村，回到幽暗的花园。
那里椴树高大茂盛，遍布浓荫，
铃兰散发着纯洁的芳香。
棵棵柳树排列成行，
从堤畔倒垂到水面上。
粗壮的橡树生长在坚实的土地上，
大麻和荨麻散发馨香……
回去，回去，去那辽阔的原野，
那里肥沃的土地像黑色丝绒。
那里清香的黑麦一望无际，
静静地泛着柔软的麦浪。
一团团明净的白云里，
洒下沉甸甸的金黄色阳光：
那是个好地方……

——摘录自待焚的一首诗

读者很有可能已经厌倦了我的这些笔记，我得赶紧让你们安心，就限于已经刊出的这些篇目，不会再多写了，不过在告别之际我不得不说上几句关于打猎的话。

带着狗拿着枪去打猎，就本身而论，即从前古话说的 für sich，是件其乐无穷的事。即便您并不是生来就是个猎人，但总也喜欢大自然吧，所以您不会不羡慕我们这些打猎的……那就听我说说吧。

比如，您可知道，春天里拂晓之前出猎的欢畅？出门走到台阶上，深灰色的天空中有几处还闪耀着俏皮的星星；阵阵湿润的微风时不时吹来；听得见隐秘、模糊的夜的絮语，若有若无；树木在黑夜的笼罩下沙沙作响。仆人在马车上铺好地毯，把装茶炊的小箱子放在您脚边；套上了缰绳的马蜷缩着身子，打着响鼻，优雅地换着蹄子站在那里；一对刚刚睡醒的白鹅，慢悠悠、静悄悄地穿过大路；树篱那边的花园里，巡夜人在平静地打鼾。每个声音都像停滞在凝结的空气中——停着不动。您坐上车，马儿就立刻出发了。车子发出隆隆响声，行驶着……

您乘着马车，经过教堂，下了坡往右转，穿过堤坝……眼前豁然开朗。池塘上空盘旋着雾气，升腾，扑面而来，感觉冷飕飕的。您用大衣领子遮住了脸，打起瞌睡来。马蹄踩在水坑里发出很响的声音，水花溅起，打湿了马蹄子，车夫吹起了口哨。这时您已经走了四五俄里……天边渐渐泛起红色，寒鸦一只只醒来，在桦树林里笨拙地飞来飞去；麻雀在黑乎乎的草垛旁叽叽喳喳地叫着。空气更加清新，道路更加清楚，天色放亮，云朵越来越白，田野越来越绿。农舍里点着的松明发出红光，门后面传来睡意未消的说话声。这时朝霞出现了，一条条金黄色光带在天空延展；山谷上方缭绕着一团团雾气；云雀婉转歌唱；黎明前的晨风习习吹拂；紫日冉冉升起；阳光像流水般倾泻下来，您的心情像小鸟一样欢欣雀跃。一切都清新、欢快、迷人！放眼望去，视野辽阔，可以看得见很远很远的地方了。穿过小树林，映入眼帘的是个小村庄，再远些是另一个村庄，村里有座白色小教堂，山上有一片白桦林，后面是一块沼泽地，那就是您要去的地方……

快跑，马儿们，再快点！大步跑向前！还有三英里路程——已经不远了。太阳很快升了起来，照耀大地，今天的天气真好！一群家畜从村里向我们走来。您的马车又驶上了山坡……看，多美的景致啊！河流弯弯曲曲十多俄里，河水在雾气中隐隐发蓝，河那边是水汪汪的绿草地，草地过去有一些平缓的山坡。远处凤头麦鸡在沼泽地上空高叫盘旋，透过散布在空气中的湿润的阳光，看得一清二楚，一切景物都明明白白出现在眼前……自由地呼吸空气，灵活地伸展四肢，欣喜地欣赏美景，沉浸在春天新鲜的气息里，整个身体多么轻松！

夏天早上——七月里的一个清晨，除了猎人，还有谁能体会到拂晓之时漫步灌木丛中的那份愉悦？您的脚在白露沾湿的草地上踩出一排绿色脚印，用手分开湿漉漉的灌木丛，夜里蓄积着的一股暖气扑鼻而来，空气中充满着艾草清新的苦味，还有荞麦和三叶草的甜香味。远处有一片密密的橡树林，在太阳底下闪耀发光，天气还很凉爽，但是已渐渐感觉到热气正慢慢涌来。过度的甜香味使头脑变得昏昏沉沉。灌木丛一望无际，牵动你的视线……远处一些地方，快要成熟的黑麦黄澄澄的，还有几处狭长带状的红色荞麦地。这时您听到车轮子嘎嘎作响，一个农民穿过灌木丛缓缓走来，不等天热就把马牵到树阴底下……您同他打过招呼，离开，听得见身后长柄大镰刀挥动的嗖嗖声。太阳越升越高，草儿迅速干燥起来，天气越来越热。过了一个又一个小时……

天边暗了下来，静止的空气热辣辣的。“哪儿可以弄点水喝呢，老兄？”您问割草的人。“那儿山谷里有口井。”穿过蔓草缠绕的茂密榛树丛，您往下走直到山谷底部。悬崖下面隐藏着一股细细的泉水，一棵橡树的爪形树枝贪婪地伸展在水面上，大大的银色水泡在长满细小柔滑苔藓的水底下颤动着，汩汩地往上冒。您一下趴到地上，喝足了水，懒得再动一动。您在树阴底下，呼吸着湿润的香气，感觉很舒服，对面的灌木丛在阳光下晒得滚烫，好像都变黄了。可那是什么？风突然吹来，又急急吹过，四周的空气都颤动起来，这不是雷声吗？您从山谷走出来。天边那一片铅色是什么？是暑气更浓了？还是风暴快来了？这时闪电微弱地一闪一闪……

啊，一场暴风雨就要来了！阳光仍然照耀着，您还能继续打猎，但乌云变厚了，它前面的边沿像一条长袖伸展开来，拱形一样笼罩着你眼前的天空。草丛、灌木，周围的一切立刻都变暗了。不好，暴风雨就要来了，快跑，那儿，那儿好像有座干草棚……快跑！……您跑到那里，走了进去。雨真大啊！闪电真亮啊！有的地方，雨水透过草棚屋顶落到散发着香味的干草上……现在太阳又明亮地照耀着大地，暴雨过去了。您走出干草棚，天哪，周围一切都在欢快地闪光！空气清新澄澈，木莓和蘑菇散发着芬芳！暴风雨刷新了这个世界，沐浴在水洗以后的大自然，那感觉难以描述。接着夜晚降临了。

晚霞像火一样燃烧着，染红了半边天空。太阳快落山了，近处的空气像水晶一样格外清澈；远处弥漫着轻柔的雾气，看起来很温暖；鲜红的落日余晖沐浴树林，这里不久前还洒满淡金色的阳光；树木、灌木丛和高高的干草垛投射出长长的阴影。太阳落山了，一颗星星在落日的火海里闪烁颤动……这火海发白了，天空也变蓝了，一个个阴影渐渐隐去，暮霭在空中弥漫开来，该回村里的农舍过夜了。您背着枪，不顾疲倦，轻快地往回走……这时黑夜降临了，二十步开外就什么都看不见了，狗在黑暗中隐隐显出微白的身影，模模糊糊，朦朦胧胧。在一片黑黑的灌木林上面，天际隐隐约约地发亮，那是什么？是一团火吗？不，是正在升起的月亮。右下方，村里的灯火已经星星点点……最后您终于走到了农舍，透过小小的窗户，您看见一张桌子，桌上铺着白桌布，点着蜡烛，摆着晚饭，温馨的感觉主宰你这个时候的心情……

还有一次您吩咐仆人备好竞赛马车，去树林里打鸟鹬。在两大片长得又高又密的黑麦之间的小道上行走，想想，微笑都能爬满脸颊。麦穗轻轻打着您的肌肤，矢车菊缠绕住您的双腿，鹌鹑到处兴高采烈地叫唤着，马懒洋洋地小跑着向前。树林到了，又阴凉又安静，优雅的白杨在高处沙沙作响；桦树长长的、垂下的枝条轻轻摇动；一棵强壮的橡树像卫士一般站在可爱的椴树旁边。您的马车在阴影斑驳的绿色小道上走着；大的黄色飞蝇在晴朗的空气中一动不动，忽然又飞走了；蚊蚋成群地盘旋着，在阴影里发亮，在阳光下发黑；鸟儿安闲地唱着歌；知更鸟亮开金嗓子，天真烂漫地喋喋不休，这些声音和铃兰的香味很协调。再走远些，再走远些，走往树林深处……树林变得越来越密……心中充满了一种说不出的安谧，周围一切也都睡意蒙眬，悄然无声。可现在起了一阵风，树梢沙沙作响，像逐渐下落的波浪。有些地方，从去年落下的棕色树叶中，长出了高高的青草，菌类顶着宽宽的伞帽分散在各处，努力冲破土层，把生命张扬，一只雪兔突然跳出来，吸引了猎狗，猎狗高声吠叫匆匆追了上去……

晚秋时节，沙锥鸟飞来，给这片树林增添美好。沙锥鸟不待在树林深处，必须去树林边上找它们。没有风，也没有太阳，没有光亮，没有阴影，没有运动，没有声音，柔和的空气中弥漫着秋天的芬芳，像葡萄酒的香味。远处黄色的土地上笼罩着一层薄雾，透过光秃秃的棕色树枝，露出一片宁静、洁白的天空，椴树上有些地方还挂着最后几片金色的叶子。湿润的土地踩在脚下富有弹性，高高的干枯的草叶一动不动，长长的蛛丝沾满露珠，在苍白的草皮上闪闪发光。

您呼吸平静，灵魂里却感到一阵奇怪的震颤，这震颤妙不可言。沿着树林边缘行走，照看着狗，这时死去的、活着的可爱的身形和可爱的脸庞，一一涌入脑海，沉睡已久的影像意外地苏醒了。幻想像一只展翅飞翔的小鸟，一切都在您眼前清晰显现，活动起来。心一时颤抖着跳动着，激情地奔突向前，一时又沉没到回忆中去。整个一生轻快而迅速地展现在眼前，这种时候人掌控了自己过去的一切，所有的情感和力量——自己的整个灵魂，周围没有什么能够妨碍到他——没有太阳，没有大风，没有声音……

在清晨严寒而白天微寒的晴朗秋日，桦树和童话故事一样闪着金光，在淡蓝色天空的映衬下分外优美。太阳低低挂在空中，照在身上不温暖却很舒服，似乎比夏天的阳光更加明亮；小小的白杨林一片透亮，好像这样光秃秃的让它们感到愉快和轻松；清风徐徐吹动，追赶着打着旋儿的落叶；河面欢快地泛着蓝色的涟漪，一起一伏地载动着悠闲的鹅和鸭；远处一座半掩在柳树之后的磨坊呀呀作响；一群鸽子在磨坊上空盘旋飞舞，在明亮的空气里斑斓闪耀……

夏天有雾的日子也很美好，虽然猎人不喜欢。这样的日子里鸟儿从您脚下飞过，立刻就消失在白茫茫、朦胧胧的雾气中，根本就打不到它们。周围是多么宁静，一种无法言说的宁静！一切都苏醒了，一切却又默不作声。您从一棵树旁走过，树叶一动都不动，它好像在悠然地苦思冥想。透过均匀散布在空气中的薄雾，您前面出现了一条长长的黑影，您以为这是近处的一片树林，走近了一看——树林变成了田沿上一排长得高高的苦艾。在您上空，在你周围，在你四面八方——到处都是雾……可这时微微吹起一阵风，一小片淡蓝色天空透过越来越薄的烟雾模模糊糊显露出来，金黄色阳光突然冲破云层，长长倾斜下来，照耀着田野和树林——这时一切又都被遮蔽了起来。最后光明终于征服了黑暗，最后一阵雾气在平原上铺展延伸开来，时而又缭绕上升，消失在深蓝色的、被阳光柔和照耀着的高空……

接着您又要出发去边远的田野，到草原上去。马车在乡间小道上行驶了十来俄里，最后终于上了大路。经过了无数的货车，经过路边几家小酒馆，酒馆大门开着，有一口井，屋檐底下茶炊在嘶嘶作响，经过一个又一个村庄，穿过一望无际的田野，沿着片片绿色的大麻地，您的马车行驶了很久很久。喜鹊从一棵柳树飞到另一棵柳树；农妇们手里拿着长长的草耙，在田野上慢慢转悠着；一个男人穿了件破旧的土布外套，肩上背了个柳条筐，拖着疲惫的脚步吃力地走着；一辆沉重的四轮马车，迎面跑来，六匹高大的喘着气的马吃力地拉着，车垫的一角露在车窗外，一个穿大衣的仆人手抓着绳子，侧身坐在后面一个麻袋上，泥浆直溅到了眉毛。

接着您来到一个小小的县城，这里有歪歪斜斜的小木屋、没有尽头的栅栏、没人住的石头商店，一条深谷上方还架着座古桥……再往前，再往前走！……终于到了草原。您从山坡顶往下看：多美丽的景致啊！一直被开垦到顶上的山冈圆圆的、低低的，像巨浪一样起伏；长满了灌木的山谷蜿蜒向前，点缀其间，一片片小小的丛林像椭圆形的岛屿一样散布着；村庄与村庄间连着狭长小道，曲径通幽；礼拜堂白白的；柳树林间一条小河闪闪发光，河上有四个地方筑着堤坝；远处田野上一群野雁并排站着，端庄悠闲；紧靠着小池塘旁边，有一座古老的地主宅邸，一些杂用屋舍，一个果园和打谷场。不过您的马车还得继续向前，这时，群山变得越来越小，几乎看不见什么树木了。最后终于到了——这一望无边、辽阔无比的大草原！

冬季里的一天，踩着高高的雪堆去捕捉野兔。冒着凛冽的北风，呼吸着寒冷的空气，阳光照耀在柔软的雪上，发出刺眼的亮光，眼睛不由自主半闭起来，去欣赏远方红红的树林，和树林上方碧绿色的天空！到了早春时节，一切欣欣向荣，生机勃勃，天气开始转暖，冰雪开始消融了，透过积雪融化的水滴，已经听得到泥土解冻的声音，看得到小草钻破土层的脑袋。在积雪融化了的地方，在斜射着的阳光下，云雀在天真烂漫地歌唱，急流发出欢快的歌声，飞溅着，咆哮着，从一个山谷奔向另一个山谷，似乎永不停息……

不过该结束了。我正好说到了春天，春天容易有离别，就是幸福的人也会被春天吸引，被春天诱惑，被春天征服，从而一路向前，去远方……再见了，我的读者，祝你们永远朝气蓬勃！

【导读】

诗意的田园与渴望的远方

俄罗斯的田园一年四季都是一幅画，一首歌。每一幅画里都有蔚蓝的天空、茂密的树林、温暖的阳光、清澈的泉水、婉转的鸟鸣和高高的悬崖，也有辽阔的草原、歪斜的木屋、四轮的马车，更有劳作抑或打猎的农人。然而，每一个季节又各自呈现出自己鲜明的色彩，特有的神韵。春天，朝霞出现了，一条条金黄色光带在天空延展；山谷上方缭绕着一团团雾气；云雀婉转歌唱；黎明前的晨风习习吹拂；紫日冉冉升起；阳光像流水般倾泻下来，您的心情像小鸟一样欢欣雀跃。夏天，远处有一片密密的橡树林，在太阳底下闪耀发光，天气还很凉爽，但是已渐渐感觉到热气正慢慢涌来。还可以欣赏晚霞如火一般地美景；再加上鸟儿悠然的歌声，铃兰的芳香，宛如处在梦境中一般。冬季里的一天，踩着高高的雪堆去捕捉野兔。冒着凛冽的北风，呼吸着寒冷的空气，阳光照耀在柔软的雪上，发出刺眼的亮光，眼睛不由自主半闭起来，去欣赏远方红红的树林，和树林上方碧绿色的天空！

作者以猎人狩猎为线索，贯穿全文，写出了大自然的诗意与清新。除了使用大量的修饰性词语展开如诗如画的画卷之外，还用了丰富的比喻、拟人的修辞手法显现出田园风光的生机勃勃。更主要的是作者融情于景，借助生机勃勃的景物表达出作者内心感受到的俄罗斯田园不断生长的希望。“到了早春时节，一切欣欣向荣，生机勃勃，天气开始转暖，冰雪开始消融了，透过积雪融化的水滴，已经听得到泥土解冻的声音，看得到小草钻破土层的脑袋。在积雪融化了的地方，在斜射着的阳光下，云雀在天真烂漫地歌唱，急流发出欢快的歌声，飞溅着，咆哮着，从一个山谷奔向另一个山谷，似乎永不停息……”读到这些文字你仿佛感受到作者乃至俄罗斯民众要冲破桎梏的力量。这力量鼓舞着人们，“幸福的人也会被春天吸引，被春天诱惑，被春天征服，从而一路向前，去远方……”我们可以看出作者在充满诗意并带着几丝哀愁写景的同时，隐蔽地表达了作者对农民的同情，以及对他们纯朴性格的赞扬，对农奴制的讽刺；更写出了作者对美好生活的向往。

第三辑　小说

木　木

在莫斯科一条偏僻的街道上，坐落着一栋灰色的宅院，院子里有白色的立柱，破旧的阁楼，还有歪斜的阳台。这里曾经住着一位守寡的太太，她有许多家奴，儿子们都在彼得堡供职，女儿们也已经嫁为人妇。她很少出门，悭吝地度过了自己孤寂的晚年。她生命的白昼，那些没有欢乐、阴雨连绵的日子，早已逝去；她生命的黄昏却比夜晚还要昏暗。

这位太太众多的家奴中，最出色的要数打扫庭院的格拉西姆了。他身高十二俄寸（十二俄寸约等于四十八厘米）。由于成年人身高一般高于两俄尺，即一米四二，所以旧时俄国人描述身高时常常只说超出两俄尺以外的俄寸数。也就是说，格拉西姆的身高约为一米九六，体格如壮士般健硕，可惜天生聋哑。被太太从乡下带到城里之前，他就已经和兄弟们分开，独自一人生活在村上的小屋里。他应该算得上是纳租农夫中最忠实能干的一个。格拉西姆天生力大，干起活儿来以一当十，什么活儿在他手上都不在话下，都能完成得干净利索。看他干活儿简直是一种享受：耕地时，他好像根本不需要马匹的辅助，只要把大手掌压在木犁上，便可翻开土地充满弹性的胸膛；圣彼得日（圣彼得日：宗教节日，俄历六月二十九日）里，他勇猛地挥舞着镰刀，仿佛一口气就能把一片小白桦树林连根砍掉；打谷子时，他轻快地晃动着三俄尺(一俄尺等于七十一厘米)长的连枷,肩上健硕的椭圆形的肌肉似杠杆般起起伏伏。而永久的沉默更使他那不倦的劳动显得愈发庄严。这样出色的庄户人,如若不是身有缺陷,哪个农家姑娘会不愿意嫁给他呢……后来有人把格拉西姆带到了莫斯科,给他买了靴子,还做了夏天穿的长外衣和冬天穿的羊皮袄,之后便塞给他一把扫帚和一根铁铲,就叫他去打扫庭院了。

起初他很不喜欢自己的新生活,自小他就习惯了在田间地头上过日子,突然的改变,他很不适应。因为残疾,他总是离群索居,静默严肃,加上身体健壮,仿佛真的就是一棵沃野上的大树。可是来到城里以后,他开始不知所措了,心情烦闷而又慌乱,就像一头健壮的小公牛,原本在茂盛的牧场上尽情地吃草,那青草繁茂得与它的肚皮一般高,可是突然被人从草场上拉走,扔到了铁路货车上,手足无措,方寸大乱。你看它那壮实的身体时而被煤烟和火花湮没,时而模糊在波涛般翻滚的蒸汽里,它随着轰鸣的火车一路飞驰,然而究竟奔向何方,谁也不曾知晓!格拉西姆早已习惯了繁重的农活,新的工作对他来说简直是大材小用。每天只要半个钟头他就能干完所有的活儿,然后站在院子中间,张着嘴出神地望着来往的行人,似乎想从他们身上参透自己为何落入如今这般莫名其妙的境地。或者他会突然跑到角落里,将扫帚和铁铲扔得远远的,脸紧贴着大地趴上几个钟头,一动不动,好像一头困在笼子里的猛兽。不过,人总是善于慢慢习惯任何事情,格拉西姆也一样,他慢慢就习惯了城里的生活。他的活儿并不繁重,要做的只是保持院子的整洁,每天分两次运送两桶水,准备好厨房和宅子需要的木柴,白天不让生人进院,夜晚认真守夜就足够了。可以说,他对待自己的工作尽心尽力,恪尽职守,一丝不苟地完成。院子里连一片木屑、一点垃圾都不曾见过;取水的老马车要是在路上陷进了泥里,他只需动动膀子,不只是车,就连老马都被他推着向前走了;他劈起柴来啪啦作响,木屑、木块四处飞散,仿佛自己劈的不是柴火,而是玻璃;说起陌生人,更不在话下,有一天深夜,他逮住了两个小偷,便抓起他们的脑袋狠狠地对着撞了几下，撞得太用力，以至于连警察局都不需要送了。打这以后，附近的人都非常钦佩他，就算大白天，人们看到这位可怕的守院人，也会对他挥手叫嚷，好像他能听到他们的呼喊声一样，而这些人根本不是小偷，仅仅是陌生的过路人。

格拉西姆和其他仆人的关系并不亲密，因为大家多少都有些怕他，但也绝不疏远，因为他把大家都当作自己人看待。他们用手势与他交流，他完全可以明白，理解得很准确，吩咐他做的事情，他也都一一完成。不过，对于自己应有的权利，他也毫不含糊，比如饭桌上谁也不敢坐他的位置。格拉西姆是一个十分严谨认真的人，他喜欢按照规矩有序地生活，在他面前就连公鸡都不敢斗架，否则，它们可就倒霉了！要是被他看到，他会立刻抓起公鸡的后腿，在空中抡上十来圈儿，然后猛地扔到四面八方去。太太的院子里也养了鹅，鹅可是公认的高贵而明白事理的家禽，格拉西姆自然对它们敬爱有加，悉心照料。他自己不就俨然一只傲气的雄鹅吗！

人们把格拉西姆安置在厨房上面的小阁楼里，整个房间他都是按照自己的口味布置的：他用橡木板做了一张四条腿的床，这可真是一张名副其实的大力士该睡的床啊，完全可以载起一百普特（普特：俄国重量单位，一普特等于十六点三八公斤）的重量，绝对不会塌陷；床下面放了一个坚实的木箱；房间一角摆着一张同样结实的小桌子，桌边有一把敦实、牢固的三脚椅，格拉西姆经常举起它再放下，然后高兴地笑起来。阁楼平时都是上了锁的，那把挂锁的外形看起来有点像"卡拉奇（一种圆弧形面包）"，只不过是黑色的；锁头的钥匙就挂在格拉西姆的腰带上。他很不喜欢其他人走进自己的房间。

就这样一年的时间过去了，在那一年的年尾，格拉西姆的生活出现了一点意外。

格拉西姆的主人，就是那位老夫人，做事一定要遵照古法，她手下有一大群仆人，不仅有洗衣妇、缝衣妇、木匠、男女裁缝，而且还有一名马具匠，他同时还兼任兽医，实际上用人们看病也归他管，宅子里还有一名家庭医生，专门负责女主人的健康，此外还有一个鞋匠，叫作卡彼冬·克里莫夫，他是一个十足的酒鬼。克里莫夫总认为自己得不到慧眼人的赏识，要知道他可是从京城（指当时的首都圣彼得堡）来的有教养的人啊，如今却在莫斯科郊外的荒蛮之地碌碌无为，连个正经工作也没有。若是喝酒，那完全是在借酒浇愁，他常常捶胸顿足地发表这样的感慨。有一天，太太和她的管家加夫里拉谈起了卡彼冬，从管家那双黄色的小眼睛和鸭嘴一般的塌鼻子就能看出，他是一个天生善于发号施令的人。太太对卡彼冬的堕落十分惋惜，就在这之前，人们还看到他喝得烂醉如泥，醉倒在马路上。

“对了，加夫里拉，”她突然说，“我们给他安排桩婚事如何？说不定那样他就会安分下来了。”

“对啊！为什么不帮他找个老婆呢！肯定行，太太！”加夫里拉恍然大悟一样，高兴地回答道，“这真是一个好主意。”

“不过，让谁嫁给他呢？”

“这当然是太太您做主了。不管怎么说，他还是有些长处的，放到十个人里头，总还是可以挑出他的。”

“他是不是对塔吉亚娜挺中意的？”

加夫里拉本想说些什么，却又闭紧了双唇。

“好！就把塔吉亚娜许给他吧。”太太十分满意地嗅了嗅鼻烟壶问道，“知道了吗？”

“知道了，太太。”加夫里拉一边应答着，一边退出了门外。

回到房中（这是间耳房，整个屋子都放满了包着铁皮的箱子），加夫里拉支走了老婆，便在窗边坐下冥思苦想起来。女主人这个意外的命令显然使他犯了难。最后他站起身，找人把卡彼冬找来……在向读者转述他们的对话之前，有必要先介绍一下卡彼冬未来的妻子塔吉亚娜，以及究竟是何原因使得管家如此犯难。

塔吉亚娜就是我们上面提到过的洗衣妇中的一个（不过她是一个能干又娴熟的洗衣妇，因此只需负责清洗轻薄的内衣），她今年大约二十八岁，身材瘦小，淡黄色的头发，左侧面颊上长了几颗痣。在俄国，左侧脸颊有痣是凶兆，是命苦的标志。塔吉亚娜的确不能说是好命，她自幼就饱受虐待，一个人要做两个人的事情，却从来没有因为辛勤劳动而得到过一丝怜爱；她穿得十分破旧，工钱也少得可怜；亲戚呢，相当于一个也没有，她的一个叔叔曾做过管家，如今年纪大不中用了，已经被遣送回乡，还有几个叔父、舅父都是些庄稼汉，其他的就再也没有了。曾经她也算是个美人，但她的美貌很快就消逝了。她性情温和，或者可以用懦弱来形容，可能更为合适。对于自己的事情，她总是漠然处之，但对别人却极度惧怕，在规定时间内把活干完，是她心里唯一记挂的事情。她一向不与其他人谈天，只要听到别人提起太太的名字，马上就会害怕得瑟瑟发抖，尽管太太还不一定认识她。格拉西姆刚来的时候，她差点被他魁梧的身形吓晕过去，之后她就想尽办法避免与格拉西姆碰面，如若急着从堂屋赶到洗衣房，不得不从他面前经过的话，她甚至会把眼睛眯起来快速跑过去。格拉西姆起初并没有注意到她，可后来，每次她从他身旁仓皇经过的时候，格拉西姆总会莫名地微笑，再后来他开始凝望着她，最终已无法将视线从她身上移开了。他爱上了她，天知道是因为她柔顺的神情，还是那娇羞怯懦的举止。

一次，她悄悄地穿过院子，用手指小心翼翼地拈着太太一件浆好的短衫，突然有人抓住她的手肘，她大吃一惊转过头，不由自主地叫了起来，格拉西姆正站在她的身后。他一脸傻笑，吱吱哇哇地发出怜爱的声音，似乎想要送给她一只姜饼做的公鸡，翅膀和尾巴上还都装饰了金箔。她本想拒绝的，可是他硬塞给了她，之后，就摇着头走开了，走了几步他又回过头来，对她发出那种亲密的声音。从那天起，他就搅扰得塔吉亚娜再也不得安宁了，无论她去哪里，格拉西姆都会跟到哪里，去与她碰面，微笑着对她“说话”，向她挥手，时而猛地从怀里抽出一条丝带送给她，或者用他手中的扫帚扫去她面前的尘土，可怜的姑娘完全不知该如何是好。很快，全宅院的人都知道了哑巴扫院人的意图，嘲弄、讽刺、挖苦通通落到了塔吉亚娜的身上，可是没有一个人敢取笑格拉西姆，他不喜欢开玩笑，因此在他面前人们也从不调侃他心爱的姑娘。不管塔吉亚娜是否乐意，他都将她置于自己的保护伞之下了。格拉西姆像所有聋哑人一样感觉敏锐，每当有人拿他们寻开心的时候，他总能立刻反应过来。一天正值午饭时间，洗衣房的那个管事女人十分过分地嘲讽塔吉亚娜，可怜的姑娘局促不安，不知该看向哪里，恼怒得几乎要流下泪来。格拉西姆突然站了起来，伸出硕大的手掌，放在那管事女人的头顶，同时凶巴巴地盯着她的脸，吓得她把头死死地埋在饭桌上，再也不敢出言不逊了，众人也吓坏了，都不敢出声，这时，格拉西姆重新拿起调羹继续喝他的白菜汤。“看看，这聋哑的怪物，就是个树魔！”众人低声议论着，管事女人站起来就回房间去了。还有一次，格拉西姆看见卡彼冬（正是刚刚我们讲到的那个卡彼冬）跟塔吉亚娜交谈甚欢，他便向卡彼冬做了个手势，示意他过来，然后把他带进马棚，抄起一根立在墙脚的车杆，抓紧一头抡起来，吓唬卡彼冬，动作虽轻，用意却十分明显。从那以后，再也没人敢同塔吉亚娜搭话了。这一切并没有给格拉西姆带来任何麻烦，尽管那天管事女人一跑回房间便昏厥了过去，而且很巧妙地将格拉西姆的野蛮行径传到了太太的耳中，可是这位喜怒无常的太太只是一笑了之，还几次把管事女人弄得十分难堪，她非要强迫她讲述那天的经过，诸如“他是如何用那大巴掌把你的头摁下去的”等等。第二天太太就赏赐给了格拉西姆一个银卢布，她觉得这位守门人一腔忠心，且力大无比，便对他赞赏有加。格拉西姆倒是很怕他的女主人，而且他还指望着太太能施恩于他，应允自己和塔吉亚娜的婚事呢。他盘算着只需要等到管家承诺过的新长衫一到手，便穿着体面地去恳求太太的恩典。可是没想到，事情偏偏节外生枝，这位令人难以捉摸的太太却已经要将塔吉亚娜许配给卡彼冬了。

读者此刻应该明白了，为什么加夫里拉与太太交谈过之后，会如此的犯难。他坐在窗边犯了嘀咕：“太太心里对格拉西姆的青睐是显而易见的（这一点加夫里拉早就了然，因此才会纵容格拉西姆之前的行为），不过他到底是个哑巴，总不能由我去向太太说明，他其实早就看上塔吉亚娜了吧。再说了，他哪儿算得上是什么丈夫呢？可是，另一方面来想，万一——上帝原谅我——一旦这个树魔知道塔吉亚娜就要归卡彼冬了，还不得把这个宅子搅得天翻地覆啊，一定会的！和他这种怪物——请上帝原谅我——是讲不通道理的，不管用什么办法都不能说服他……绝对说服不了！”

卡彼冬的到来打断了加夫里拉的思绪。那个举止轻浮的鞋匠背着手走了进来，肆意地倚靠在门边突出来的墙角上，右腿交叉地搭在左腿前，一副玩世不恭的样子，摇晃着脑袋，好像在问，我已经来了，说吧，找我什么事？

加夫里拉一边用手指敲打着窗棂，一边打量着眼前的这个鞋匠。卡彼冬只是微微眯着他那双暗淡无华的眼睛，但并没有闭起来，用眼睛的缝隙睥睨着眼前的加夫里拉，而且他的脸上竟然还挂着一丝冷冷的嘲讽，然后捋了捋那凌乱不堪、业已斑白的头发。那神情好似在说，对，是我，就是我，有什么好看的？

“你倒好啊，”加夫里拉一出口又顿住了，“真是好得没话说了！”

卡彼冬只是耸了耸肩膀，心里似乎暗想着：你又比我好多少呢？

“嗨，你看看，看看你自己，”老管家满口责备地说道，“你看看自己像个什么样子？”

卡彼冬淡定地看了看自己那脱了线的破礼服和摞着补丁的旧裤子，特别仔细地打量了那双破了洞的靴子，尤其是被右脚斯斯文文倚靠着的那一只，然后他的目光又落回到了管家的身上。

“您叫我来有什么事呢？”

“您叫我来有什么事呢？”加夫里拉学着他的语气重复着，“还能有什么事，你还问我有什么事？看看你那鬼样子——请上帝原谅我——唉，你简直就是个无赖。”

卡彼冬飞快地眨巴着眼睛。

“骂吧，随你骂好了，不和你一般见识，加夫里拉·安德烈伊奇。”

他心里想道。

“你是不是又灌酒了？”加夫里拉问道，“又灌了，是不是？说啊。”

“我身体虚弱啊，才喝了点带酒精的饮料。”卡彼冬解释道。

“身体虚弱？你就是鞭子挨得太少了，就是这么回事，还在彼得堡学过徒呢……可真是学了不少东西，白白地浪费了那么多粮食。”

“您要是这么说，加夫里拉·安德烈伊奇，这世界上只有一个审判官有权评判我，那就是上帝，除此之外再无他人。只有上帝才知道我究竟是怎样的人，只有上帝才知道我活着究竟是不是白白地浪费粮食。您要是想说我前几天喝醉酒的那件事，错也不在我，要怪就怪我那个朋友，是他先勾起了我的酒瘾，然后自己却走掉了，而我……”

“而你，像个呆头鹅一样，被丢在大街上了是吧？你这个放荡的家伙啊！不过，我找你来倒不是为了这件事。”管家继续说，“是这样，咱们太太……”他突然顿了顿，“咱们太太仁慈，想给你安排桩婚事，听见了没有？她想着，你一旦讨了老婆，就会安守本分了。你能理解太太的良苦用心吗？”

“我怎么会不理解呢。”

“嗯，如果照我的办法，我觉得还是多抽你几次更有用些。不过，那是太太的意思，怎么样？你同不同意？”

卡彼冬咧开嘴笑了。

“娶亲当然是好事了，加夫里拉·安德烈伊奇。我嘛，自然是一百个愿意。”

“唔，好好。”加夫里拉说完，心里想道：还别说，这家伙倒是很会讲话，“只不过，这新娘选得有点难办啊。”

“那我可不可以问一下，究竟是哪一个呢？”

“塔吉亚娜。”

“塔吉亚娜？”

卡彼冬瞪大了眼睛，离开墙角挺直了身子。

“你干什么这么惊讶？难道她不合你的心意吗？”

“怎么会不合意呢，加夫里拉·安德烈伊奇，她倒是个好女人，既勤快又温顺。只是您也知道，加夫里拉·安德烈伊奇，您知道那个树怪，那个草原上的怪物对她很是中意呢。”

“我知道，伙计，我全都知道，”管家气恼地打断他，“不过你要知道……”

“加夫里拉·安德烈伊奇，您行行好吧！他肯定会宰了我的，他弄死我就像捏死只苍蝇！天啊，那是一双什么样的手啊，您看看，他那双手简直就是米宁和波查尔斯基（都是民族英雄，1611—1612年，他们打败了波兰侵略军，解放了莫斯科）的手啊！他打起人来凶狠得简直想要人命，可他自己却什么都听不见，因为他是个聋子，他梦游似的挥舞着拳头，想要阻止他根本就不可能！为什么？因为，您全都清楚，加夫里拉·安德烈伊奇，这个聋子蠢得像脚后跟一样。还有，这个蠢货他就是头野兽啊，加夫里拉·安德烈伊奇！不，他不是什么怪物，他就是块木头。我为什么要去受他欺辱呢？确实，我现在对什么事都满不在意，我已经见怪不怪，逆来顺受了，现在的我油滑得好似发亮的科洛姆纳（城市名，位于莫斯科河河畔）水罐，但是，我，我总归还是一个人，并不真的就是那个分文不值的水罐啊。”

“我知道，我都知道，别再说了……”管家打断了他。

“我的上帝啊！”皮鞋匠激动地继续说，“什么时候才是个头呀？什么时候，我的主啊！我的命怎么这么苦啊！这难道就是我的命吗？我自小就在德国师傅的鞭打下度日，长大了又饱受同胞的欺负，如今正值壮年又该经受着怎样的折磨啊！”

“好了！你这个没用的东西，”加夫里拉说道，“为什么絮絮叨叨没完没了呢，真是！”

“您说为什么？加夫里拉·安德烈伊奇！我不怕挨揍，加夫里拉·安德烈伊奇，说实话，要是老爷关起门来揍我，我绝对不会反抗，因为我还是个人啊，在人前总还是要对我问好致意的啊，我总归是个人，可如今我要面对的人，他算是个什么东西呢……”

“喂，够了，滚出去吧。”加夫里拉按捺不住怒火打断了他。卡彼冬转身慢吞吞地往外走。

“要是他那边我们处理好了，”管家在他身后喊道，“那你愿不愿意？”

“我绝对愿意。”说完，卡彼冬就出了门。即使在穷途末路的情况下，他也不会失去自己的口才。

管家在房间里踱来踱去，冥思苦想。

“好吧，现在去叫塔吉亚娜来吧。”他终于吩咐道。

过了一会，塔吉亚娜悄然出现在了房门口。

“您有什么吩咐吗，加夫里拉·安德烈伊奇？”她小声地问道。

管家仔细地端详着她。

“是这样的，”他说道，“亲爱的塔纽莎（塔吉亚娜的昵称），你想不想嫁人啊？太太帮你寻了门亲事。”

“明白了，加夫里拉·安德烈伊奇。只是，他们，想要把我嫁给谁呢？”她支支吾吾地问道。

“卡彼冬，就是那个鞋匠。”

“哦，我知道了。”

“这个人确实有些靠不住，但是太太希望你能让他有所改变。”

“嗯，我知道了。”

“但是，这事可有点麻烦。要知道那个聋子，格拉西姆也看上你了。真不知道你是怎么把那头熊迷得神魂颠倒的？他可能会把你宰了，他就是一头野兽啊！”

“他肯定会杀了我的，加夫里拉·安德烈伊奇，他会轻而易举地杀了我。”

“他会杀了你……哼，我们走着瞧吧。你凭什么说他会杀了你，他有什么权利去杀你，你自己好好想想。”

“我不知道，加夫里拉·安德烈伊奇，我不知道他有没有这样的权利。”

“你这个女人啊！再说了，你又没有对他许诺过什么。”

“可以这样吗？”

管家沉默了一下，心里想道：这个女人真是顺从得可以！

“啊，好了，”他说道，“我们改天再谈，你先走吧。塔纽莎，看得出来，你的确是一个恭顺的女人。”

塔吉亚娜转过身，轻轻倚了一下门框便出了门。

“说不定，太太明天就把这门婚事给忘了呢。”管家想着，“我干什么要操这份心呢？我们干脆就把这个混蛋绑住，要是他闹起来，就直接送到警察局去好了。”

“乌斯季尼娅·费多罗夫娜，”他大声唤着妻子的名字，“把小茶炊点好，我的好媳妇儿。”

塔吉亚娜几乎一整天都没出洗衣房半步。她先是抽泣了一会，然后揩干眼泪又和往常一样干起活来。

卡彼冬则与一个面色阴沉的朋友在酒馆里一直坐到深夜，他详详细细地跟这位朋友讲述着自己在彼得堡老爷那里的生活，那位老爷哪儿都好，也还算循规蹈矩，就是有个小毛病，就是太爱喝酒了。至于女人嘛，凡是能吸引女人的本事，他都有。那个阴郁的朋友只是随声附和着，直到卡彼冬说到由于某种原因，他明天非自尽不可的时候，那个愁闷的朋友才终于发现，已经到了该睡觉的时辰了。于是两个人默不作声地各自回家去了。

管家希望的事情并没有发生。太太不仅没有忘记卡彼冬的婚事，还十分地惦记，甚至在夜里和她的伴睡女人（贵族地主家的食客，以陪伴女主人、为女主人朗诵书籍为职业）也只谈论了这一件事情，这种伴睡女人是专门在她失眠时陪伴她的，就好像值夜班的车夫一样，仅在白天睡觉。第二天早茶之后，加夫里拉去向她报告家务时，太太问的第一句话就是：“我们说的那桩婚事进行得怎么样了？”他顺口就答道：“进行得非常顺利，卡彼冬今天就要来感谢您的恩典呢。”太太身体不是很好，不能过久地处理事务，草草问了几句，就全部托付给了管家。管家很快就回房间召集大家开会去了，这件事的确需要谨慎处理，集思广益，征求大家的意见。塔吉亚娜自然不会反对，但是卡彼冬当着众人的面宣称，他只有一个脑袋，并没有两三个……格拉西姆呢，则恶狠狠地扫视着众人，他不愿离开女用房门口的台阶，仿佛已经猜到大家在商讨什么对他不利的事情。大家商量来商量去（他们当中有一个专门伺候吃饭的老用人，绰号叫作“尾巴叔叔”，无论是谁，一有疑惑总会满怀敬意地向他寻求答案，尽管得到的总是“就是这样，对，对，对”之类的回答），最后决定，为了安全起见，先将卡彼冬锁在放净水器的储藏室里，然后再静下心来想办法。最简单的方式就是通过暴力解决，可是上帝啊，这可不妥，要是把事情闹大了，搅扰了太太的生活那可就糟了！不然该怎么办呢？大家想了又想，终于想出了一个办法。他们早就发现，格拉西姆格外讨厌醉鬼，每次他坐在门口，要是看到有人喝得醉醺醺的，特别是看到有人摇摇晃晃、连帽檐都歪到耳边上去的时候，他都会特别厌恶地扭过头去。因此他们决定教塔吉亚娜装醉，晃晃悠悠地从格拉西姆面前走过。可怜的女人开始不肯答应，后来终于被大家说服了，因为她自己也明白，只有这个办法才能帮她摆脱这位爱慕者的纠缠。她这样做了，之后卡彼冬也被放了出来，这件事说到底就是他的事情。格拉西姆坐在门口的石墩上，拿着他的铁铲在地上掘来掘去……此刻，每一个角落，每一幅窗帷后面都有人在偷偷地注视着他。

这个鬼点子取得了非常好的效果。一开始，格拉西姆看到塔吉亚娜，就像往常一样，摇晃着头，发出亲昵的声音；随后，他仔细地看着她，将铁铲一扔，跳起来走到她身前，将自己的脸和她的脸紧紧地贴在一起。那女人吓坏了，闭着眼睛抖个不停。他抓起她的胳膊，拉着她飞快地穿过整个院子，冲进了那个充当会议室的小房间，把她径直推到了卡彼冬的身上，塔吉亚娜瞬间就昏厥了过去。格拉西姆站在那，嘲弄地望着她，笑着挥了挥手，然后就离开了，他的步伐那样沉重，一步一步回到自己的房间去了，整整一天一夜他都没有再从阁楼中走出来。后来，马夫安吉普卡说起过，他透过墙缝看到格拉西姆坐在床板上，一只手托着面颊，偶尔暗暗地有规律地发出哼哼的声音，好似在吟唱着什么，他紧闭双眼摇晃着身子，头也跟着不时地晃动着。格拉西姆当时那个样子就像那些车夫、纤夫唱起他们的悲歌时一样。安吉普卡感到一阵寒意便走开了。第二天，格拉西姆从阁楼里走出来的时候，与平日并没有什么两样。只是他的脸色更加阴沉，而且完全不去注意塔吉亚娜和卡彼冬了。当天晚上，塔吉亚娜和卡彼冬二人夹着大鹅去太太那里谢恩，一个礼拜之后他们便举行了婚礼。结婚当日，格拉西姆也没有什么特别的表现，只是两手空空地从河边回来，不知怎的，在途中竟把水桶打破了。夜间，他在马厩里拼命地擦洗马身，以至于那匹马在他的铁拳下，竟像野草在风中一般晃动不停，站都站不稳了。

这些事情都发生在春季。

又是一年过去了，卡彼冬彻底成为了一个无可救药的酒鬼，再也没有一点儿用处，于是连同他的妻子塔吉亚娜一起，被打发到了偏远的农村。离开那天，他还逞强地宣告说，无论他被遣送到哪里，哪怕是被赶到农妇洗衣服的地方，他也能用棒槌够到天边的地方（此处指天涯海角），也绝不会一蹶不振。可是后来他意识到自己真的要被打发走了的时候，又泄了气，开始抱怨人们把他送到野蛮人那里去，最后他竟萎靡得连自己的帽子都戴不起来了。有一个好心人帮他把帽子扣在头上，摆正了帽檐，又压了压才算是戴稳了。一切都准备就绪，马车夫已经拉好了缰绳，只等“上帝保佑（‘上帝保佑’是出发前的惯用语）”的口令一发，马上就出发。此时，格拉西姆从自己的阁楼里走了出来，他来到塔吉亚娜跟前，送给她一条红头巾（在俄国传统婚俗中，红头巾是用来求婚的信物）留作纪念，这是他一年前就买好的了，一直没有送出去。在此之前，塔吉亚娜一直淡然地承受着命运带给她的伤痛，然而此刻，她再也无法抑制，泪水肆意地流了下来，当她上马车的时候，还按照基督教的礼仪亲吻了格拉西姆三次。原本格拉西姆想要一路把她送到城门口，开始也一直跟着她的马车跑，但走到克里米亚浅滩的时候，他突然停了下来，对着马车挥了挥手就沿着河岸回去了。

夜幕将至，格拉西姆仍然静静地沿着河岸走着，他凝视着河水，突然觉得河岸边的泥潭里有什么东西在挣扎。他俯下身子看到了一只小狗，白毛里还掺杂着黑色的斑点，尽管它用尽全力，却怎么也不能从泥中爬上来，它拼命挣扎，那瘦小的身躯不住地颤抖。格拉西姆看了看这只可怜的小狗，便一手托起，把它塞在怀里，然后快步回家去了。一回到自己的阁楼，他立刻就把刚刚救起的小狗放到了床上，给它盖上厚大衣，然后先跑到马厩里取了些稻草，又去厨房里讨了一杯热奶。他小心翼翼地掀起大衣，给它细细地铺上一层干草，再把牛奶放到了床边。这苦命的小东西生下来才几个星期，眼睛刚刚能睁开，还一只大一只小，而且它也不会从茶杯里喝水，只是眯着眼睛不停地打颤。格拉西姆伸出两根手指，轻轻地把它的小脑袋摁到牛奶边。小狗马上扑哧扑哧地喝了起来，一边瑟瑟发抖，一边还贪婪地喝得喘不过气来。格拉西姆看着看着，突然开怀地笑了。他整晚都在照顾它，一次次地给它铺稻草，帮它擦干身体，后来终于在它身旁睡着了，睡得那么安稳、那么香甜。

没有哪个母亲会比格拉西姆照顾他的“养女”更尽心的了(原来这是一只小母狗)。刚开始它特别虚弱，样子也不太好看，但在格拉西姆无微不至的照料下，它愈发强壮愈发匀称，过了八个多月，竟长成了一只非常漂亮的西班牙良种狗，它有一对长长的耳朵，尾巴毛茸茸的像个喇叭，那双大眼睛也炯炯有神。它非常依恋格拉西姆，寸步不离，无论格拉西姆去哪里，它都会摇着尾巴跟在身后。他给它取了个名字，叫作木木(为了引起别人的注意，哑巴都会发出含糊不清的呜呜声)。这座宅子里的人都很喜欢这只小狗。聪慧的木木对所有人也都非常友善，但它只忠诚于格拉西姆一人。格拉西姆也全身心地爱着它，他甚至不喜欢别人摸他的木木，是怕别人弄伤了它抑或是吃醋了，只有天才知道！每天清晨，木木都会扯着格拉西姆的衣襟把他叫醒，然后叼着缰绳把运水的老马牵到他跟前（它和老马已经是好朋友了），还会一本正经地陪他去河边取水，帮他守卫扫帚和铁铲，有它在谁也不能靠近他们的阁楼。为了方便它的出入，格拉西姆特意在门上凿了一个小洞。木木似乎也感觉到，只有在格拉西姆的阁楼里自己才是真正的主人，因为一旦进了屋子，它就会立即心满意足地跳到床上。它夜间从来也不睡觉，但绝不会像那些呆头呆脑的看门狗一样无故乱吠，那种狗蹲坐在后腿上，眯起眼睛仰头对着星空接二连三地乱叫，完全是出于无事可做。不！木木从来都不会莫名其妙地发出那种细细的叫声，除非围墙外有陌生人靠近，或者哪里有什么可疑的响动，它才会叫起来……总而言之，它真是一条非常出色的看家狗。对了，除了木木以外，院子里还有一条带棕色斑点的老黄狗，唤作沃尔乔克，人们用铁链子拴着它，就连夜间也从没放开过，不过它已经年迈，大概也不想求得什么自由了。它每天都趴在窝里，身体蜷成一团，只是偶尔叫上几声，声音喑哑得几乎听不清楚，它自己大概也觉得这种叫声全然没有作用，于是叫上两声就不再叫了。木木从来不走近太太的房间，如果赶上格拉西姆去上房送柴，它就独自在台阶上焦急地等着，一旦房门有轻微的响动，木木就会立刻竖起耳朵，小脑袋瓜儿左边瞧瞧右边看看……

就这样又过了一年。格拉西姆依旧做着打扫院落的工作，他非常满意自己现在的生活，直到那次意外的发生……

一个晴朗的夏日，太太和她的寄宿女人们在客厅里闲逛，兴致很高，有说有笑的寄宿女人们也都满面笑容，可是她们并不是发自内心地高兴，太太心情舒畅这可不是什么好事，首先太太会命令大家和她一样高兴，如果谁的脸上没有挂着同样舒心的笑容，她就会大为光火；其次呢，太太的这种昙花一现的好心情通常持续不了多久，转眼间就会幻化为阴郁烦躁的坏情绪。这一天她满心欢愉地起床，早晨算命时抽到了四张 J，这可是心想事成的好预兆（她每天早晨起床前都会抽牌算命)。所以那天的早茶她喝起来也格外香醇,女仆为此还受到了褒奖,得到了十个戈比的赏钱呢。她在客厅里散步,干瘪的双唇洋溢着甜蜜的笑容,最后她在窗边停了下来。窗外有一个小花园,花坛正中的玫瑰花丛下,木木正在那专心地啃着骨头。太太看到了它。

“哦,天啊!”她嚷了起来,“那是哪来的狗呀?”

被太太问到的那个寄宿女人突然忐忑起来,甚至有些惊慌失措,那副不安的样子,是奴仆们一时揣测不到主人叫嚷的意图时惯有的反应。

“呃,我……我不……我不知道,太太,”她含糊地答道,“可能……是那个哑巴的吧。”

“啊,我的天啊!”太太抢过她的话嚷道,“多精神的小狗啊!快叫人把它牵过来。养了很久了吗?我怎么从来都没有见过?快找人把它带过来。”

寄宿女人马上飞奔到前厅。

“快来人,来人啊!”她喊道,“快把木木弄进来,它在小花园里呢。”

“啊,它叫木木,”太太说道,“这名字不错。”

“哈哈,是啊,太太,”寄宿女人附和着,“快点,斯捷潘!”

斯捷潘是一个年轻健壮的仆人,听到命令后便迅速跑到花园里想捉起木木,可是伶俐的木木一看势头不对,做好了准备,轻轻松松地从他的指间跳脱了出来,翘着尾巴飞快地跑去找格拉西姆了。此时格拉西姆正在厨房里摆弄着水桶,在他的手里,水桶就像拨浪鼓一样自由地翻来覆去。斯捷潘一路跟着木木追了过来,就在它主人的脚边想要抓它,可是木木太过敏捷,蹦跳着躲闪这双陌生的大手。格拉西姆好笑地看着眼前这场闹剧,最后斯捷潘恼羞成怒,急忙起身对着格拉西姆比画,告诉他:太太吩咐,叫人把你的狗带过去。格拉西姆一脸狐疑,但还是召唤木木,把它抱给了斯捷潘。斯捷潘把它抱到客厅便放在了地板上。太太柔声细语地哄弄着木木,想唤它到身边来。可是木木打从出生起,就没在这么奢华的房间里呆过,它吓坏了,拼命想往门外跑，而那个谄媚的斯捷潘又把它给拦了回去，可怜的木木只好倚着墙壁瑟瑟发抖。

“木木，木木，来，到我这来，到主人身边来，”太太召唤道，“来，小傻瓜儿……不要害怕呀……”

“快去，快去呀，木木，到太太身边去，”寄宿女人们争相附和道，“快过去。”

可是木木惊恐地看着四周，一动也不敢动。

“拿点东西来给它吃，”太太吩咐道，“它可真傻！干嘛不到我身边来，有什么好怕的呢？”

“它对这里还不怎么熟悉。”一个寄宿女人小心翼翼地悄声答道。

斯捷潘用小碟盛了些牛奶摆在木木面前，可是木木连嗅都不嗅一下，依然颤抖着四处张望，打量着这里的一切。

“哎呀，你这小狗啊！”太太说着，走到它跟前，俯下身想要摸摸它，然而木木却猛地转过头龇出了牙齿，太太吓得赶忙把手缩了回去。

客厅里瞬间一片寂静。只有木木发出尖细而又悲凉的叫声，好像在倾诉，又像在乞求谅解。太太转过身，眉头紧锁，这只狗突如其来的举动让她受到了惊吓。

“啊！”寄宿女人们全都叫了起来，“它没有咬到您吧，老天保佑啊！(木木自小到大还从来没有咬过人呢)啊，我的天哪！”

“把它弄走，”老太太的语气一百八十度大转弯，“这不知好歹的狗！简直是恶狗！”

说完，她缓缓地转身，慢慢地向卧房走去。寄宿女人们惶恐地对视了一下，刚想跟太太一起走，可太太却突然止步，冰冷地看着她们说道：“你们干什么？我又没叫你们。”说完就回房去了。

寄宿女人们神情沮丧地对着斯捷潘挥了挥手，斯捷潘于是拎起木木，冲着门口使劲一扔，直接扔到了格拉西姆的脚下。整整半个钟头这座宅子都沉浸在一片死寂之中，老妇人独自坐在沙发上，面色阴沉得堪比雷雨天的乌云。

人啊，竟然常常会被这样微不足道的小事搅扰得如此心烦意乱！

直到晚上太太依然闷闷不乐，她不说话，也不玩牌，整夜都过得昏昏沉沉。香水也不似平日的芬芳，枕头上也透着一股肥皂的怪味，为此她责令管衣服的女人把所有衣物都闻了个遍。总而言之，她焦躁不安，烦闷异常。第二天一大早，她就派人把加夫里拉叫了过来，这比平日都要早上一个钟头。

“你说说，”心中满是疑惑的管家刚一迈过门槛，她就开口说道，“是哪儿来的狗在咱们院子里叫了一夜啊？搅得我根本睡不着觉！”

“狗……太太……那，那可能是哑巴的狗吧。”他结结巴巴地答道。

“我不管是哑巴的狗，还是别人的什么狗，总之它叫得我不得安生。我就不明白了，养那么多狗在家里做什么？咱们家里不是有一条看门狗了吗？”

“啊，是的，太太，是有一条，叫沃尔乔克。”

“那为什么还要养其他的狗啊？净是些闹人的东西，就是吃定咱们宅子里没个能管事儿的人。那哑巴凭什么养条狗啊？谁允许他在我的宅子里养狗了？昨天我在窗边看到那脏东西趴在小花园里啃骨头，那里可是种着我的玫瑰啊！”

太太顿了顿，接着说道，语气里带着不容置疑的威严。

“今天，找人把它弄走！听到了没有？”

“听到了，太太。”加夫里拉小心翼翼地回答。

“就今天，现在就去，把它弄走，然后再来向我汇报。”

加夫里拉退了出去。

管家穿过客厅的时候，为了整齐有序，还把摇铃从一张桌上挪到了另外一张桌上，他先在大厅里悄悄地擤了一下那鸭嘴似的扁鼻子，然后走进了前厅。当时斯捷潘正躺在前厅的长椅上睡觉，他把上衣当作被子盖在身上，两条腿露在外面，那副睡相俨然是战争画上被打死了的士兵。管家把他推醒，在他耳边吩咐了几句，斯捷潘打着哈欠，似笑非笑地回应着。管家一走，他就一跃而起，披上外衣，登上靴子，然后走出门，停在了台阶上。果然，没过五分钟，格拉西姆就背着一大捆柴出现了，尾随其后的是一向形影不离的木木（就连夏天，太太也命人把她卧室和内室的炉子点着）。格拉西姆侧身站在门口，肩膀一倚，门便开了，他背着柴火挤了进去。木木还像往常一样，留在外面等他。斯捷潘抓住时机，猛地向它扑了过去，就像老鹰捉小鸡一样，用胸口死命地把它按在地上，然后一把搂住，连帽子都顾不上戴，抱着它就往外面跑，看到一辆马车便立刻冲了上去，径直奔向了禽物市场。在那儿他很快找到了个买家，把木木卖了半个卢布，还再三叮嘱买家，起码要把狗拴上一个星期才能放开，然后才放心地回家去了。不过，还没等马车跑到家门口，他就早早地跳了下去，绕过宅子从后巷的围墙上翻进了院子，他怕直接走正门会和格拉西姆撞个正着。

其实，他完全多虑了，格拉西姆早就不在院子里了。他一出上房就发现木木不见了，在他的记忆里，木木一直在等他回来，今天怎么啦？他寻遍了木木可能会去的地方，一边找一边用他独有的方式唤着小狗的名字。他飞奔回自己的阁楼，又去干草房、去马路上拼命地找，来来回回，找来找去……它真的不见了！格拉西姆心乱如麻，他又去问别人木木的行踪，绝望地做出离地半俄尺高的动作，比画着它的外形……那些人确实不知道木木去了哪里，只好一个劲儿地摇头，有些知道内情的人只能淡淡地笑一笑，算是回答，管家则装出一副极严肃的样子召唤着马车夫。格拉西姆只得跑到院子外面去找了。

他回来的时候，天色已经黑了。从那疲惫不堪的面容，踉跄的脚步和满是尘土的外衣就能猜出，他一定已经找遍了大半个莫斯科城。他立在太太的窗前，扫视着那站了七八个用人的台阶，又扭过身来呼唤着小狗的名字："木木！"可是依然没有回答，他只好默默地走开了。看着他离去的背影，谁也说不出话来。第二天早晨，那个爱管闲事的马车夫安吉普卡在厨房里对人们说道，整整一夜哑巴都在哀叹唏嘘。

第二天格拉西姆也没有走出房门，另一个马车夫波塔普代替他去取了水，波塔普对这个临时安排很不满意。后来，太太询问加夫里拉，是否执行了自己的命令，加夫里拉回答道已经办妥了。第三天清晨，格拉西姆终于从阁楼里走出来干活儿去了，午饭前他回来过一趟，吃过饭便又离开了，跟谁也没有打过招呼。原本他就像所有聋哑人一样神情呆滞，如今简直犹如石头一般冷峻。午饭后他又跑到外面去了，不过没过一会儿便又回来，随即就钻进了干草棚里。

夜色阑珊，月光皎洁，格拉西姆躺在床上辗转反侧，难以成眠。突然，他感到有什么东西在拉扯他的衣角，他微微一颤，没有在意，也没有抬头，反而闭起了眼睛，可是他的衣服又被猛地扯了一下。他倏地跳了起来，面前竟是木木在打转，它的脖子上还系着一截被扯断了的绳子，木木失而复得了。他欣喜若狂，一声绵长的欢呼穿过他那沉寂的胸膛，喷涌而出。他抱起木木，一把拥在怀里，木木也温柔地舔着他的鼻子、眼睛、嘴唇和胡须……格拉西姆站在那里思索了一会，便蹑手蹑脚地从草垛上爬下来，环顾四周，确定没有被人看到，才放心地带着木木回到了阁楼里。

其实他早就猜到，木木不是自己跑丢的，而是太太命人把它抱走的，有人跟他比画过，说木木差点咬了太太，太太肯定怀恨在心，下决心要把木木抱走的。于是，他在心里暗下打算，得好好计划一番了。他先给木木喂了些面包，温柔地抚摸了它一会儿，把它哄睡之后就开始思索起来，整整一夜他都在筹谋，怎样才能把木木藏好。终于他决定：白天把它留在阁楼里，偶尔来看看它，晚上再带它出去遛遛。他用大衣把门上的洞塞得严严实实，天刚一亮，便若无其事地走到院子里去了，还故意保持着之前那悲伤的神情。多天真的计策啊！可怜的聋子又怎么能想到，木木的叫声会出卖它自己呢！事实上，没过多久，宅子里的人就全都知道哑巴的狗回来了，还知道他把它锁在了阁楼里，不过他们都装作毫不知情，一方面是出于怜悯，另一方面也是因为对他着实惧怕。只有管家边拍后脑勺边挥手地感叹道："唉，上帝保佑他吧！希望太太不会发现！"哑巴也从未像那天一样倾尽全力地干活：院子被他清扫得一尘不染，连最细小的杂草也被他拔得干干净净，为了确认小花园的篱笆是否牢固,他把木桩一根根地拔起,再亲手一根根地钉了回去。他满腔热情地忙碌着,就连太太都为之侧目。这期间他还偷偷回去看了"隐居者"几次。晚上格拉西姆也不睡在干草垛上了,而是和木木一起睡在阁楼里,刚过午夜一点他就迫不及待地带着木木去外面玩耍。在院子里玩了好一会儿,本来他们已经准备回房了,可是墙外的后巷里突然传来了窸窸窣窣的响声,警觉的木木立刻竖起耳朵,大声吠了起来,它跑到墙边嗅了嗅,叫声愈发尖利响亮,原来是个酒鬼醉倒在那里。此时,太太的神经衰弱刚有好转,正要入睡(每次晚饭吃得过饱她总会犯这个毛病),这突如其来的犬吠声又把她吵醒,惊得她心跳都快停止了。

"来人,来人啊!"她呻吟道,"快来人啊!"侍女们大惊失色,迅速跑到她的卧房。"哎哟,哎哟,我活不成了!"她挥着手痛苦地说道,"又是,又是那只狗!快把医生给我找来!他们是想要我的命啊……那狗,又是那条狗!天哪!"她把头往后一仰,做出昏厥过去的样子。那个家庭医生哈里冬急急忙忙地赶了过来。这位穿着软底靴的大夫所有的本事也不过就是小心翼翼地给人号个脉,他一天要睡十四个钟头,其余的时间全部用来长吁短叹,要不就是给太太滴用点月桂汁。他马上跑进房里,点着羽毛想用烟熏的办法来治疗太太的晕厥,等她一醒,他便用银质托盘端来了秘制药水。太太刚服下药就马上用哀怨的语气抱怨起来,她责怪那条狗,责怪加夫里拉,还不忘埋怨起悲惨的命运,说自己是一个被嫌弃了的可怜的老太太,没有人怜悯她,大家都盼着她早点死掉。此时可怜的木木还一个劲儿地叫着,格拉西姆用尽办法想把它从墙边拉走,却都无济于事。"看吧……看吧……又叫起来了……"太太嚷道,眼珠又翻白了。大夫跟女仆耳语了几句,她便奔向前厅,叫醒了斯捷潘,斯捷潘马上去找了加夫里拉,这位愤怒的管家即刻唤醒了宅子里所有的人。

格拉西姆一转身,看到窗边闪动的火光和人影,便预感到大事不妙,他把木木往腋下一夹,立刻跑回阁楼里,把门反锁了起来。很快,有五个人追了过来，在外面想要打开他的门，但发现里面被门闩锁住便停了手。加夫里拉气呼呼地赶了过来，吩咐那些人一直守在门口直到天亮，然后自己跑到女用人的房间，央求柳波芙·柳比莫芙娜，那个曾经和他一起偷过茶叶、糖和其他吃食的老陪伴妇，拜托她跟太太解释解释，就说那条狗是自己偷偷跑回来的，明天一定把它彻底解决掉，请太太千万放宽心，消消气，别再动怒了。太太本来是不会这么快就消气的，不过那位大夫在慌乱之中加大了月桂汁的剂量：原本只需十二滴药水，他却整整滴了四十滴。于是只消一刻钟，太太便在药力的作用下安然入睡了。而此时，格拉西姆脸色惨白地躺在床上，死命地捂着木木的嘴。

第二天，太太很晚才醒过来。加夫里拉预备等她一醒，就下令对格拉西姆的避难所进行猛攻，同时，自己也做好了接受太太狂风暴雨般的责骂的准备。然而，暴风雨并没有来临，太太躺在床上，吩咐女仆把那个上了年纪的寄宿女人叫到身边来。

“柳波芙·柳比莫芙娜，”她的声音如游丝一般虚弱，她擅长装出一副饱受折磨、孤苦伶仃的可怜相，每到这时，全宅子里的人都会忐忑不安起来，“柳波芙·柳比莫芙娜，我如今的情况，你都看到了。亲爱的，去找加夫里拉·安德烈伊奇，去问问他，对他来说，那条恶狗难道比他女主人的安危还要重要吗？我真是不愿相信啊，”她满怀感情地补充道，“亲爱的朋友，去吧，做做好事，去问问加夫里拉·安德烈伊奇。”

柳波芙·柳比莫芙娜来到加夫里拉的房间，谁也不知道他们讲了些什么。但是片刻之后，整整一大群人就朝着格拉西姆阁楼的方向涌了过去。加夫里拉走在人群的最前面，边走还边用手摁住帽子，尽管当时并没有刮风；随从和厨子们紧紧跟在身旁；“尾巴”叔叔从窗子里紧盯着他们，充当指挥，其实就是挥挥手而已；一帮小孩儿跟在后面上蹿下跳、装腔作势，其中有一半都是半路加入的外人。通往阁楼的窄台阶上指派一个用人看守，门旁安排了两个护卫，为了万无一失，他们

手里还都握着木棍。他们爬上台阶,立刻占满了整个楼梯。加夫里拉走上前去一边砸门一边嚷道:

“开门!”

从屋里传出了闷闷的狗吠声,但是没有人回答。

“我说,给我开门!”他重复道。

“对了,加夫里拉·安德烈伊奇,”斯捷潘恍然大悟,“他是个聋子,什么也听不见啊。”

大家哄笑了起来。

“那该怎么办?”加夫里拉从上面问道,有些犯难。

“他门上不是有个洞吗,”斯捷潘出了个主意,“您透过那儿,用棍子戳戳他。”

加夫里拉探下了身子。

“他用破大衣把洞给堵死了。”

“那您就把大衣捅到里面去。”

这时屋内又传来了闷闷的狗叫声。

“看吧,看吧,它自己就暴露了。”众人又哈哈大笑起来。

加夫里拉摸了摸自己的耳后根儿。

“我说,伙计,”他终于说道,“你要是愿意的话,就自己来捅。”

“那有什么的,没问题!”

斯捷潘爬上楼梯,抓起木棍就把大衣捅了进去,然后他透过洞口拿着木棍在里面戳戳点点,口中还吆喝着:“快出来,出来!”他正戳着,阁楼的门却突然间敞开了,门开得太急了,仆人们没注意,瞬间就连滚带爬地摔下了楼梯,首当其冲的便是加夫里拉。“尾巴”叔叔见状,赶紧关上了窗户。

“喂,喂,喂,喂,”加夫里拉从院子里喊道,“你可小心点啊,别乱来!”

格拉西姆一动不动地站在门口,高大魁梧,人群又不自觉地在楼梯边聚拢了起来。格拉西姆俯视着眼前这帮穿着德国长衫的人们，双手叉腰，一身红色的农家衬衣显得格外伟岸。加夫里拉上前一步说：

“喂，伙计，”他说，“你可别想跟我耍花样。”

然后他开始用手势跟格拉西姆解释：太太下令一定要你的狗，快点交出来吧，否则后果不堪设想。

格拉西姆看了他一眼，然后转身指了指木木，在自己的脖子上画了个圈，做了一个勒紧绳索的动作，最后用探询的目光注视着老管家，等待回答。

“没错，没错，”管家点点头说道，“没错，必须如此。”

格拉西姆垂下了眼帘，突然间全身一震，他指了指木木，那个成天支棱着耳朵跟在他身后摇尾巴的伙伴，又在脖子上重新做了一次勒紧绳索的动作，然后捶了捶自己的胸膛。他的意思是说希望能够亲自送木木上路。

“你在糊弄我，不行，不行。”加夫里拉摆着手拒绝他。

格拉西姆看看他，轻蔑地笑了笑，然后又拍拍胸脯，“砰”的一声把门关了起来。大家你看看我，我看看你，都一言不发。

“这是什么意思？”加夫里拉打破了沉寂，“他怎么又把门锁起来了？”

“由着他吧，加夫里拉·安德烈伊奇，”斯捷潘说，“他只要答应了，就一定会做到的。他就是那样的人，一向言出必行的。这一点和咱们兄弟都不一样，真的，他就是那样，千真万确。”

“是啊，”其他人也纷纷点头表示赞同，“没错，他就是这样的。”

“尾巴”叔叔也打开了窗子说道：“是真的。”

“那么，好吧，先这么办吧，”加夫里拉说，“不过守卫还不能撤。嗨，就你，叶罗什卡，”他对着一个穿着黄色棉布上衣的男人，就是那个脸色惨白的园丁说道，“知道该怎么做吗？拿着一根木棍，就守在这儿，一旦有什么异常，马上向我报告！”

叶罗什卡在楼梯的最后一级台阶上坐了下来，手中还握着一根木棍。除了几个爱凑热闹的小孩儿以外，其他人都纷纷散去了。加夫里拉一回家就立刻找到柳波芙·柳比莫芙娜，请她转告太太，放心吧，事情全都办妥了，为了以防万一，他还派马车夫去叫了警察。太太听完后将手帕打了个结，喷过香水后闻了一闻，然后在太阳穴上擦了擦，吃过茶点后便又睡去了，月桂汁的药力还尚有残存呢。

又过了一个小时之后，阁楼的门敞开了，格拉西姆从里面走了出来。他身上的那件长衫是只有节日里才会穿的，木木的脖子也被套上了绳索。见状，叶罗什卡马上侧身为他们让路，院子里的人都默默地目送他出门。格拉西姆头也不回，走上马路才把帽子戴在头上。加夫里拉吩咐叶罗什卡跟在后面监视着，叶罗什卡远远地看到，他牵着狗走进了一家小饭馆，于是就在外面等他出来。

饭馆里的人都认识格拉西姆，也能明白他的手势。他点了碗带肉的白菜汤，手肘拄着桌子坐着。木木就站在他的椅子旁，用那双伶俐的眼睛深情地望着自己的主人。它的毛皮油光发亮，任谁都看得出来，格拉西姆刚刚替它梳理过。汤端了上来，格拉西姆捏了点面包加在里面，把肉也撕得碎碎的，然后放到地上给木木吃。木木还是像往常一样吃得斯斯文文，小脸儿只轻轻地碰触到食物。格拉西姆痴痴地凝视着它，看了很久……两滴泪珠猛然间夺眶而出，重重地滑落了下来，一滴落在小狗饱满的前额上，另一滴则滴落在了菜汤里，他赶忙用一只手捂住了脸。木木刚刚吃完半盘食物，跑到一边舔舐自己的脸去了。格拉西姆站起来付过汤钱，在饭馆伙计充满困惑的注视下走了出去。一看到格拉西姆，叶罗什卡赶忙藏到角落里，等他走过之后，才出来继续跟踪他。

格拉西姆步履沉重，步伐十分缓慢，也没有把木木的绳索解开。他走到街口便停住脚步，仿佛陷入了沉思，突然间，他加快步伐径直向克里米亚浅滩走去。途中路过一栋正在建造下房的宅院，便进去拿了两块砖头夹在腋下。到了克里米亚浅滩，他沿着河岸一路往下走，停在了一处泊着两艘小船的地方，那船上还都配着船桨（这些他之前早就发现了），于是他带着木木跳上了其中一艘小船。这时，一个跛脚的老头儿从菜园一角的窝棚里跑了出来，对着格拉西姆大声地吆喝着。但格拉西姆只是点了点头便用力地划了出去，尽管是逆流而上，却在眨眼间划出了百十俄丈。老头儿只好愣愣地站在那，站着站着，先用左手抓了抓背，又换右手搔了搔痒，似乎对这莫名其妙的事情感到不可思议，然后转身一瘸一拐地走回了窝棚。

格拉西姆不住手地划着桨，很快就把莫斯科城远远地甩在了身后。草地、菜园、田野、树丛还有农家小院在河岸边绵延展开，乡村的气息扑面而来。他扔掉了船桨，把头深深地埋在了木木的胸前，小狗静静地坐在干燥的横梁上，一动也不动（船底已经被河水打得湿透），他那健壮有力的双手紧紧环着木木的脊背，水浪推动着小船缓缓向城市方向漂去。终于，格拉西姆下定决心，挺起胸膛，愤怒而又绝望地将砖头迅速绑在绳索的一端，然后将另一端套在了木木的脖颈上，抱起它，离开河面，最后一次深情地望着它……木木也摇晃着尾巴，回望着他，眼神里满是信任，全无一丝恐惧，根本没有意识到接下来会发生什么。他扭过头去，紧闭着双眼，猛地松开了手……格拉西姆的世界依旧是那么沉静，他既听不到木木坠落的一瞬间那尖利的哀鸣，也听不到浪花被激起时发出的砰然巨响，对他而言，最喧嚣的白昼也是沉寂而宁静的，这种静默是我们哪怕在最安静的午夜也无法感受到的。当他再次睁开双眼的时候，微波依旧争相消散在水面上，细浪依然尽情地拍打着船头，只是远处河岸边泛起了一圈圈巨大的涟漪。

一不见格拉西姆，叶罗什卡马上跑回家去，报告了自己所看到的一切。

“唉，解决了，”斯捷潘说道，“他把它淹死了，终于可以长舒一口气了，他只要答应就一定会……”

那一天谁都没再见过格拉西姆，他也没有回家吃午饭。夜幕降临，所有人都聚在桌前吃晚饭，唯独他没有出现。

“格拉西姆这个怪人啊！”一个负责洗衣服的胖女人尖声说道，“为了一条狗失魂落魄！哎，这算是怎么回事儿啊！”

“说起来，格拉西姆今天还回来过一次呢。”斯捷潘一边盛着粥一边嚷道。

“是吗？什么时候啊？”

“就是两个钟头前吧。真的，我在大门口碰见他了，当时他正从院子里往外走。我本想问问他关于狗的事情，可当时他的魂儿都不知道跑到哪儿去了。他一下子把我粗暴地推开，那副神情好像在说，躲开，别来烦我。他那一推可真有劲儿啊，哎哟，哎哟！”斯捷潘不自觉地缩成了一团，抓着自己的后脑勺说，“哎呀，他那只手实在是天生神力啊，我还能说什么呢。”

大家嘲笑了斯捷潘一番，便各自回房睡觉去了。

然而，就在大家闲谈的时候，T形公路上有一位巨人正大步流星、毫不迟疑地向前走着，他肩上背着一个布袋，手中还握着一根木棍，这个人正是格拉西姆。他头也不回地奔向前方，那里有他的乡村，那里是他的故土。可怜的木木被溺死之后，他马上跑回自己的阁楼，迅速收拾了些衣物，把旧毛衣裹成个包袱，打个结往肩上一搭，便头也不回地上路了。太太把他从乡下带出来的时候，他就暗暗记下了回家的路，他的家乡距离公路只有二十五俄里。在通往家乡的路上，他走得毫无畏惧，果敢中掺杂着绝望还有些许欣喜。他昂首阔步地向前走着，眼神中充满渴望和坚毅。他走得那样急迫，好像他的老母亲正在家乡等待着他，好像他的老母亲在呼唤着这个漂泊在外、寄人篱下的孩子……此时夜幕初降，夏日的黄昏静谧而温暖。天空的一边，夕阳西下，晚霞在泛白的天际渲染出淡淡的绯红，天空的另一端，弥漫着青灰色的雾霭，夜晚便从那里降临了。数不清的鹌鹑在四下啼叫，秧鸡也争先呼应……这些格拉西姆都无法听到，当他强有力的双脚踏过树林时，他也听不到那片丛林在夜幕下的丝丝耳语。可是，他能嗅到黑麦散发出的熟悉的芬芳，那是微风拂过麦田传送来的香气；他能感受到家乡的和风扑面而来，那风温柔地抚摸着他的脸庞，玩弄着他的头发和胡须；他能看到前方笔直如箭的大路，那笼罩在白色光辉下的尽头就是他魂牵梦萦的故乡；他能看见满天繁星点点，正在替他照亮前行的路。于是，他的步伐愈发矫健，有如一头勇猛果敢而又生机勃勃的雄狮，当初升的太阳将温润的红色霞光洒落在大地上的时候，健壮的男人已经不知不觉地走出了很远，把莫斯科城甩在了三十五俄里以外的远方了……

走了两天他就到家了，回到自己的小屋，他的突然出现还把已经住在他那的士兵老婆吓了个半死。在圣像前祷告过之后，他就立刻去了村长那里。村长起初诧异了一下，但略微思考了一下，答应了。正逢农忙时节，格拉西姆可是个干农活儿的好手，于是人们二话不说，就把镰刀塞进了他的手里。格拉西姆便像从前一样，割草去了，那些庄稼汉都目瞪口呆地看着他一挥一搂，好不利落……

格拉西姆出逃的第二天，莫斯科这边的人才发现了这件事。他们把阁楼仔仔细细地搜了个遍，依然一无所获，然后就报告给加夫里拉。管家来看了一眼，便耸耸肩断定说，那个哑巴要不就是跑掉了，要不就是和他那条蠢狗一起沉到河里去了。他们先上报了警察局，然后又跟太太禀报了此事。太太大发雷霆，然后竟嚎啕大哭起来，她吩咐道，无论如何也要把那个哑巴找回来，还拼命地辩解说，自己从来都没有下令要杀死那条狗，最后，还把加夫里拉大加斥责了一番。这个总管大人被弄得整天垂头丧气，直到"尾巴"叔叔劝他说："算了吧。"他才决定就这样算了。格拉西姆回乡的消息终于传了回来，太太这才稍微安了心。她先是下令叫他马上回莫斯科来，可之后又补充说，那个忘恩负义的家伙简直全无用处，找回来也没有用。没过多久，这位太太就死了，她的继承人哪里会顾得上格拉西姆呢，就连剩下的那些娘家带来的家奴也都被遣散回乡，按月交租去了。

至今，格拉西姆还是孤身一人，孤独地住在那间小房子里。他依旧那样健壮，干起活来，依旧一人能当四人用，依旧那样认真而又沉稳。但是，邻居们都发现，自打从莫斯科回来以后，他就再也不接触女人了，甚至连看都不看一眼，而且也从来都不养狗。“话说回来，”庄稼汉们说道，“不用和女人打交道，这绝对是他的福气啊！至于狗嘛，他要狗有什么用呢？他那个院子，就是用头驴来拉，小偷也绝不会光顾！”就这样，这位无言壮汉的故事一直流传至今。

【导读】

对专制农奴制最深沉的抗议

这个短篇小说叙述的故事是聋哑农奴格拉西姆所爱上的洗衣女仆塔吉亚娜，被专横任性的女主人嫁给了酒鬼卡彼冬；格拉西姆喜爱和保护着的西班牙小狗，也被女主人下令卖掉和弄死。格拉西姆忍无可忍，毅然离开女主人，回到了乡下。但围绕这个简单情节，艺术家屠格涅夫展示给我们的却是一幅极其专横野蛮的俄国专制农奴制的现实主义图画，一曲俄国农民高尚品格和无边伟力的深沉热烈的颂歌。

一切悲剧产生的根源全在于女农奴主，她是一个“生命的白昼，早已逝去；生命的黄昏却比夜晚还要昏暗”的人。在她的宅子里，她就是一个专制的国王。她的心情要是高兴，整个宅子里的人都得高兴，要是某人脸上没露出喜色，她就要大发脾气；她的心情要是阴郁，整个宅子里的人都得垂头丧气，否则便要倒霉受罪；她要是略有不适，合宅上下更全都得围着她奔跑忙乱。对农奴们来说，她的意志就是法律，她的语言就是命令，谁也不能违抗。在这种情况下，农奴们的处境和命运可想而知。鞋匠卡彼冬小时候挨惯了德国师傅的打，长大了又常挨管家的打。他因而“借酒浇愁”，成了个“无可救药的酒鬼”。塔吉亚娜自小就受虐待，一个人做两个人的事情，从来没有受别人怜爱，也没有任何亲戚，性情柔顺、懦弱得像头绵羊，“只要听到别人提起太太的名字，马上就会害怕得瑟瑟发抖。”她对自己一生所遭遇的悲欢离合，只能“淡然地承受命运带给她的伤痛”。嫁给卡彼冬也好，被赶到遥远的乡村去也好，她已经都无所谓。

然而有一个人，在众多农奴逆来顺受中表现出了他的意志、勇敢和具体的行动，他就是格拉西姆，他是作者心目中理想农民的化身。格拉西姆是“众多的家奴中，最出色的”，身高一米九六，像壮士一样健硕。他在耕地时，好像根本不需要马匹的辅助，只要把大手掌压在木犁上，便可翻开土地充满弹性的胸膛。他不仅讨厌喝酒，讨厌轻浮，而且憎恶一切对弱者的捉弄、嘲笑。他不仅把院里的男女仆人都“当作自己人看待”，而且全心地爱着和保护着柔顺、胆怯的女仆塔吉亚娜。塔吉亚娜被女主人遣送到遥远的乡下去以后，他又“全身心地爱着”从河边捡来的垂死的西班牙小狗。他毅然离开女主人时“有如一头勇猛果敢而又生机勃勃的雄狮”似的不屈不挠，他的身上蕴藏了在农民中的不可阻遏的反抗情绪。格拉西姆作为俄国农民阶级的代表，则充分显示了它的蓬勃生机和潜在伟力。

《木木》是根据真实的生活素材写成的，那个女主人就是以作家自己的母亲为原型，加夫里拉则是他母亲的庄园看门人安德烈。作家的母亲就像小说女主人一样专横，而安德烈则是始终驯服于女主人的。作家对于生活原型的艺术塑造，表现了他对农奴制反动本质的清醒认识和改良的愿望。

附录　阅读回望

回望一：蔚蓝色的王国有怎样美丽的景象？

回望二：麻雀面对猎狗为什么会有那么大的勇气？

回望三：鸽子的形象到底是谁？

回望四：人类是大自然的主宰吗？

回望五：屠格涅夫笔下的俄罗斯田园风光有何特点？

回望六：《猎人笔记》的主题是什么？

回望七：霍里和卡利内奇各有怎样的性格特点？

回望八:你如何理解格拉西姆这个人?

回望九:屠格涅夫写人的手法有什么特别的地方?

回望十:屠格涅夫的作品中的语言有哪些地方给你留下了深刻的印象?

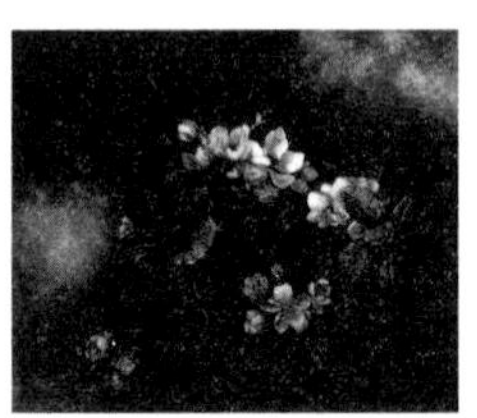